Barbara Minerai

Theo

Roman

1. Auflage 2019

Lektorat: Anke Ertz
Korrektorat: Anke Ertz
Umschlaggestaltung: BOD
Coverbild: Adobe Stock #55093603

ISBN 9783749446438

Herstellung und Verlag: BoD – Books on Demand,
Norderstedt

Alle Personen und Namen innerhalb dieses Buches sind frei erfunden.
Ähnlichkeiten mit lebenden Personen sind zufällig und nicht beabsichtigt.

1.

Kopfschüttelnd wandte sich Helene ab. In all den Jahren, die sie nun als Krankenschwester arbeitete, hatte sie so etwas noch nicht erlebt. Der nicht mehr ganz junge Mann saß nun bereits seit Stunden am Bett seiner alten Mutter und redete mit sanfter Stimme auf sie ein. Helene hatte die Vorhänge geschlossen und mit einer für sie ungewohnt resoluten Stimme eine gute Nacht gewünscht. Der erhoffte Effekt blieb aus. Draußen fiel der Schnee im Licht der Straßenlaternen lautlos zu Boden, aber der Besucher machte keine Anstalten, das Krankenhaus zu verlassen. Seine ruhige, freundliche Ausstrahlung wirkte vertrauenserweckend. Auf diese Weise hatte er das Personal der Stock Unit in den ersten Wochen für sich einnehmen können. Inzwischen waren seine ausgedehnten Besuche aber nicht nur Helene ein Dorn im Auge. Die alte Dame hatte vor mehr als vier Wochen einen Schlaganfall erlitten und seit diesem Tag wich ihr Sohn nicht von ihrer Seite. Helene war sich durchaus der Tatsache bewusst, dass die Liebe und Zuneigung der engsten Angehörigen wichtig für die Genesung der Patienten war, aber in diesem speziellen Fall schien eher das

Gegenteil der Fall zu sein. Auch nach mehr als achtundzwanzig Tagen hatte sich die Frau mit ihren achtzig Jahren nicht von ihrer Krankheit erholt, obwohl die medizinischen Voraussetzungen überraschend gut waren. Frau Winter hatte Glück im Unglück gehabt. Erholt, glücklich und voller neuer Eindrücke war sie von ihrer ersten Seereise zurückgekehrt und hatte ihrer Familie und ein paar engen Freundinnen begeistert Bilder von weißen Schiffen und malerischen Städten gezeigt. Am nächsten Morgen war sie einfach zusammengeklappt. Der Sohn, das musste man ihm lassen, hatte sofort die richtigen Schlüsse gezogen und umgehend den Notarzt herbei telefoniert. Die Aufnahmen des MRT hatten den allgemeinen Verdacht bestätigt. Frau Winter hatte einen Schlaganfall erlitten, wenn auch nur einen leichten. Ihr Sprachzentrum war betroffen und auch das Schlucken fiel ihr schwer. Trotz dieser Diagnose waren die Ärzte von einem eher kurzen Aufenthalt im Krankenhaus ausgegangen, dem natürlich eine entsprechende Rehabilitationstherapie folgen sollte.

Frau Winters Prognose war gut und ihr Zustand auf keinen Fall unumkehrbar. Seit diesem Tag war nun mehr als ein Monat vergangen, in dem Ärzte und Therapeuten alles für eine zügige Genesung getan hatten. Die bis dahin so lebensfreudige Frau Winter schien es damit weniger eilig zu haben. Sie weigerte sich schlicht, an einer Verbesserung ihres Zustands zu arbeiten und schien die Fürsorge ihres Sohns in vollen Zügen zu genießen. Der zweiundfünfzigjährige Theo, der Zeit seines Lebens von der Mutter umsorgt wurde, war im wahrsten Sinne des Wortes mit einem Schlag erwachsen geworden. Natürlich war dies längst überfällig, aber der vollständige Rollentausch zwischen Mutter und Sohn irritierte nicht nur das familiäre Umfeld. Theo war Finanzbeamter. Etwas anderes als eine Beamtenlaufbahn hätte auch gar nicht zu ihm gepasst. Er war der geborene Beamte. Immer pflichtbewusst und immer korrekt. Selbst im Hochsommer verließ er die Wohnung niemals ohne Anzugjacke und wenn auch nur die kleinste Aussicht auf Regen bestand, nahm er einen Schirm mit. Eine eigene Familie hatte Theo nie gegründet, so viel wusste Helene inzwischen. Der schüttere Haarkranz, der sich langsam silbern färbte, ließ den Finanzbeamten älter erscheinen, als er eigentlich war. Sein konservativer Kleidungsstil ließ ihn eher altbacken als seriös aussehen. Bis zu dem fraglichen Tag in der ersten Novemberwoche hatte Theo nicht einen einzigen Tag im Amt gefehlt. Er litt zwar, was bei seinem Beruf nicht ausblieb, unter einem ständigen, ziehenden Schmerz in seiner Nackenmuskulatur und kämpfte regelmäßig mit Migräneattacken, aber davon bemerkten die Kollegen im Amt nichts. Nun aber hatte das Amt und alles was damit verbunden war für Theo an Bedeutung verloren. Seine Aufmerksamkeit galt ausschließlich seiner Mutter. Zunächst hatten seine

Kollegen und Vorgesetzten mit Verständnis auf die neue Situation reagiert. Seit er der Arbeit aber nicht mehr wegen der Krankheit seiner Mutter fernbleiben konnte, besuchte er einmal in der Woche auf dem Weg ins Krankenhaus seinen Hausarzt. Wenn seine Kopfschmerzen nicht mehr für ein Attest ausreichen würden, konnte der Arzt Theo immer noch auf Grund der psychischen Belastung krankschreiben.

Inzwischen war es Dezember und die Menschen waren mit den üblichen Vorbereitungen für das Weihnachtsfest beschäftigt. Auch Helenes Gedanken schweiften ab. Obwohl es bereits später Abend war, hatte sie nach Dienstschluss noch einiges vor. Im Gegensatz zu Theo hatte sie sehr wohl eine Familie und sie freute sich auf die bevorstehenden Feiertage. Nachdem sie das Schwesternzimmer verlassen hatte, überlegte sie kurz, noch einmal nach Frau Winter zu sehen, verwarf diesen Gedanken nach einem Blick auf die Uhr aber gleich wieder. Seit Tagen war die Bahn die sie in den Vorort und damit nach Hause brachte hoffnungslos überfüllt. Trotz der späten Stunde kehrten viele Pendler erst jetzt aus der Stadt zurück, wo sie nach getaner Arbeit auf der Jagd nach passenden Geschenken die Zeit vergessen hatten. Helene wollte die nächste Bahn auf keinen Fall verpassen und verließ auf schnellstem Weg das Krankenhaus. In ihrer gemütlichen Küche wollte sie ein weiteres neues Rezept für Weihnachtsplätzchen ausprobieren. In der Einkaufstasche, die an ihrem Arm baumelte, befand sich Weihnachtspapier und Schleifenband, das sie vor Dienstantritt ausgesucht hatte. Damit wollte sie die Geschenke für ihre Familie verzieren, die sie seit Wochen auf dem Dachboden ihres Hauses versteckte. Draußen auf der Straße zügelte Helene ihr Tempo, um auf dem glatten Gehweg nicht auszurutschen. Während sie auf ihre Schritte achtete und der Schnee sich allmählich auf ihren Schultern sammelte, dachte sie noch einmal an Frau Winter. Wahrscheinlich würde Theo immer noch an ihrem Bett sitzen und beruhigend auf sie ein sprechen. Theo sprach mit seiner Mutter, als betreute er ein Kleinkind. Das passte wunderbar zu den Schlafanzügen, die er der alten Dame gekauft hatte. In Brusthöhe tummelten sich kuschelnde Bären oder niedliche Hasen. Der Gedanke brachte Helene zum Lachen. Frau Winter schien sich in ihrer neuen Rolle sehr wohl zu fühlen. Eigentlich bedurfte es keinerlei Beruhigung, um die Dame im Bett zu halten. Einen Großteil des Tages verbrachte sie mit geschlossenen Augen unter der Bettdecke. Die Arbeit des Logopäden hätte durchaus Früchte tragen können, aber Frau Winter machte kaum Gebrauch von ihrer langsam zurückkehrenden Sprachfähigkeit. Helene wunderte sich immer wieder, dass den zahlreichen Besuchern im Krankenzimmer nicht langweilig wurde. Theo war zwar der älteste Sohn, aber kein Einzelkind. Seine Geschwister, Schwägerinnen, Schwager, Nichten und Neffen erschienen mit schöner Regelmäßigkeit und brachten wenigstens ein bisschen Leben in den Raum. Jegliche Versuche Frau Winter auf die Beine zu bekommen, wurden aber von Theo im Keim erstickt. Nahrung verweigerte die alte Dame genauso wie die Mitarbeit an der Physiotherapie. Warum sollte sie sich auch mit der Krankhauskost zufrieden geben, wenn Theo liebevoll Obst in mundgerechte Stücke zerteilte und mit dem Löffel Flugzeug spielte. Trotz ihres kurzen Auflachens war Helene der Ernst der Situation durchaus bewusst, aber sie hatte gelernt, sich nach Dienstschluss von den Schicksalen der Patienten zu distanzieren. Um die Beweglichkeit von Frau Winter stand es erheblich schlechter als zum Zeitpunkt ihrer Einlieferung. Die nachlassende Muskelkraft war genau wie die ständige Übelkeit auf die strenge Bettruhe zurückzuführen, die Theo seiner Mutter verordnete.

Helene rührte die Zutaten für den Teig zusammen und summte leise zu der Musik aus dem Radio. Es war spät und der Rest der Familie schlief bereits. Bevor sie sich daran machte, den Teig zu kneten, öffnete Helene eine Flasche Wein und holte ein Glas aus dem Schrank. Die Lichterketten im Fenster sorgten ebenso für eine anheimelnde Atmosphäre, wie der bereitstehende Adventskranz auf dem Küchentisch. Die strenge Schwesterntracht war im Krankenhaus geblieben und Helene trug nun eine bequeme Jogginghose. Sie lehnte an der Arbeitsplatte und trank den Wein in kleinen

11

Schlucken. Trotz aller Erfahrung war die Kranken-
schwester in ihr nicht mit der weißen Kleidung auf der
Station zurückgeblieben. Auch jetzt kam ihr wieder
Frau Winter in den Sinn. Die einzige Tochter der Frau
schien sogar Erfahrung in der Krankenpflege zu haben.
Helene erinnerte sich, sie einmal in der typischen
Kleidung gesehen zu haben. Aber gegen ihren ältesten
Bruder war sie ebenso machtlos wie die anderen
Geschwister. Nicht einmal im Rollstuhl das Zimmer
verlassen durfte die alte Dame. Immer war es zu kalt
oder Frau Winter in Theos Augen zu schwach. Dabei
hatte die Frau Winter mit den vier Kindern im
Vergleich zu vielen alten Menschen ein wirklich
lebenswertes Dasein. Während andere langsam an
Einsamkeit zugrunde gingen, herrschte bei Frau
Winter ein ständiges Kommen und Gehen. Neben den
Kindern tauchten immer wieder einige rüstige
Rentnerinnen auf, die, wie Helene erfahren hatte, sogar
noch älter waren. Das Damenkränzchen war um
einiges gesprächiger als Gudrun Winter. Eine der
betagten Frauen hatte sich als Hilde vorgestellt und
war eine Schwägerin, die stramm auf die Neunzig
zuging. Die zwei anderen, deren Namen Helene
gerade nicht einfallen wollten, waren Freundinnen aus
Frau Winters Schulzeit. Das allein grenzte für Helene
schon an ein Wunder. Ihr waren schon heute, mit
gerade mal fünfzig, kaum Freundinnen aus Kinderta-
gen geblieben. Kurz kam ihr der Gedanke, dass Theo
nicht wesentlich älter war, als sie selbst. Trotzdem

12

führte er ein ganz anderes Leben und Helene fühlte sich mit einem Mal viel jünger. Frau Winter musste in den letzten Jahren ein aufregenderes Leben gehabt haben, als ihr Erstgeborener. Man musste doch nur an die Seereise denken, die sie noch vor wenigen Wochen gemacht hatte. Aber es half alles nichts. Im Krankenhaus konnte die alte Dame wirklich nicht mehr lange bleiben. So wie die Dinge jetzt standen, würde sie bestimmt noch vor Weihnachten in einem Pflegeheim landen. Die Ärzte hatten während der morgendlichen Visite bereits einige Andeutungen gemacht.

2.

„Das können wir doch auch nicht mehr schaffen", seufzte Tine und steckte sich die nächste Zigarette an. Wilma verdrehte die Augen und erhob sich aus ihrem Sessel um ein Fenster zu öffnen. Trotz der späten Stunde tagte das Damenkränzchen noch in Hildes gemütlichem Wohnzimmer. Die drei Freundinnen hatten die achtzig, ebenso wie Gudrun Winter, längst überschritten. Trotz ihrer Bemühungen sich fit zu halten, nagte der Zahn der Zeit an ihren alternden Körpern. Davon konnten sie sich gegenseitig während ihrer wöchentlichen Besuche im Schwimmbad überzeugen. Tine, die eigentlich Christine hieß, machte dabei noch die beste Figur. Seit der Schulzeit zählte Gudrun Winter zu Tines engsten Freundinnen. Allerdings hatte Tine selbst nie geheiratet und so war der Kontakt der beiden Frauen im Lauf der Jahre mehr und mehr eingeschlafen. Während Tine als Hostess die Welt bereiste, kümmerte sich Gudrun um ihren Mann, vier Kinder und die eigene Mutter. Gudruns konservativem Ehemann war die lebenslustige Tine ein Dorn im Auge und erst als er Gudrun zur Witwe machte, nahmen die Freundinnen ihre gegenseitigen Besuche wieder auf. Obwohl Tine ihr nicht ganz unkritischer Gesundheitszustand bewusst war, konnte und wollte sie auf das Rauchen nicht verzichten. In ihrem Körper schlummerte eine Zeitbombe, der sie lieber nicht allzu viel Beachtung schenken wollte. Ein Aneurysma, hatte der Arzt gesagt. Irgendwo in Tines Bauch. Eine Operation kam für die resolute Tine nicht in Frage. Sie wollte das Leben bis zum letzten Atemzug genießen und wenn das nicht mehr möglich war, dann sollte es lieber mit einem Schlag vorbei sein. Gudrun war schließlich das beste Beispiel dafür, was so ein Krankenhausaufenthalt aus einem machte. Trotzdem hielt sie Wilmas Vorschlag, sich mit vereinten Kräften um Gudrun zu kümmern, für eine Schnapsidee.

„Du könntest schon, wenn Du Dich mit diesen stinkenden Glimmstengeln nicht selbst zugrunde richten würdest", murmelte Wilma und wickelte sich in eine dicke Strickjacke, bevor sie sich wieder in ihrem Sessel niederließ. Hildes schneeweiße Spitzengardine bauschte sich vor dem geöffneten Fenster und ein kalter Luftzug ließ die Flamme der Kerze auf dem kleinen Tisch zwischen den Freundinnen flackern. Tine blies ungerührt Rauchkringel in die hereinströmende Nachtluft. Manchmal ging ihr Wilma mit ihrem langweiligen Leben ganz schön auf die Nerven. Immerhin hatte der Verzicht auf Zigaretten Wilma auch nicht vor der Arthrose schützen können. Aber dieses Thema wollte Tine lieber gar nicht erst anschneiden. Am Ende würde Wilma noch behaupten, das Passivrauchen sei an ihren Knieschmerzen schuld. Oder aber sie würde von ihrem arbeitsreichen Leben als alleinerziehende Mutter von drei Kindern erzählen.

15

Wilma war seit über dreißig Jahren Witwe. Als ihr Mann starb, war der jüngste Sohn gerade mal vier Jahre alt. Wilma war nichts anderes übrig geblieben, als sich eine Stellung zu suchen und den Lebensunterhalt zu verdienen. Tine verstand durchaus, dass Wilma eine schwere Zeit durchgemacht hatte, aber in ihren Erzählungen vergaß sie gerne zu erwähnen, dass ihre Mutter die Kinder versorgt und das Essen gekocht hatte. Wilmas drei Kinder fand Tine darüber hinaus gar nicht mal so gut gelungen. Darüber war sie sich mit Hilde einig, die ebenfalls nie eigene Kinder bekommen hatte. Weder Tine noch Hilde hatten jemals den Wunsch verspürt, mit dem hausbackenen Dasein von Gudrun oder Wilma zu tauschen. Hilde hatte als Gattin eines Regierungsbeamten viele schöne Reisen gemacht und ein unbeschwertes Leben geführt. Dass eben dieser Regierungsbeamte Gudruns Bruder war und Hilde dadurch zur Patentante machte, begeisterte sie wenig. Mit Kindern hatte sie einfach nichts anfangen können. Hilde war die älteste in der Runde und würde in Kürze ihren neunzigsten Geburtstag feiern. Als der Regierungsbeamte vor dreizehn Jahren starb, warf dieses plötzliche Ereignis Hilde vorübergehend aus der Bahn. Nach einiger Zeit gewöhnte sich die rüstige Witwe an die Vorzüge des Alleinseins und saß bald darauf wieder in einem Flugzeug, das sie in den sonnigen Süden brachte. Nun aber quälte Hilde seit ein paar Monaten ein immer wieder auftretender Schwindel. Im Gegensatz zu Wilma wäre sie allerdings nie auf die Idee gekommen, ihr Unwohlsein auf Tines Zigarettenrauch zurückzuführen. Die verfügbaren Fachärzte hatte Hilde alle aufgesucht, aber die zahlreichen, modernen Untersuchungen waren alle ergebnislos geblieben. Widerstrebend hatte sie eingesehen, dass die verordnete Gehhilfe nicht nur unvermeidbar, sondern auch nützlich war. Allerdings schienen die Hersteller solcher Geräte anzunehmen, dass sich Damen in ihrem Alter nur bei Tageslicht auf die Straße trauten. Mit der Grundausstattung ihres Rollators war Hilde keineswegs einverstanden gewesen. Sie hatte keine Ruhe gegeben, bis sie das Gestell mit Theos Hilfe an ihre Bedürfnisse angepasst hatte. Nun verfügte der Rollator über eine angemessene Beleuchtung, mit der sich Hilde auch nach Einbruch der Dunkelheit auf der Straße bewegen konnte, ohne übersehen zu werden. Sogar auf die im Straßenverkehr vorgeschriebenen, roten Bremslichter hatte sie bestanden. Hilde war keine Frau, die sich von den Jahreszeiten vorschreiben ließ, wann sie zu Hause zu sein hatte. Wie es aussah, würde sie leider in Zukunft auf Theos Unterstützung verzichten müssen. Der, dachte Hilde, saß schließlich ständig an Gudruns Bett und schälte Äpfel.

„Wir könnten uns doch abwechseln", nahm Wilma den Faden wieder auf.

„Gudrun gehört in die Hände von geschultem Personal und nicht in unsere zittrigen Finger", entgegnete Hilde.

Tine richtete ihren Blick auf ihre eigenen Finger mit den gepflegten, lackierten Nägeln, die noch immer die Zigarette hielten.

„Meine zittern jedenfalls nicht", sagte sie und blies weitere Rauchkringel in die Luft.

„Trotzdem", beharrte Hilde, „Gudrun ist schließlich keine Elfe. Ich kann ihr unmöglich helfen."

Seit vielen Jahren musste Hilde strenge Diät halten und sich selbst täglich Insulin spritzen. Die Krankheit bereitete ihr kaum Probleme, aber das Ergebnis konnte sich sehen lassen. Die meisten jüngeren Frauen hätten viel dafür gegeben, Hildes Figur zu haben.

„Aber im Stich lassen können wir Gudrun auch nicht", schmollte Wilma. Für sie zählte in den allermeisten Fällen nur ihre eigene Meinung und auch jetzt war sie nicht bereit, von ihren Plänen abzuweichen. Wilma war groß und kräftig und mit ihren herben Gesichtszügen strahlte sie auch im Alter noch Strenge aus. Natürlich ehrte es sie, sich um die Freundin kümmern zu wollen, aber ganz uneigennützig war dieses Vorhaben nicht. Die meiste Zeit des Tages verbrachte Wilma alleine in ihrer Wohnung, aus der das letzte ihrer drei Kinder vor Jahren ausgezogen war. Seitdem bekam sie ihre Familie kaum zu Gesicht. Die Enkel ließen sich meistens dann blicken, wenn das Taschengeld zur Neige ging. Hin und wieder durchbrach das Läuten des Telefons die Stille und an manchen Tagen war Wilma fast erstaunt, wenn sie den Anruf entgegennahm und zum ersten Mal an diesem Tag ihre eigene Stimme hörte.

„Mittwochs können wir sowieso nicht. Da gehen wir zum Schwimmen", sprach Tine den rettenden Gedanken aus, der ihr gerade gekommen war.

„Und hinterher ins Restaurant", vervollständigte Hilde mit einem beziehungsreichen Blick auf Wilmas Bauch, der selbst unter der dicken Strickjacke deutlich sichtbar war. Das gemeinsame Essen nach dem Schwimmen war zu einem liebgewonnenen Ritual der Freundinnen geworden und Hilde wusste, dass es der eigentliche Grund war, warum Wilma überhaupt ins Schwimmbad ging. Ihr selbst bedeutete beides nicht viel. Der Arzt lobte sie zwar wegen der Wassergymnastik, aber er schimpfte auch wegen der einen kleinen Ausnahme, die sich Hilde einmal in der Woche von ihrer Diät gönnte.

„Was grinst Du denn plötzlich so?", wollte Wilma aus ihrem Schmollwinkel wissen.

Tatsächlich hatte sich auf Hildes faltigem Gesicht ein amüsiertes Lächeln ausgebreitet, das auch ihre Augen erreichte. Mit fast neunzig brauchte sie noch immer keine Brille und die Lachfalten in ihren Augenwinkeln waren deutlich sichtbar. Gudrun hatte sie vor ein paar Jahren zur Teilnahme an diesem Gymnastikkurs überredet und im Geiste sah Hilde den ersten gemeinsamen Besuch im Schwimmbad deutlich vor sich. Sie selbst hatte sich in aller Eile einen schlichten schwarzen Einteiler besorgt, der ihr dem Anlass angemessen erschien. Die Bikinis, die sie während

19

ihrer Aufenthalte an spanischen Stränden immer noch trug, wollte sie den Menschen im Hallenbad nicht zumuten. Immerhin bestand ja die Gefahr, dass Bekannte unter den Schwimmern waren. Außerdem würde sie einen Teil der Besucher bestimmt jede Woche wiedersehen. Als sie in ihrem nagelneuen, schwarzen Badeanzug die Umkleidekabine verlassen und die Freundinnen vor der Dusche getroffen hatte, war ihr beinahe der Mund offen stehen geblieben. Gudrun hatte ihre Leibesfülle in einen bunt bedruckten Einteiler gezwängt. Große Blumenmotive zierten nicht nur Brust und Bauch, sondern auch das ausladende Hinterteil. Die blond gefärbte Dauerwelle war unter einer Gummihaube verborgen gewesen, die bestimmt noch aus den Siebzigern stammte. Das Blumenmotiv hatte sich auch dort wiederholt. Große Blütenblätter aus gelbem Gummi hatten Hilde für einen Moment den Blick auf Wilma versperrt. Tine, die sich ihrerseits für dunkelblau entschieden und mit ihrer sportlichen Figur in dem Einteiler beneidenswert fit ausgesehen hatte, war aus einer der benachbarten Kabinen getreten und hatte Hilde leicht in die Seite geknufft. Auch ohne Tines Brille war ihr Wilmas Aufzug nicht verborgen geblieben. Auch Wilma hatte eine dieser fürchterlichen Gummikappen getragen. Zu ihrer ohnehin schon stattlichen Größe waren dank der Blüten noch einige Zentimeter dazugekommen. In Wilmas Fall waren sie allerdings grün gewesen. Ebenso grün, wie die Palmen, die ihren Badeanzug geziert hatten. Als

20

Gudrun und Wilma dann nebeneinander in Richtung Schwimmbecken gewatschelt waren, hatten Hilde und Tine Gelegenheit gehabt, die ungleichen Zwillinge von hinten ausgiebig zu betrachten. Neben Wilma hatte Gudrun, trotz ihrer gelben Badekappe, noch kleiner gewirkt. Natürlich hatten die beiden die ungeteilte Aufmerksamkeit der ganzen Badeanstalt auf sich gezogen. Für einen Moment hatte Hilde überlegt, jede Bekanntschaft mit den bunten Hühnern zu leugnen, aber das war ihr dann doch zu albern vorgekommen. Immerhin war Gudrun ihre Schwägerin. Die Schwester des verstorbenen Regierungsbeamten. Genau diese Schwägerin lag also jetzt im Krankenhaus und trug Schlafanzüge mit Tiermotiven. Das Lächeln verschwand von Hildes Gesicht. Wilma starrte noch immer erwartungsvoll zu ihr herüber und wartete auf eine Antwort.

„Also gut", lenkte Hilde schnell ein, um von ihren eigentlichen Gedanken abzulenken. Sie konnte Wilma schlecht erzählen, was sie gerade vor ihrem geistigen Auge gesehen hatte.

Wilma ließ den Augenblick nicht ungenutzt verstreichen und hakte sofort nach. „Ihr seid also dabei?"

„Einmal in der Woche", schränkte Hilde ihre Zusage sofort ein.

Wilmas forschender Blick wanderte weiter zu Tine, die gerade ihre Zigarette im Aschenbecher ausdrückte. Dieser Vorgang schien ihre ganze Aufmerksamkeit in Anspruch zu nehmen.

„Tine?", fragte Wilma ungeduldig.

„Ja, es ist kühl geworden." Tine verstand die Aufforderung absichtlich falsch und erhob sich. Umständlich zog sie die Spitzengardine zur Seite und schloss das Fenster.

Hilde musste schon wieder grinsen. Da hatte sie Tine ja in eine ganz schön verzwickte Lage gebracht, aber zusammen würden sie schon einen Ausweg finden. Tine ließ sich Zeit und zupfte erst einmal die weiße Gardine zurecht, bevor sie sich zu Wilma umwandte. „Natürlich", sagte sie mit einem warmen Lächeln. Der Anblick der schneebedeckten Straße hinter dem Fenster hatte sie in eine milde Stimmung versetzt. Nicht nur Hildes Wohnung war bereits weihnachtlich dekoriert. Auch die umliegenden Häuser strahlten Gemütlichkeit aus. Die Lichterketten hinter den Fenstern tauchten die winterliche Straße in ein warmes Licht. Tine, die eigentlich gerne allein lebte, hatte sich plötzlich von der Weihnachtsstimmung anstecken lassen. In ihrer eigenen Wohnung verzichtete sie auf den ganzen Schnickschnack. Das musste man hinterher nur alles wieder aufräumen. Tine wusste besseres mit ihrer Zeit anzufangen, als Tannennadeln aus dem Teppich zu saugen. Jetzt aber machte sich eine gewisse Melancholie in ihr breit. Vielleicht würde es weiße Weihnachten geben. In den letzten Jahren hatte es an den Feiertagen meistens geregnet. An den letzten Schnee konnte sich Tine schon gar nicht mehr richtig erinnern. Nun aber wusste sie plötzlich, dass sie

Weihnachten auf keinen Fall allein verbringen wollte. Dann doch lieber mit Gudrun und Theo.

„Ist doch schließlich Weihnachten", sagte Tine an Wilma und Hilde gewandt.

Wilma strahlte. Sie liebte es, wenn ein Plan aufging.

„Zusammen bekommen wir Gudrun bestimmt schnell wieder auf die Beine."

Der Blick, den ihre Freundinnen tauschten, entging ihr vor lauter Zufriedenheit völlig.

3.

Als Helene am darauffolgenden Tag ihren Spätdienst antrat, war es auf der Station bereits ruhig geworden. Dennoch blieb den Schwestern keine Zeit für eine ausgiebige Schichtübergabe. Diejenigen, deren Dienst endete, hatten es eilig, das Krankenhaus zu verlassen. Vor den Feiertagen hatte jeder anderweitige Verpflichtungen. Sowieso war die Personaldecke um diese Jahreszeit fast dünner als während der Sommermonate. Im Gegensatz zu den großen Ferien ließ sich Weihnachten nun einmal nicht auf sechs Wochen verteilen und wer irgendwie konnte, nahm sich ein paar Tage frei. Die verbleibenden Schwestern bereiteten die Patienten auf die bevorstehende Nacht vor und verteilten Medikamente. Zu ihrem Erstaunen fand Helene Theo heute nicht wie gewohnt am Bett seiner Mutter vor, als sie das im Halbdunkel liegende Zimmer betrat. Frau Winter lag, wie so oft, mit dem Gesicht zur Wand in ihrem Bett. Die Krankenschwester konnte nicht mit Sicherheit sagen, ob die Patientin schlief oder sich nur schlafend stellte. Das Interesse an ihrer Umwelt schien mit jedem Tag ein bisschen mehr zu schwinden. Nur ihr ältester Sohn schien für Frau Winter noch eine Bedeutung zu haben, aber Theo ermunterte sie nicht dazu, ihre Selbstständigkeit zurück zu erlangen. Auch jetzt reagierte die alte Dame nicht auf die Geräusche in ihrem Zimmer. Die Gummisohlen von Helenes bequemen Schuhen quietschten auf dem abgetretenen, grauen Linoleumboden, mit dem die ganze Station ausgelegt war. Die Laternen draußen im Park warfen einen schwachen Lichtschein in das Krankenzimmer. Theo musste vergessen haben, die Vorhänge zu schließen. Auch der Nachttisch war nach dem Abendessen nicht wie sonst ordentlich an seinen Platz zurückgeschoben worden. Der zuverlässige Theo schien seinen Platz am Bett der Mutter heute ungewöhnlich eilig verlassen zu haben. Erst jetzt bemerkte Helene die leeren Abstellflächen, die noch gestern mit Blumen, Bilderrahmen und Plüschtieren vollgestellt gewesen waren. Einer Ahnung folgend öffnete sie eine Tür des Kleiderschranks. Nur ein paar einsame Wäschestücke lagen ordentlich in den Regalen. Verschwunden waren die Bären und Hasen, die sich auf weichen Schlafanzügen tummelten. Helene eilte zurück auf den menschenleeren Flur. Nur ein verlassener Rollstuhl stand im kalten Licht der Leuchtstoffröhren vor einer ergrauten Wand. Der einst weiße Anstrich zeigte deutliche Spuren von Besuchern und Patienten, die sich haltsuchend an ihm entlang getastet hatten. Auch die Einrichtung war längst in die Jahre gekommen. Kaum jemand nutzte heute noch die schäbigen Stühle, die in einer Nische vor dem Fenster zum Verweilen einladen sollten. Von den Türen der Patientenzimmer platzte an einigen Stellen der Lack ab. An anderen Stellen war er so verkratzt, dass die ursprüngliche Farbe fast nicht mehr zu erkennen war. Helene hatte sich schon oft die Frage gestellt, wie die Patienten in dieser Umgebung überhaupt gesund werden konnten. Die Renovierung der Station war längst überfällig. Aber im Fall von Frau Winter konnte das nicht der Grund für die schlechte Genesung sein. Immerhin schien sie ihre Umgebung kaum wahrzunehmen. Ihre Aufmerksamkeit galt einzig und allein Theo. Die meisten Patienten setzten alles daran, das Krankenhaus schnellstmöglich wieder verlassen zu können. Gudrun Winter hingegen hatte sich von der Aussicht, die Station endlich verlassen zu können bisher nicht motivieren lassen. Nun aber waren ihre privaten Gegenstände, einschließlich Theo, überwiegend verschwunden. Im Schwesternzimmer fand Helene eine Kollegin, die sich gerade eingehend mit den Patientenakten beschäftigte.

„Ist das die Akte von Gudrun Winter?", fragte sie und griff nach der dicksten Mappe auf dem Tisch.

„Hm", nickte ihre Kollegin zustimmend. „Die Entlassungspapiere sind schon drin."

„Reha?", hakte Helene nach und blätterte hastig durch den Papierstapel.

„Du weißt es noch gar nicht?", grinste die jüngere Krankenschwester. „Frau Winter fährt morgen nach Hause."

Theo hatte keinen Blick für die festlich dekorierten

26

Straßen, als er mit gesenktem Kopf durch die Dunkelheit nach Hause ging. Trotz der Kälte schwitzte er in seiner warmen Jacke und die Mütze hat er erst gar nicht aufgesetzt. Hinter seiner Stirn arbeitete es heftig. Die Ärzte konnten oder wollten seine Mutter nicht mehr länger im Krankenhaus behalten. Selbstverständlich hatte es in den letzten Tagen immer wieder Gespräche gegeben, aber Theo hatte all die eindringlichen Mahnungen in den Wind geschrieben. Er war der festen Überzeugung gewesen, Gudruns Zustand würde sich wie durch ein Wunder verbessern und bis es soweit war, würden die Ärzte sie wohl kaum hinauswerfen können. Allem Anschein nach hatte er sich geirrt. Ein Platz in einem Pflegeheim war für ihn nicht in Frage gekommen, deshalb hatte er sich gar nicht erst darum bemüht. Auf keinen Fall würde er seine Mutter in eine solche Einrichtung abschieben. Auch nicht, wenn es nur vorübergehend war, wie seine Geschwister ihm einzureden versucht hatten. Nun aber drohte die Verantwortung ihn zu überfordern. Theo blieb nur eine einzige Nacht, um die wichtigsten Dinge zu regeln. Er musste einen Pflegedienst finden, der bereit war, Gudrun zu Hause zu versorgen und wenn seine Mutter Fortschritte machen sollte, dann brauchte sie auch die entsprechenden Therapeuten. Die musste er vermutlich erst einmal davon überzeugen, Gudrun in ihrer Wohnung aufzusuchen. Außerdem musste er im Amt weiterhin seine Abwesenheit erklären, mindestens bis Ende des

Jahres und nicht zuletzt musste er seine Geschwister informieren. Wenigstens um den Transport hatte sich das Krankenhaus gekümmert. Es waren nur wenige Kilometer bis zu der gemeinsamen Wohnung, aber selbst Theo war klar, dass Gudrun nicht in ein Taxi steigen konnte. Wenigstens lag ihre Wohnung im Erdgeschoß, dachte er, während er die letzten Meter seines Heimwegs zurücklegte. Als er den Schlüssel ins Schloss steckte und die Haustür des Mehrfamilienhauses aufstieß, fiel sein Blick auf die fünf Steinstufen, die ihn nun noch von der Wohnungstür trennten. Seufzend schüttelte Theo den Kopf. Darüber würde er sich später Gedanken machen. Jetzt musste er erst einmal aus dieser Jacke raus und ein paar dringende Telefonate führen. Hoffentlich würde er heute Abend überhaupt noch jemand erreichen. Das rote Lämpchen am Anrufbeantworter blinkte hektisch, als Theo die dunkle Diele betrat. Er tastete nach dem Lichtschalter und sah sich um. Was ihm bisher vertraut und gemütlich erschienen war, kam ihm nun, als er versuchte die Wohnung mit den Augen eines Fremden zu sehen, schäbig und altbacken vor. Der Teppich unter seinen Füßen war abgetreten. Die Tapeten und Vorhänge waren alt und unansehnlich. Er selbst hatte in den letzten Wochen dafür gesorgt, dass die Wohnung nun auch noch unordentlich und chaotisch wirkte. Auf dem Tisch im Wohnzimmer stapelten sich Papiere, die er achtlos dort abgelegt hatte. Bestimmt waren darunter auch die Broschüren der Pflegeheime, die ihm dauernd ungefragt zugesteckt worden waren. Auf den alten Sesseln lagen Kleidungsstücke und die übrigen Möbel bedeckte eine graue Staubschicht. Theo öffnete eine Tür im Wohnzimmerschrank und griff zielstrebig nach einer Flasche mit braunem Inhalt. Bevor er das hier in Angriff nehmen konnte, brauchte er eine anständige Stärkung.

Vorsichtig pustete Regina in die Tasse und nippte dann an ihrem heißen Tee. Glücklicherweise hatte ihr Mann Holger Theos Anruf entgegengenommen. Regina hätte ihrem ältesten Bruder sonst vermutlich gehörig die Meinung gesagt. So leid es ihr für ihre Mutter tat, Theo bekam nun endlich die Quittung für seine Alleingänge. Holgers Versuche, seine Frau zu besänftigen, waren erfolglos geblieben. Regina hatte die anderen Brüder sofort zum Kriegsrat herbeigerufen. Jetzt saßen sie zu sechst um den Esstisch in Reginas und Holgers neuem Haus, in dem noch nichts auf das bevorstehende Weihnachtsfest hindeutete. Meist war es Holger, dem zwei Tage vor heilig Abend der fehlende Baum auffiel. Wenn er sich dann auf den Weg machte, eine geeignete Nordmanntanne zu finden, beauftrage Regina ihren Mann zusätzlich damit, in allerletzter Minute die passenden Geschenke zu finden. Häuslichkeit war nicht gerade ihre starke Seite. Natürlich hatte sie emsig Nestbau betrieben als die Kinder noch klein waren, aber die Vorbereitung sämtlicher besonderer Ereignisse und die Einkäufe im allgemeinen überließ sie dann

doch lieber Holger. Spontane abendliche Zusammenkünfte kamen so gut wie nicht vor, so dass Reginas
Schwägerinnen nun mit tapferen Gesichtern einen
Schaumwein tranken, den Holger vor Jahren geschenkt
bekommen und seitdem im Keller vergessen hatte. Wie
die Flasche den Umzug in das neue Haus überlebt
hatte, war ihm selbst ein Rätsel. Reginas jüngere
Brüder, Klaus und Robert, mussten heute wohl oder
übel auf ihr Feierabendbier verzichten und stattdessen
mit Cola vorlieb nehmen.

„Tja", machte Klaus ratlos und nahm noch einen
Schluck aus seinem Glas. Eigentlich hatte er etwas
sagen wollen, um die ungewöhnliche Stille am Tisch
zu durchbrechen, aber ihm fiel beim besten Willen
nichts ein, was die Situation in irgendeiner Weise
besser machen würde. Er arbeitete im Schichtdienst
und würde seiner Mutter keine große Hilfe sein
können. Natürlich war auch er gegen die Verlegung in
ein Pflegeheim gewesen, aber im Gegensatz zu Theo
war er realistisch genug, den Zustand seiner Mutter
einschätzen zu können. Alleine würde Gudrun auf gar
keinen Fall zurechtkommen, auch nicht für ein paar
Stunden. Klaus hatte sich darauf verlassen, dass Theo
schon die richtige Entscheidung treffen würde.
Abgesehen davon, dass auch er noch immer auf eine
vollständige Genesung hoffte, hatte seine Aversion
gegen Senioreneinrichtungen auch finanzielle Gründe.
Trotz der erreichten Pflegestufe würden Gudruns
Kinder einen Teil der Kosten unter sich aufteilen

müssen. Nun aber stellte sich die Frage, wie die Mutter zu Hause betreut werden konnte. Seiner Frau Monika konnte Klaus das bestimmt nicht zumuten. Sie hatte noch mit ihren eigenen Eltern zu kämpfen und die Entfernung zu Gudruns Wohnung konnte sie unmöglich jeden Tag zurücklegen, um ein paar Stunden bei der Schwiegermutter zu sein. Erst recht nicht, wenn Klaus mit dem Auto unterwegs war. Robert beschäftigten ganz ähnliche Gedanken. Er und seine Frau Maike ahnten schon lange, dass Gudrun nach dem Krankenhausaufenthalt auf fremde Hilfe angewiesen sein würde, aber gegen Theo war er ebenso machtlos wie Regina. So richtig hatte er sich dann auch nicht getraut, Theo ernsthaft zu widersprechen. Immerhin nahm der älteste Bruder ihnen allen doch eine ganze Menge Arbeit ab, auch wenn er in seiner Rolle als Krankenpfleger richtig aufzublühen schien. Dafür hatte Theo in den vergangenen Jahren schließlich auch ein entspanntes Junggesellenleben im Hotel Mama geführt, während all seine Geschwister selbst Kinder hatten und sich um den eigenen Haushalt kümmern mussten.

„Theo hat diese Entscheidung getroffen", bemerkte Regina leise. „Es muss ihm bewusst gewesen sein, dass die meiste Arbeit an ihm hängen bleiben wird."

„Naja", warf Holger ein, „ob das eine so bewusste Entscheidung war? Ich glaube eher, Theo hat die Entscheidung einfach zu lange hinaus gezögert und hatte nun gar keine andere Wahl."

„Er wird doch selbst irgendwann mal wieder ins Amt müssen", überlegte Maike und drehte das Glas mit dem Schaumwein zwischen den Händen. Regina, Klaus und Robert waren nach dem Auszug aus der elterlichen Wohnung in einem Vorort sesshaft geworden und hatten dort ihre Familien gegründet. Die Wege zwischen ihren Wohnhäusern konnten sie notfalls zu Fuß zurücklegen und so war auch das heutige, spontane Treffen trotz der winterlichen Verhältnisse kein Problem gewesen. Die Entfernung zu Gudruns und Theos Wohnung war Maike aber seit Jahren ein Dorn im Auge. Theo verzichtete ganz bewusst auf ein eigenes Auto. Seine Geschwister waren sich einig, dass dies keinesfalls eine Geldfrage war. Vielmehr war Theo es leid gewesen, ständig für Gudrun und ihre Freundinnen das Taxi zu spielen. Das Damenkränzchen hatte sich immer auf den freundlichen Theo verlassen. Nun aber mussten die Frauen die öffentlichen Verkehrsmittel benutzen. Theo selbst konnte den Weg ins Amt bequem mit dem Bus zurücklegen. Damit entfiel auch die lästige Parkplatzsuche in der Stadt. Was Theo dabei aber gerne übersah, war die Tatsache, dass nun seine Geschwister und deren Partner Taxi fuhren. Wann immer eine Familienfeier anstand, musste sich jemand bereit erklären, Gudrun und Theo am anderen Ende der Stadt abzuholen und später wieder dorthin zurückzubringen. Sie hatten sich schon sehr oft darüber unterhalten, dass dies, alles in allem, eine Fahrzeit von zwei

Stunden ausmachte. Bei dichtem Verkehr oder schlechtem Wetter konnte es auch leicht mehr werden. Für Gudrun und Theo kam ein Umzug aber nicht in Frage. Nach dem Tod des Vaters waren sie, wie selbstverständlich, in der eigentlich viel zu großen Wohnung geblieben. Regina schien ähnliche Gedanken zu haben wie Maike.

„Für uns ist es einfach viel zu weit", erklärte sie entschieden.

Monika schwenkte nickend ihr leeres Weinglas.

„Soll ich nochmal nachschenken?", fragte Holger lächelnd.

„Je mehr man davon trinkt, desto besser schmeckt er", kicherte Maike und bemühte sich sofort wieder ernst zu bleiben, als sie Roberts strafenden Blick bemerkte. Immerhin waren sie ja nicht zum Spaß hier.

Holger stand auf um die Flasche aus dem Kühlschrank zu holen, als plötzlich das Telefon klingelte. Sofort war Regina auf den Beinen.

„Ich mach das schon", bremste Holger sie.

Wer auch immer am anderen Ende der Leitung war, wenn Regina das Gespräch annehmen würde, konnte das Telefonat Stunden dauern. Sie schaffte es sogar, jemand in ein längeres Gespräch zu verwickeln, der sich eigentlich nur verwählt hatte. Am Tisch blieben alle still, als Holger nach dem Mobilteil griff und sich meldete. Ein Anruf um diese Uhrzeit war ungewöhnlich und brachte meistens keine guten Neuigkeiten.

„Ahh", machte Holger Anstalten den Anrufer zu

begrüßen, wurde aber schienbar sofort unterbrochen. Regina gestikulierte heftig. Holger sollte ihr wenigstens ein Zeichen geben, wer da auf ihn einredete. Die anderen lauschten gespannt. Schon nach wenigen Sekunden lächelten alle verstehend. Die laute Stimme, die sie nun hörten, war allen wohlbekannt. Wilma. Nur was sie zu sagen hatte, war am Esstisch nicht zu verstehen.

„Stell Dir vor, Du wärst rangegangen", grinste Robert und erntete zustimmendes Gemurmel.

„Dann hätte es wirklich Stunden gedauert", erwiderte Holger, der das Gespräch gerade beendet und Roberts Worte gehört hatte.

Wilma teilte Reginas Leidenschaft für endlos lange Telefonate. Holgers einsilbige Antworten hatten ihr heute aber keine Gelegenheit gegeben, das Gespräch weiter auszudehnen. Außerdem war es auch wirklich schon spät und die Gruppe in Reginas Wohnzimmer hätte Wilma um diese Zeit eher im Bett vermutet.

„Ging aber doch recht schnell", staunte Klaus prompt.

„Wahrscheinlich hat Wilma ihren Redebedarf heute Abend bereits bei Theo gedeckt", erklärte Holger.

Regina und die Gäste sahen ihn auffordernd an.

„Theo hat natürlich auch das Damenkränzchen über die neuesten Entwicklungen informiert", fuhr er fort.

„Lass mich raten", unterbrach Regina, „Wilma hat das natürlich kommen sehen."

Maike schmunzelte. Wilma sah immer alles kommen. Natürlich erfuhr ihre Umwelt immer erst dann davon, wenn der Fall tatsächlich eingetreten war.

„Diesmal muss man ihr allerdings anrechnen, dass sie Hilde und Tine bereits gestern Abend dazu verdonnert hat, bei Gudruns Betreuung zu helfen", ließ Holger die anderen wissen.

„Das kann ja lustig werden", kicherte Monika, die schon bildlich vor sich sah, wie die zarte Hilde der pummeligen Gudrun auf die Beine helfen wollte.

„Das ist besser als nichts", meinte Klaus ernst.

„Das ist mehr als wir heute Abend zustande gebracht haben", nickte Robert nachdenklich.

„Es ist immerhin ein Anfang", stimmte Regina zu und gähnte ausgiebig.

Klaus und Robert nahmen das zum Anlass, endlich zum Aufbruch zu mahnen. Widerwillig erhoben sich auch ihre Frauen. Schließlich war die Flasche noch gar nicht leer.

4.

Hilde saß gelangweilt auf dem in beige und brauntö-
nen gemusterten Sofa und sah Gudrun beim Schlafen
zu. Dass Gudrun wenig zum Gespräch beisteuern
konnte, war ihr schon klar gewesen, aber dass ihre
Schwägerin einfach einschlief, während Hilde von
ihren Erlebnissen der letzen Tagen berichtete, fand sie
nun doch ein wenig unhöflich. Mit wem sollte sie sich
nun unterhalten? Immerhin hatte sich Hilde bereit
erklärt, Gudrun jeden Dienstag Gesellschaft zu leisten,
während Theo im Amt war. Natürlich war es schon ein
Fortschritt, dass Theo überhaupt wieder seiner
geregelten Arbeit nachging. Vielleicht tat er aber auch
nur so als ob. Ganze vier Mal hatte er heute schon die
eigene Telefonnummer gewählt um zu hören, ob mit
seiner Mutter alles in Ordnung war. Hilde hatte dies
bereits vier Mal bestätigt und nur beim letzten Anruf
durchklingen lassen, dass sie sich selbst ein wenig
schwindelig fühlte. Darauf war Theo aber gar nicht
erst eingegangen. Wenigstens hatte er seitdem auch
nicht wieder angerufen. Es musste der Mangel an
frischer Luft und Bewegung sein, der Hildes leichtes
Unwohlsein auslöste. Sie hatte noch versucht, Gudrun
wenigstens zu einem kurzen Spaziergang zu überreden, aber ihre Schwägerin hatte nur fröstelnd die
Schultern hochgezogen. Dabei war es in der Wohnung

warm und stickig. So würde Gudrun niemals zu Kräften kommen. Seit einigen Wochen war auch Gudrun stolze Besitzerin eines Rollators, aber sie benutzte die Gehhilfe nur innerhalb der eigenen vier Wände. Theo hatte Hilde strikt verboten, die Balkontür zu öffnen, aber er würde es ja gar nicht bemerken. Hilde stemmte ihre zarte Gestalt aus dem Sofa hoch und umrundete Gudrun, die nun leise schnarchte. Energisch zog sie den Vorhang beiseite und hielt dann für einen Moment inne. Ob Theo in der Wohnung Kameras angebracht hatte, um das Damenkränzchen und die Therapeuten zu kontrollieren? Nein, entschied Hilde, soweit würde selbst Theo nicht gehen. Wahrscheinlich sah sie einfach zu viele Krimis im Fernsehen. Mit einem schnellen Blick vergewisserte sie sich, dass Gudrun noch schlief und öffnete dann die Tür. Hilde atmete erst einmal tief durch und füllte ihre Lungen mit frischem Sauerstoff. Gudrun war in eine dicke Decke gehüllt, sie würde die Kälte gar nicht bemerken. Theo hatte ihr extra einen von diesen vollautomatischen Sesseln gekauft, der ihr auf Knopfdruck beim Aufstehen half oder sie in eine liegende Position brachte. Obwohl Theo nicht gerade ein modernes Muster für das Polster gewählt hatte, hob sich der neue Sessel deutlich von den anderen Möbelstücken ab. Erst vorhin in der Küche war Hilde der Unterschied zu ihrer eigenen Wohnung wieder deutlich bewusst geworden. Sie konnte sich nicht erinnern, dass Gudrun in den letzten fünfzig Jahren etwas an der Einrichtung verändert hatte und vermutlich besaß ihre Schwägerin die Einbauküche tatsächlich seit ihrer Eheschließung. Resopalplatten waren, soweit Hilde wusste, so gut wie ausgestorben. Kein Wunder, dass Gudrun den Spaß am Kochen verloren hatte. In dieser Umgebung sah die Mikrowelle aus, wie etwas aus einem Science-fiction-Film, aber mit Sicherheit wusste Gudrun nicht einmal was Science-fiction war. Hildes Bemühungen, Gudrun wenigstens selbst die Kartoffeln schälen zu lassen, waren ohne Erfolg geblieben. Gudrun hatte nur dagesessen, das Schälmesser in der einen, eine Kartoffel in der anderen Hand. Dabei hatte sie das schäbige, alte Gewürzregal über der Arbeitsplatte mit einem Blick gemustert, als ginge sie das alles schon nichts mehr an. Hilde aber war hungrig gewesen. Außerdem musste sie ihre regelmäßigen Mahlzeiten einhalten, sonst würde Theo seine Tante bei seiner Heimkehr ohnmächtig in irgendeiner Ecke finden. Schließlich hatte sie ihrer Schwägerin seufzend das Messer und die Knolle aus der Hand genommen und das Essen fertig zubereitet. Von der guten Hausmannskost hatte Gudrun allerdings kaum zwei Bissen zu sich genommen und Hilde bereute allmählich ihr Versprechen, die Dienstage zu übernehmen. Gudrun machte nach wie vor kaum Fortschritte. Zu einem Kartenspiel hatte Hilde sie auch nicht überreden können Nun stand sie bei der geöffneten Balkontür und warf einen Blick auf die Uhr an ihrem linken Handgelenk. Es konnte nicht mehr allzu lange dauern, bis Theo sie für heute erlöste. Die Wassergymnastik am nächsten Tag würde nach diesen langweiligen Stunden eine willkommene Abwechslung sein. Mit Tine und Wilma konnte man sich wenigstens noch unterhalten, auch wenn Hilde die Marotten der beiden ganz schön auf den Keks gingen.

„Du qualmst doch hoffentlich nicht immer noch Gudruns Wohnung voll?" fragte Wilma, als Tine sich am Mittwoch nach Verlassen der Badeanstalt sofort eine Zigarette anzündete.

Tine hatte die Donnerstage übernommen und damit als einzige ihren Dienst für diese Woche noch nicht verrichtet. Wilma, die montags den Anfang machte, war ein bisschen enttäuscht, dass die Freundinnen nicht ganz so rücksichtsvoll mit Gudrun umgingen, wie sie selbst. Nun erntete sie von Tine einen abfälligen Blick für ihre Frage.

„Ich rauche natürlich auf dem Balkon", antwortete Tine.

Dazu hatte sie niemand auffordern müssen. Was Theo sagen würde, wenn die Wohnung bei seiner Rückkehr nach Zigarettenrauch riechen würde, wollte sie sich gar nicht erst vorstellen. Allerdings hatte Tine tatsächlich aus alter Gewohnheit während ihres ersten Betreuungstages nach dem Aschenbecher Ausschau gehalten, der bei ihren vorherigen Besuchen stets auf dem kleinen Beistelltisch unter der Stehlampe gestanden hatte. Erst als sie das beinahe schon antike

39

Gefäß dort nicht vorfand, war ihr klar geworden, dass Theo alles verbannt hatte, was seiner Mutter seiner Meinung nach schaden konnte. Wilma gegenüber würde Tine das aber auf keinen Fall zugeben. Die würde es mit an Sicherheit grenzender Wahrscheinlichkeit sofort Theo erzählen. Tine hatte zwar mit dem Gedanken gespielt, absichtlich Fehler zu machen, damit Theo sie von ihren Betreuungspflichten entband, sich dann aber eines Besseren besonnen. Tine lebte ganz allein und sie hatte keine Verwandten. Was wenn sie selbst einmal in eine solche Situation kommen sollte? Sie durfte es sich mit Theo auf keinen Fall verscherzen. Dafür musste sie es nun eben in Kauf nehmen, dass ihre Donnerstage quälend langsam vorbeigingen und von Langeweile geprägt waren. Wenigstens konnte Tine selbst ein kleines Nickerchen halten, wenn Gudrun mal wieder schlief. Wilma war die einzige, die ihre Aufgabe richtig zu genießen schien. Sie genoss es, den ganzen Tag lang eine Zuhörerin für ihren nie enden wollenden Redefluss zu haben und es war ihr ganz egal, ob Gudrun etwas zu der Unterhaltung beisteuerte oder nicht. In all den Jahren ihrer Freundschaft hatte Wilma Gudrun sowieso fast nie zu Wort kommen lassen.

Die Wassergymnastik hatte die drei Damen nicht wirklich angestrengt, trotzdem freuten sie sich jetzt auf die Ruhe in ihrem Stammlokal. Sie wählten den gleichen Tisch wie in all den anderen Wochen zuvor. Hilde nahm Platz und beäugte das Tagesgericht, das auf einer gesonderten Karte aufgelistet war, während Tine gleich zur regulären Speisekarte griff. Wilma atmete erst einmal tief durch, bevor sie selbst einen Blick in die Karte warf, die sie eigentlich auswendig kannte.

„Das ist ja alles wieder viel zu viel für mich", murmelte sie mit gespielter Verzweiflung.

Tine grinste hinter ihrer Speisekarte und verkniff sich jeden Kommentar. Diese Bemerkung von Wilma gehörte inzwischen genauso zu dem wöchentlichen Ritual, wie ihre grüne Badekappe. Trotz aller Versuche bescheiden und möglichst damenhaft zu wirken, aß Wilma ihre Portion Woche für Woche bis zum letzten Krümel auf. Insgeheim wartete Tine auf den Tag, an dem sie auch noch den Teller ablecken würde. Tine selbst traf nach einem kurzen Blick in die Karte eine rasche Entscheidung und verzehrte das bestellte Gericht ohne Unterbrechung, während Wilma ihr Besteck immer wieder zur Seite legte um die Hände frei zu haben. Sie untermalte ihre ausschweifenden Erzählungen gerne mit vielen Gesten. Entsprechend lange zog sich das Mittagessen hin. Tine konnte es kaum abwarten, nach dem Schwimmen und dem anschließenden Mittagessen zurück in ihre Wohnung zu kommen und erst einmal die Beine hoch zu legen. Wilma dagegen fürchtete sich eher vor dem Moment, in dem sie in ihre leere Wohnung zurückkehren musste. Hilde war das alles gleichgültig. Als Gattin eines Regierungsbeamten hatte sie gelernt, sich in jeder

Situation angemessen zu benehmen. Im Gegensatz zu Wilma sprach sie nie mit vollem Mund. Sie drängte auch nicht, wie Tine, ständig zum Aufbruch. Hilde aß bis sie satt war, legte erst dann das Besteck zur Seite, wischte sich mit der Serviette den Mund ab und verfolgte dann scheinbar aufmerksam Wilmas Monolog. Ihr leicht zur Seite geneigter Kopf signalisierte Wilma Hildes ungeteilte Aufmerksamkeit, während diese in Wahrheit die anderen Gäste im Restaurant beobachtete.

Jetzt aber hielt Wilma ihren Blick stur auf den einzigen leeren Stuhl am Tisch gerichtet. Alle drei hatten inzwischen ihre Bestellung aufgegeben und warteten nun auf das Essen. Wilma hatte sich nach einigem hin und her für das Bauernschnitzel entschieden. Nicht, weil sie besonderen Appetit auf dieses Gericht verspürte, sondern vielmehr aus sentimentalen Gründen. Gudrun hatte nur bei ihrem allerersten Besuch in diesem Restaurant aufmerksam die Speisekarte gelesen. Ihre Wahl war auf das Bauernschnitzel gefallen und seitdem hatte sie es Woche für Woche wieder bestellt. Ein weiteres Merkmal ihres Charakters. Das Bauernschnitzel hatte ihr gut geschmeckt, warum sollte sie das Risiko eingehen, ein anderes Gericht zu bestellen, dass ihr vielleicht weniger zusagen würde. Außerdem hatte sich Gudrun damit die Mühe erspart, eine neue Entscheidung treffen zu müssen. Auf diese Art und Weise musste sie auch für keine der Freundinnen Partei ergreifen.

Gudruns schnelle Wahl war ihre persönliche Unterstützung für Tine, ohne Wilma bei ihren langen Überlegungen zu beeinflussen. Ein bisschen empfand Hilde Gudruns Anpassungsfähigkeit als Schwäche. Vielleicht war es auch einfach nur Bequemlichkeit. Gudrun machte einen großen Bogen um alles, was zu einem Streit führen könnte. Natürlich wäre auch Hilde froh, wenn ihre Schwägerin sich endlich von ihrem Schlaganfall erholen würde, aber Wilmas feuchte Augen, mit denen sie noch immer den leeren Stuhl am Tisch fixierte gingen ihr dann doch zu weit. Auch Tine schaute unangenehm berührt in eine andere Richtung.

„Ich wünschte Gudrun könnte nun mit mir zusammen ein Bauernschnitzel essen", seufzte Wilma.

„Schön", erwiderte Hilde leicht gereizt, „das bringt uns aber nicht weiter. Nur wenn Gudrun selbst sich das wünschen würde, würde es vielleicht zu ihrer Genesung beitragen. Das ist aber ganz offensichtlich nicht so. Gestern hat sie ihr Essen wieder kaum angerührt und nun wage es ja nicht, dafür meine Kochkünste verantwortlich zu machen."

Tine entfuhr ein leises Kichern. Sie war froh, dass Hilde die Dinge endlich auf den Punkt brachte. „Wenn wenigstens Theo sie mehr ermutigen würde", sprang sie Hilde bei.

„Ihr könnt doch nicht behaupten, Gudrun wäre selbst schuld an ihrem Zustand", sagte Wilma entsetzt.

„Nicht an dem vor zwei Monaten", versuchte Hilde zu erklären, „an ihrem jetzigen vielleicht schon ein bisschen."

Wilma machte ein beleidigtes Gesicht und schwieg.

„Nun guck nicht wie ein angefahrenes Reh", versuchte Tine einzulenken. „Wir haben diese Tatsache ja auch viel zu lange unter den Teppich gekehrt."

Hilde schnappte sich ihre Handtasche und verschwand Richtung Toilette. Erst dort erlaubte sie es sich, laut los zu prusten. Ein angefahrenes Reh. Wie konnte Tine nun auf so eine Idee kommen. Mit ihrer großen, imposanten Erscheinung erinnerte Wilma Hilde eher an eine Giraffe, aber das musste sie wohl besser für sich behalten. Nachdem sich Hilde beruhigt hatte, kehrte sie an den Tisch zurück, wo die beiden anderen gerade nach der Rechnung verlangten. Für heute war Wilma der Spaß an diesem wöchentlichen Treffen gründlich vergangen. Trotzdem nahm sie sich im Stillen vor, Theo noch am selben Abend anzurufen. Vielleicht konnte es wirklich nicht schaden, wenn Gudrun ein bisschen mehr gefordert würde. Sie selbst konnte es jetzt schließlich guten Gewissens als die Idee von Hilde und Tine verkaufen.

Etwas ganz Ähnliches besprachen Maike und Regina zur selben Zeit am Telefon. Eigentlich hatte Maike Regina nur angerufen, um das kurz bevorstehende Weihnachtsfest zu besprechen. Bisher hatte niemand aus der Familie Anstalten gemacht, die Feiertage zu planen. Nun aber drängte die Zeit wirklich. In den vergangenen Jahren hatte Gudrun immer darauf bestanden, das Fest auszurichten, aber davon konnte diesmal wirklich niemand ausgehen. Regina hatte, wie so oft um diese Jahreszeit, immer noch keinen Gedanken an Weihnachten verschwendet. Nach einem kurzen Blick auf den Kalender neben dem Kühlschrank musste sie ihrer Schwägerin Maike allerdings Recht geben. Es wurde höchste Zeit für die Vorbereitungen. Regina selbst lag nicht viel an Festen und Feiertagen, aber allein wegen der Kinder konnte Weihnachten in diesem Jahr nicht einfach ausfallen. Maike hielt ihr Mobiltelefon ans Ohr gepresst und schaute gelangweilt aus dem Küchenfenster, während sie Reginas Ausführungen lauschte. Die Terrasse war schneebedeckt und die Lichterketten, die Maike schon vor Wochen angebracht hatte, funkelten in der hereinbrechenden Dämmerung. Im Gegensatz zu Regina liebte Maike Weihnachten. Schon im Herbst freute sie sich auf die gemütliche Jahreszeit und legte einen beachtlichen Vorrat an Kerzen an. Nach den Feiertagen war sie allerdings meistens enttäuscht. Es wollte ihr einfach nicht in den Kopf, dass die Verwandtschaft so wenig Wert auf eine festliche Atmosphäre legte. Wäre es nach Maike gegangen, hätten die weihnachtlichen Familienzusammenkünfte schon lange nicht mehr bei Gudrun und Theo stattgefunden. Nun aber war ihre Stunde gekommen. Selbstverständlich erklärte sich Maike bereit, die Familie in Roberts und ihrem Haus willkommen zu heißen und dort zu bewirten. In ihrer Euphorie waren ihr die Probleme, mit denen sie sonst vor jeder Geburtstagsfeier gekämpft hatte, kurzfristig entfallen. Nun aber wurde Maike von Reginas Redeschwall auf den Boden der Tatsachen geholt und ihr schwante nichts Gutes. Die erste Hürde bestand bei jeder Einladung darin, Regina anzurufen und das Gespräch in weniger als einer Stunde zu beenden. Maike fühlte sich mal wieder an eine Schallplatte erinnert, die in Dauerschleife lief. Gingen Regina die Themen aus, begann sie einfach wieder von vorne. Während der ersten Runde beteiligte sich Maike noch lebhaft am Gespräch, während der zweiten wurde sie allmählich schweigsamer und gab nur noch gelegentlich zustimmende Laute von sich. Die folgenden Runden rauschten an Maike vorbei, die sich entweder inzwischen einer anderen Beschäftigung zugewandt hatte oder aber, wie jetzt, gelangweilt aus dem Fenster schaute. Die zweite Hürde ergab sich meistens aus der ersten. Es blieb niemals bei diesem einen Gespräch. Regina musste mit Holger und ihren zwei Kindern Rücksprache halten. Maike fragte sich seit langem, ob Reginas Familie niemals gemeinsame Mahlzeiten einnahm, denn jede Befragung fand einzeln statt. Zumindest wurden Maike die Antworten von Holger und den beiden Kindern zu solchen Gelegenheiten einzeln mitgeteilt. Das erforderte schon mal weitere drei Telefonate. Meistens folgten weitere Anrufe mit Änderungen der jeweiligen Zu- und Absagen. Manchmal vergrößerte oder verkleinerte sich auch die Familie im fraglichen

Zeitraum. Je nachdem ob sich eines von Reginas Kindern gerade ver- oder entliebt hatte. Diesmal hatte Maike sich aber fest vorgenommen, sich die Vorfreude nicht verderben zu lassen. Zu ihrem eigenen Erstaunen wurde ihre Einladung von Regina wohlwollend entgegengenommen. Maikes Schwägerin schien davon auszugehen, dass die Kinder an Weihnachten keinen Widerstand leisten würden und sagte freudig zu. Möglicherweise hatte Regina es auch einfach nur eilig, diesen Punkt abzuhaken und das Gespräch in eine andere Richtung zu lenken. Sie hatte nur schnell ihren einzigen Einwand, „aber nicht zum Mittagessen", vorgebracht und beschwerte sich nun seit knapp vierzig Minuten über ihren ältesten Bruder Theo. Warum Regina und Holger sich grundsätzlich nur auf Einladungen zu Kaffee und Kuchen mit anschließendem Abendessen einließen, blieb Maike ein Rätsel. In Gedanken stellte sie bereits eine Zutatenliste für genau dieses Abendessen zusammen. Regina bemerkte sowieso nicht, dass sie nicht mehr Maikes ungeteilte Aufmerksamkeit hatte. Natürlich war auch sie nach wie vor der Meinung, dass Theo Gudrun zu sehr in Watte packte aber sie hatte keine Lust, es Regina zum dritten Mal innerhalb eines Gesprächs zu bestätigen. Gudrun würde auf diese Art und Weise keine Fortschritte machen, das war beiden Frauen klar. Während sich Maike aber längst mit ihrer Machtlosigkeit gegenüber Theo abgefunden hatte, pochte Regina als Gudruns leibliche Tochter immer noch auf ihr

Mitspracherecht.

Seit Gudrun das Krankenhaus verlassen musste, und das Damenkränzchen ihn zur Rückkehr in sein Amt genötigt hatte, war Theo der Mittwoch, abgesehen von den Wochenenden, am liebsten. Die Wassergymnastik lenkte die alten Freundinnen von Gudrun ab und er selbst verbrachte mehr Zeit mit seiner Mutter. Nachdem er früh am Morgen die Wohnung verlassen hatte, war eine Mitarbeiterin des Pflegedienstes erschienen, die Gudrun gewaschen und ihr beim Anziehen geholfen hatte. Die Pflegerin war, wie jeden Mittwoch, von der Logopädin abgelöst worden, die Gudrun dabei unterstützen sollte, wieder sprechen zu lernen. Die kurze Pause, die die Patientin hatte bevor der Physiotherapeut erschien, nutzten seine Geschwister abwechselnd für einen Besuch. Heute war es Klaus gewesen, der seiner Mutter ein wenig Gesellschaft geleistet hatte. Gegen Mittag kehrte Theo aus dem Amt zurück und übernahm die Pflege wieder selbst. Er schien der Einzige zu sein, dem auffiel, wie müde seine Mutter nach den Therapien aussah. Deswegen widmete er ihr die Stunden am Nachmittag und Abend. Der Tisch im Wohnzimmer war übersät mit Flaschen und Töpfchen. Theo, der sich nie für Kosmetikprodukte interessiert und die namhaften Drogerien nur aus der Fernsehwerbung gekannt hatte, nutzte nun jede Gelegenheit, Gudrun eine neue Lotion zu schenken. Damit salbte und cremte er den speckigen, faltigen Körper seiner Mutter vom Haaransatz bis zu den Zehenspitzen. Gudrun genoss diese Art der Zuwendung und fand es überhaupt nicht erstrebenswert, sich wieder selbst um solche Dinge kümmern zu können. Theos einfühlsame Hände bereiteten ihr viel mehr Wohlbehagen, als die Übungen, zu denen sie der Physiotherapeut überreden wollte. Auch die Logopädin, die sie heute unermüdlich aufgefordert hatte „Birne" zu sagen, war ihr furchtbar lästig. Gudrun hatte dann auch mit Absicht jedes Mal „Bier" gesagt, bis die Sprachtherapeutin entnervt aufgegeben hatte. Nun aber lag Gudrun frisch eingecremt in einem ihrer kuscheligen Schlafzüge unter der Decke und sah mit Theo fern. Gerade wollte sie ihn mit einer Handbewegung dazu auffordern, ihr eine der feinen Pralinen zu reichen, die ihr Sohn ihr heute mitgebracht hatte, als das Klingeln des Telefons ihre Zweisamkeit störte.

Theo stellte die Lautstärke am Fernseher leise und nahm das Gespräch entgegen. Gudrun schüttelte heftig den Kopf, als sie Wilmas forsche Stimme am anderen Ende hörte. Meistens bestand Wilma darauf, dass Theo Gudrun den Hörer reichte, aber Gudrun hatte überhaupt keine Lust, Wilmas Erzählungen zu lauschen. Auch wenn Wilma keine Antwort von ihr erwartete, empfand Gudrun die Anrufe der Freundin nur als störende Unterbrechung ihres Abendprogramms. Erstaunlicherweise machte Theo aber heute gar keine Anstalten, den Telefonhörer an seine Mutter weiterzureichen. Vielmehr zog er die Augenbrauen zusammen und machte ein finsteres Gesicht. Gudrun versuchte sich ihre erwachende Neugierde nicht anmerken zu lassen. Theo lauschte Wilmas Worten. Seine gelegentlichen Versuche, den Redefluss zu unterbrechen, scheiterten. Als er Wilma plötzlich in barschem Ton mitteilte, dass er sich nun wieder um Gudrun kümmern und auflegen würde, sah seine Mutter ihn überrascht an. Leider ignorierte Theo ihren fragenden Gesichtsausdruck und gab kurz darauf vor müde zu sein. Ohne eine weitere Erklärung half er Gudrun ins Bett und zog sich in sein Zimmer zurück.

5.

Hilde schob ihr Gehwägelchen die steile Straße hinauf. Die kalte Winterluft ließ ihren Atem als kleine weiße Wölkchen sichtbar werden. Sie hatte eine unruhige Nacht hinter sich. Der unschöne Ausklang ihres gestrigen Restaurantbesuchs war ihr einfach nicht aus dem Kopf gegangen. Ausgerechnet Hilde, die sonst nichts so leicht aus der Ruhe brachte, hatte sich schlaflos in ihrem Bett gewälzt und in den frühen Morgenstunden schließlich einen Entschluss gefasst. Am Ende der Straße angekommen schubste sie ihren Rollator vom Gehweg in einen Hauseingang und drückte energisch auf den Klingelknopf. Elegante Lederhandschuhe schützten Hildes Hände vor der eisigen Kälte. Vermutlich entging ihr deswegen, dass der nahezu eingefrorene Knopf in seiner eingedrückten Position steckenblieb und in Theos Wohnung einen ohrenbetäubenden Lärm auslöste. Sogar Gudrun vergaß vor lauter Schreck für einen Moment ihre Hilflosigkeit und saß aufrecht im Bett. Theo stürmte aus dem Bad, drückte die Entriegelung für die Haustür und riss anschließend gleich die Wohnungstür auf.

„Meine Güte Tine", rief er ins Treppenhaus, „für einen Moment hättest Du die Kälte schon noch ausgehalten. Du weckst ja das ganze Haus auf."

Nach einem Blick in Richtung Haustür wurde Theo aber schnell klar, dass es sich bei der kleinen Gestalt nicht um Tine handeln konnte. Die hellen Lichter, die ihn aus dem sonst völlig im Dunkeln liegenden Hauseingang blendeten, irritierten ihn zusätzlich. Während in seiner rechten Hand noch der elektrische Rasierapparat summte, betätigte er mit der linken den Lichtschalter im Treppenhaus.

„Tante Hilde", entfuhr es Theo überrascht.

Dabei hätten ihn die Lampen, die er selbst an Hildes Gehwägelchen montiert hatte, längst stutzig machen sollen.

„Dir auch einen schönen guten Morgen Theo", rief Hilde fröhlich und parkte ihren Rollator neben der Haustür.

Dann stieg sie wie selbstverständlich die wenigen Stufen hinauf und drückte sich an Theo vorbei in die warme Wohnung.

„Mach die Tür zu. Oder willst Du, dass die ganze Wärme flöten geht?", wies sie ihren verdutzten Neffen an.

Theo drückte die Tür ins Schloss und erinnerte sich an seine guten Manieren. Er half Hilde aus dem warmen Mantel und hängte das schwere Kleidungsstück sorgfältig auf einen Bügel.

Bevor er nach dem Grund für den ungewöhnlich frühen Besuch seiner Tante fragen konnte, klingelte es erneut. Diesmal war es tatsächlich Tine, die sich pünktlich zum Dienst melden wollte. Auch sie hielt erstaunt inne, als sie Hilde in der Diele entdeckte.

„Wenn ich du wäre würde ich noch im Bett liegen",

sagte Tine dann auch wehmütig und wickelte sich den Schal vom Hals.

Sie schüttelte ihre immer noch tiefschwarzen Locken und sah Hilde abwartend an. Automatisch griff sich Hilde an den Kopf und ertastete ihre Wollmütze. Nachdem sie sie abgelegt hatte, warf sie einen Blick in den Spiegel neben der Garderobe und richtete ihre Frisur mit den Fingern. Die eleganten grauen Wellen waren von der Mütze ein wenig plattgedrückt, aber das konnte Hildes apartem Erscheinungsbild nichts anhaben. Theo verfolgte die Szene kopfschüttelnd. Erst nachdem Hilde ihre Frisur gerichtet hatte, reagierte sie auf Tines Bemerkung.

„Ich bin ja schließlich nicht zum Vergnügen hier", sagte sie ernst und machte Anstalten, Gudruns Schlafzimmer zu betreten.

„Wenn ich das geahnt hätte, wäre ich liegen geblieben", seufzte Tine. „Aber wer rechnet schon am Donnerstag mit Dir."

„Heute ist Dienstag, liebe Tine", erklärte Hilde in nachsichtigem Tonfall.

„Heute ist Donnerstag", sagte Theo entgeistert.

Hilde musterte die beiden scheinbar verwirrt.

„Nicht Dienstag?", fragte sie leicht verunsichert.

Als Theo für einen kurzen Moment den Blick abwandte, um nun endlich den Rasierapparat an seinen Platz zurückzulegen, zwinkerte Hilde der Freundin verschwörerisch zu. Tine schüttelte gespielt vorwurfsvoll den Kopf und drohte Hilde mit dem Zeigefinger.

Hilde grinste schelmisch. Theo versuchte sich seine Sorge nicht anmerken zu lassen und schob die beiden Frauen in die Küche. Dienstag oder Donnerstag, es wäre ihm im Traum nicht eingefallen, eine der beiden betagten Damen in die Kälte zurück zu schicken. Es war ja noch nicht einmal richtig hell draußen.

„Macht euch nur in Ruhe eine Tasse Kaffee", schlug er den Freundinnen vor.

Für ihn selbst wurde es höchste Zeit aufzubrechen. Der Bus, der ihn pünktlich ins Amt bringen sollte, wartete nicht und er konnte schlecht schon wieder fehlen. Was würden die Kollegen denken, wenn er nun noch eine verwirrte Tante als Grund für sein Fernbleiben anbringen würde.

Wenig später fiel die Wohnungstür hinter ihm ins Schloss und die beiden Frauen blieben alleine zurück. Gudrun war für den Moment vergessen. Nicht einmal Theo hatte auf das Gemurmel aus ihrem Schlafzimmer reagiert.

„Was hast Du Dir nun dabei wieder gedacht?", schmunzelte Tine und machte sich an der alten Kaffeemaschine zu schaffen.

„Na na", machte Hilde entrüstet, „hast Du etwa Lust, Dich hier die nächsten neun Stunden mit Gudrun zu langweilen? Sei froh, dass ich Dir zur Seite stehe."

„Sei ehrlich", mahnte Tine, „Dir hat das Gespräch mit Wilma gestern keine Ruhe gelassen."

„Was glaubst Du, warum Theo heute früh noch so bleich ist, als hätte er ein Gespenst gesehen?", fragte

Hilde.

Tine machte ein verständnisloses Gesicht. Diskussionen mit Wilma waren schließlich an der Tagesordnung. Sie hatte den Vorfall für sich abgehakt und gestern Nachmittag ein ausgedehntes Schläfchen gehalten. Dass die sonst so gelassene Hilde von dem Gespräch so aufgewühlt war, überraschte Tine nun doch sehr.

„Ich werde es Dir erklären", setzte Hilde an bevor Tine eine Antwort geben konnte. „Wilma hat Theo natürlich brühwarm von unserem Gespräch erzählt. Davon kannst Du ausgehen. Sie wird ihm natürlich in den schönsten Farben ausgemalt haben, wie rücksichtslos wir beide sind. Natürlich wird Theo an ihren Worten zweifeln. Genau deswegen ist er heute früh nicht ganz bei der Sache. Er hat ja sogar vergessen, sich von Gudrun zu verabschieden. Also schlage ich gleich mehrere Fliegen mit einer Klappe. Wenn Theo mich für ein bisschen verwirrt hält, wird er mir auf keinen Fall böse sein. Wenn ich richtig viel Glück habe, entbindet er mich sogar von meinen Verpflichtungen."

Tine schnappte hörbar nach Luft, aber Hilde war noch nicht fertig.

„Dieser Zustand hier kann über Jahre hinaus unverändert bleiben. Glaubst Du wirklich, ich möchte auf diese Art und Weise meinen Lebensabend verbringen? Darüber hinaus kann ich mit fast neunzig nicht ewig die Verantwortung für Gudrun tragen. Zu guter Letzt musst Du nun nicht den Tag mit Gudrun allein verbringen. Noch Fragen?"

Tine schüttelte den Kopf und rieb nachdenklich die Kaffeekanne.

„Ein Flaschengeist wird Dir wohl nicht erscheinen", kicherte Hilde. Sie hielt Tine zwei Porzellantassen entgegen. „Schütt endlich den Kaffee ein."

Theo saß an seinem modernen Schreibtisch im Amt und starrte aus dem Fenster auf die langsam zu Boden fallenden Schneeflocken. Um seine Konzentration war es schon seit Gudruns Schlaganfall schlecht bestellt, aber heute erschien ihm seine Arbeit noch nutzloser als in den vergangenen Wochen. Er fühlte sich erschöpft und mutlos. Wilmas Anruf vom Vorabend ließ ihn einfach nicht los. Heute früh hatte sich Theo Hilde und Tine gegenüber nichts anmerken lassen, aber wenn er Wilma glauben konnte, dann war Gudrun gerade nicht in den besten Händen. Andererseits zählte auch Tine seit Jahrzehnten zu den engsten Freundinnen seiner Mutter und Theo schätzte ihre Zuverlässigkeit. Hilde, die immerhin zur Familie gehörte, würde doch erst recht nichts unversucht lassen, um Gudrun zu helfen. Trotzdem saßen Wilmas Worte wie ein Stachel in seiner Haut. Er hatte versucht sich mit dem Gedanken zu beruhigen, dass es eben Wilmas Charakter entsprach sich wichtig zu machen. Unter ihrer rauen Schale steckte eine verunsicherte und vom Leben nicht gerade verwöhnte Frau. Auch wenn sie es niemals zugeben würde, ein bisschen eifersüchtig war Wilma immer schon auf Hilde und Tine gewesen. Wenn ihr Anruf aber ein Versuch sein sollte, die beiden aus dem Rennen zu werfen, dann konnte Wilma nicht allzu gründlich nachgedacht haben. Wie Theo es auch drehte und wendete, er brauchte Tine und Hilde und er brauchte auch Wilma. Ohne die beiden würde es auch in Wilmas Leben ruhig und einsam werden, erst recht seit Gudrun nicht mehr viel zu ihrer Unterhaltung beitragen konnte. Die gemeinsamen Reisen von Wilma und Gudrun gehörten der Vergangenheit an. Soviel stand für Theo fest. Er war der festen Überzeugung, dass sich seine Mutter wieder vollständig erholen würde, aber derartigen Unternehmen würde er in Zukunft einen Riegel vorschieben. Vielleicht konnte er Wilmas Anruf auch einfach auf deren Spontanität schieben und sie bereute inzwischen selbst, ihn derart verunsichert zu haben. Seufzend richtete Theo seinen Blick auf das leere Formular auf seinem Bildschirm. Die Worte verschwammen vor seinen Augen und ergaben immer noch keinen Sinn. Glücklicherweise stand Theo nicht unter Druck, seine Arbeit zügig erledigen zu müssen. Auch im Amt war es langsam ruhig geworden. Viele Kollegen hatten sich bereits verabschiedet und würden erst im neuen Jahr wieder an ihren Arbeitsplatz zurückkehren. Obwohl Theo noch keinen einzigen Gedanken an das bevorstehende Weihnachtsfest verschwendet hatte, bereute er zum ersten Mal seit vielen Jahren, keinen Urlaubsantrag gestellt zu haben. Aber den hätte man ihm wohl auch kaum genehmigt. Die Familienväter gingen natürlich vor und bisher hatte es ihm nichts ausgemacht, seinen Urlaub außerhalb der Ferienzeiten zu nehmen. Außerdem war er der Arbeit in den letzen Wochen so oft ferngeblieben, dass auch der verständnisvollste Vorgesetzte ihm nun keinen Urlaub zugestanden hätte. Theo widerstand der Versuchung, den Computer einfach auszuschalten und starrte stattdessen wieder aus dem Fenster. Der Schneefall war noch stärker geworden und das weiße Treiben machte ihn nach einer Weile ein wenig schwindelig. Der Gehsteig und die Straße waren unter der Schneedecke schon nicht mehr zu erkennen. Die eisigen Temperaturen sorgten dafür, dass die winterliche Pracht tatsächlich liegen blieb und so langsam deutete alles auf weiße Weihnachten hin. Erst jetzt viel Theo auf, dass die Straße wie ausgestorben war. Es musste schon seit geraumer Zeit kein Fahrzeug mehr vorbei gekommen sein und auch auf dem Gehweg waren keine Spuren von menschlichen Fußabdrücken zu sehen. Er würde den Weg zu seiner Wohnung nach Feierabend wohl oder übel zu Fuß zurücklegen müssen. Theo löste sich aus seiner Starre und erweckte seinen Bildschirm mit einer schnellen Mausbewegung wieder zum Leben. Schnell klickte er sich ins Internet und von der Suchmaschine weiter zu den Lokalnachrichten. Dort bestätigte sich seine Vermutung. Der Verkehr in und um Aachen war vollständig zum erliegen gekommen und der öffentliche Nahverkehr hatte den Betrieb längst eingestellt. Selbst die Busfahrer durften nun also nach Hause zu ihren Familien. Um Theo herum war es dunkel geworden. Der Bildschirm an seinem Arbeitsplatz tauchte seine Silhouette in ein bläuliches Licht. Bisher war ihm die Dunkelheit gar nicht aufgefallen und so hatte er nicht einmal die Schreibtischlampe eingeschaltet. Nun aber wurde Theo von einem Gedanken aufgeschreckt. Er selbst würde unter diesen Bedingungen mindestens eine Stunde für den Heimweg brauchen und es war schon jetzt stockdunkel. Aber um sich selbst machte Theo sich keine Sorgen. Er trug festes Schuhwerk und hatte einen warmen Mantel dabei. Vielmehr sorgte er sich allmählich um die alten Damen. Für Hilde wäre es bei diesem Wetter unmöglich ihre Wohnung zu erreichen. Mit dem Gehwägelchen würde sie nicht durch den Schnee kommen, da halfen auch die schicken Lampen nicht. Sollte Hilde tatsächlich noch bei Gudrun sein, konnte Theo sie unmöglich alleine nach Hause schicken. Die Erinnerung an Hildes unerwartetes Erscheinen an diesem Morgen bereitete ihm zusätzliches Unbehagen. Hoffentlich war es kein Anzeichen für eine ernste Erkrankung, dass seine Tante plötzlich die Wochentage verwechselte. Der Gedanke, dass es auch einfach nur Überforderung sein konnte, beruhigte ihn auch nicht gerade. Mit ihren fast neunzig Jahren musste Gudrun für Hilde eine ziemliche Belastung sein. Vielleicht war Hilde aber auch längst in ihrer warmen Wohnung und hatte die

Kerzen am Adventskranz angezündet. Hoffentlich vergaß sie nicht, sie vor dem Zubettgehen auszublasen. Theo bemerkte, dass ein beängstigender Gedanke nun den nächsten jagte. Auch Tine wollte er nicht alleine hinaus auf die winterlichen Straßen schicken. Sie machte zwar überhaupt keinen gebrechlichen Eindruck, aber Theo wollte nicht schuld sein, wenn ein glatter Gehweg das schlagartig änderte. Außerdem war kaum ein Mensch auf der Straße und in der Dunkelheit trieb sich sicher der ein oder andere Taschendieb herum. Man hörte ja immer wieder, dass nicht nur während der dunklen Jahreszeit im Allgemeinen, sondern gerade in der Weihnachtszeit die Kriminalität rasant anstieg. Sollte aber auch Tine sich bereits als der Schneefall dichter wurde auf den Heimweg gemacht haben, wäre Gudrun nun alleine in der Wohnung. Theo konnte sich zwar nicht vorstellen, dass die beiden alten Damen seine Mutter einfach ihrem Schicksal überlassen würden, aber er nahm sich auch nicht die Zeit, sich dies durch einen Anruf bestätigen zu lassen. Noch einmal schossen ihm Wilmas Worte durch den Kopf. Vielleicht hätte er ihre Warnung noch ernster nehmen sollen. Gudrun war ja nicht einmal in der Lage, alleine das Bad aufzusuchen. Das musste allerdings auch Hilde und Tine bewusst sein. Sollten die beiden aber tatsächlich noch in seinem Wohnzimmer sitzen, würde Theo nichts anderes übrigbleiben, als ihnen für die Nacht sein Schlafzimmer anzubieten. Er wusste nicht, was ihm weniger unangenehm war. Ohne sich die Mühe zu machen, die Programme sorgfältig zu beenden, schaltete er Computer und Bildschirm ab und machte sich eilig auf den Weg.

Wilma hatte den Fernseher am Morgen eigentlich aus purer Langeweile angeschaltet. Mit der Fernbedienung hatte sie sich durch die Programme gequält und war schließlich beim Wetterbericht hängengeblieben. Die Vorhersagen waren beängstigend gewesen und Wilma hatte erst einmal den Vorrat an Batterien und Kerzen in ihrer Wohnung überprüft. Nachdem das erledigt war, war ihr erneut langweilig geworden. Draußen trafen die Menschen Vorbereitungen für ausgiebige Familienfeste, aber sie, Wilma, saß ganz allein in ihrer Wohnung und das würde unter den gegebenen Umständen für die nächsten Tage so bleiben. Es sei denn, hatte Wilma gedacht, sie würde jetzt sofort dafür sorgen, dass es erst gar nicht dazu kommen würde. Wenn schon eingeschneit, dann wenigstens in Gesellschaft. Eilig hatte sie ihr Waschzeug, einen Schlafanzug und ein paar weitere, nützliche Dinge in eine Reisetasche geworfen und sich zur Feier des Tages ein Taxi gegönnt. Der Schneefall hatte noch nicht eingesetzt und in weniger als einer Viertelstunde hatte Wilma vor Gudruns Wohnungstür gestanden. Zu ihrer Überraschung hatte nicht Tine, sondern Hilde auf ihr Klingeln reagiert und geöffnet. Gudrun hatte in ihrem Sessel ein Schläfchen gehalten und machte einen gut

61

versorgten Eindruck. Die Spuren auf dem niedrigen Couchtisch hatten für Wilma allerdings eine andere Sprache gesprochen. Neben den drei Kaffetassen hatten auch zwei bis zum Rand gefüllte Sektgläser auf dem Tisch gestanden. Die dazugehörige Flasche hatte sie leer auf der Arbeitsplatte in der Küche gefunden. Tine hatte ihr durch die geöffnete Balkontür fröhlich mit der Zigarette zu gewunken, während Hilde wie ein Schulmädchen kichernd zurück auf das Sofa geplumpst war. Wilma hatte sich nicht die Mühe gemacht, die Situation zu kommentieren, aber ihr Gesicht hatte Bände gesprochen, als sie die beiden auf den Wetterbericht hingewiesen und nach Hause geschickt hatte. Anschließend hatte sie für Ordnung gesorgt und ihre persönlichen Sachen in Theos Schlafzimmer bereit gelegt. Nun saß Wilma zufrieden an Gudruns Seite und lächelte. Gleich würde Theo nach Hause kommen und dann stand einem gemütlichen Abend zu dritt nichts mehr im Wege.

6.

Leider hatte sich die Lage auf den Straßen in und um Aachen schneller entspannt, als Wilma es sich gewünscht hatte. Notgedrungen hatte sie schon nach wenigen Tagen in ihre leere Wohnung zurückkehren müssen. Der öffentliche Nahverkehr rollte wieder und auch ein Taxi war, obwohl das winterliche Wetter anhielt, ohne Probleme zu bekommen. Die Gehwege blieben weiß, da niemand mehr wusste, wohin er die Schneemassen noch schieben sollte. Der Winterdienst räumte die Straßen und hielt sie einigermaßen eisfrei. Links und rechts der Fahrbahnen hatten sich wahre Schneeberge angehäuft. Die meisten Privatleute hatten immer noch keine Chance, ihren Wagen aus der Parklücke zu manövrieren. Wer das Glück hatte, sein eigenes Auto unter der weißen Pracht wiederzufinden, wurde von dem aufgetürmten Schnee vor und hinter den Stoßstangen ausgebremst. Wer nicht unbedingt Fahren musste, verzichtete auf das rutschige Abenteuer und erledigte die letzten Besorgungen am Heiligen Abend zu Fuß. Die Kinder hatten endlich Ferien und viele freuten sich auf ihr erstes weißes Weihnachtsfest. Von den Dächern der Häuser hingen dicke Eiszapfen. Es zog die Menschen so schnell wie möglich zurück in ihre warmen Wohnungen, nur Wilma hätte auf die

Rückkehr in ihre eigenen vier Wände gerne verzichtet. Drei Kindern hatte sie das Leben geschenkt und keines davon schien die Feiertage mit ihr verbringen zu wollen. Bis vor einigen Tagen hatte sie noch gehofft, wenigstens ihr jüngster Sohn würde sie zum Fest der Liebe zu sich holen, aber das Wetter, dass Wilma zunächst zu ihrem Vorteil ausgenutzt hatte, bot Hendrik nun eine willkommene Ausrede.

Maike drückte verärgert die rote Taste am Telefon und sah sich in ihrem Wohnzimmer um. Die letzten Tage hatte sie ausschließlich mit den Vorbereitungen für dieses Fest verbracht. Zwölf Stühle gruppierten sich um den festlich geschmückten Esstisch. Die Sitzgelegenheiten stammten eigentlich aus verschiedenen Räumen und wollten nicht so recht zueinander passen, aber das hatte Maike bereits bei der Planung berücksichtigt. Die Überzüge, unter denen die Stuhllehnen nun verborgen waren, waren perfekt auf die ebenso neue Tischdecke abgestimmt. Die Kugeln am Weihnachtsbaum hatten exakt die gleiche Farbe. Obwohl sie seit Jahren nur noch die Kinder beschenkten, stand auf dem Kaminsims für jeden Gast eine kleine, liebevoll verpackte Überraschung bereit. Die Auswahl hatte Maike viel Zeit gekostet, denn es war nicht einfach, für jeden das passende Geschenk zu finden. Im Kamin prasselte ein warmes Feuer und aus der Küche duftete es verführerisch. Den Braten hatte sie beim Metzger ihres Vertrauens vorbestellt. Da auch Maikes kleines Auto unter einer dicken Schneedecke ruhte, hatte sie einen sieben Kilometer weiten Fußmarsch auf sich genommen, um ihre Bestellung abzuholen. Für ein perfektes Weihnachtsfest wäre sie noch zu viel abenteuerlicheren Unternehmen bereit gewesen. Nun aber hatte Theo einfach abgesagt. Nicht eine Woche vorher, auch nicht einen Tag, sondern genau in dieser Minute, als die Kerzen auf dem Tisch schon angezündet waren und Maike jeden Moment mit dem Erscheinen der Familie rechnete. Als sie den Anruf entgegengenommen hatte, hatte sie zunächst geglaubt, Gudrun ginge es schlechter, oder Theo selbst hätte sich eine dicke Erkältung eingefangen. Theo hatte sich aber nicht die Mühe gemacht, ihr eine wohl durchdachte Ausrede aufzutischen. Er wollte mit Gudrun in diesem Wetter einfach nicht die Wohnung verlassen. Maike trat ans Fenster. Draußen strahlte die Wintersonne von einem wolkenlosen Himmel. Natürlich war es klirrend kalt, aber es hatte in der Nacht zu schneien aufgehört. Der Verkehr auf der Straße rollte. Die Fahrbahn war durch den angehäuften Schnee zwar um einiges schmaler geworden und die Autofahrer mussten entsprechend vorsichtig sein, aber es ging. Theo hatte auch nicht behauptet, kein Taxi bekommen zu können. Vielmehr sorgte er sich um die drei Meter, die er mit seiner Mutter von der Haustür bis zum Auto hätte zurücklegen müssen. Gudrun könnte auf dem glatten Gehweg ausrutschen und sich verletzen. Maike gelang es nicht, ihre Enttäuschung zu verbergen.

„Sei doch froh."

Robert war hinter seine Frau getreten und legte ihr tröstend die Hände auf die Schultern. Er wusste, welchen Aufwand Maike für diesen Tag betrieben hatte und er kannte sie gut genug, um ihre Gefühle nun erraten zu können. „Zwei Personen weniger. Bestimmt wird es so noch gemütlicher", flüsterte er ihr ins Ohr, obwohl er Theos Entscheidung ebenso wenig verstehen konnte.

Maike straffte den Rücken und drehte sich entschieden um.

„Dann wollen wir mal", sagte sie barsch und räumte das Geschirr für zwei Personen vom Tisch zurück in die Schränke.

Grinsend schnappte sich Robert zwei Stühle und trug sie aus dem Zimmer, während seine Frau den verbliebenen zehn Gedecken mehr Platz verschaffte.

Er stapfte gerade wieder die Kellertreppe hinauf, als es an der Haustür klingelte.

Klaus und Monika, die den weiteren Weg gehabt hatten, waren da. Sie traten sich auf der Matte im Flur den Schnee von den Schuhen, während ihr achtjähriger Sohn draußen mit Schneebällen auf vorbeifahrende Autos zielte. Maike verdrehte genervt die Augen. Robert verstand. Er holte seinen Neffen ins Haus, bevor Maikes Laune sich dem Tiefpunkt nähern konnte.

Wenig später trafen auch Regina und Holger mit ihren zwei Kindern ein. Immerhin hatten sie nur eine Viertelstunde Verspätung. Das war fast ein Rekord.

Maike konnte sich nicht an irgendein Treffen erinnern, zu dem die vierköpfige Familie pünktlich erschienen wäre. Allerdings waren die Verspätungen noch viel gravierender gewesen, als Sohn und Tochter klein waren. Nun waren beide zu recht vernünftigen Teenagern herangewachsen und Regina konnte ihr ewiges Zuspätkommen nicht mehr auf deren Mittagsschlaf schieben. Nachdem ihre Geschwister mit ihren Partnern und Kindern einige Jahre die ersten Stunden des Weihnachtsfestes in Gudruns Diele verbracht hatten, hatten sie sich angewöhnt, Regina einen früheren Zeitpunkt zu nennen, damit wenigstens alle ungefähr gleichzeitig eintrafen. Denn in diesem Punkt war Gudrun stets eisern geblieben. Solange die Familie nicht komplett war, ließ sie niemand in ihr Wohnzimmer, in dem alles für die Bescherung vorbereitet war. Heute musste man den Vieren die Viertelstunde allerdings nachsehen. Immerhin hatten sie den Weg zu Fuß zurückgelegt und sich durch Schnee und Eis zu der Feier durchgekämpft, während Theo mit Gudrun einfach zu Hause geblieben war. Roberts und Maikes Sohn hatte die Gäste gehört und sich nun ebenfalls im Wohnzimmer eingefunden. Bevor die vier Kinder sich aber mit Begeisterung auf die Geschenke stürzen konnten, ließ Maike die Katze aus dem Sack. Robert hielt sich mit Absicht zurück. Er wusste, dass seine Frau es kaum erwarten konnte, den anderen die Neuigkeiten zu erzählen.

„Gudrun und Theo kommen nicht", platzte Maike

dann auch heraus, sobald alle Platz genommen hatten. Regina schaute ihre Schwägerin mit offenem Mund an, während Holger nur mit einem leichten Kopfschütteln reagierte. Für ihn war das schon fast ein Gefühlsausbruch. Maike hatte Holger noch nie wirklich emotional erlebt. Einen richtigen Wutausbruch traute sie ihm gar nicht zu, aber unbändige Freude hatte sie bei Holger auch noch nie gesehen. Selbst als Paar waren Regina und ihr Mann in der Öffentlichkeit kaum zu erkennen. Spontane Umarmungen oder Küsse gab es nicht. Maike konnte sich nicht einmal erinnern, ob die beiden sich bei einem ihrer zahlreichen gemeinsamen Spaziergänge jemals an den Händen gehalten hatten. Im Gegensatz zu Monika und Klaus, die auch jetzt wieder eng beieinander saßen und ihre gegenseitige Zuneigung fast ein bisschen zu deutlich zur Schau stellten. Trotzdem war Klaus nach Theo das Kind, was am meisten an der Mutter hing.

„Geht es Mutter nicht gut?", fragte er besorgt.

„Dafür hätte wohl jeder Verständnis", schnaubte Maike und berichtete von Theos Anruf.

„Och schade", machte Regina und zupfte am Saum ihres Kleids herum.

Natürlich war sie enttäuscht, dass ihre Mutter nicht mit ihnen Weihnachten feiern würde, aber die Gründe für Maikes Ärger durchschaute sie nicht. Holger und Regina feierten in ihrem Haus seit Jahren keine Feste mehr. Sie hatten weder zu ihren eigenen, noch zu den Geburtstagen ihrer Kinder eingeladen. Regina scheute

68

den Aufwand und Holger war sich wohl darüber im Klaren, dass von seiner Frau keinerlei Unterstützung zu erwarten war. In den ersten Jahren war Regina schon mit der Aufzucht der beiden Kinder überfordert gewesen, so dass Holger ihnen wenigstens ein bisschen Erziehung angedeihen lassen musste. Trotzdem hätte Regina nichts gegen ein weiteres Kind gehabt, während Holger das für sich ausgeschlossen hatte. Regina hatte die beiden Kinder ausgetragen, gestillt, gewickelt, gefüttert und später zu ihren diversen Terminen gefahren. Damit meinte sie nun ihren Anteil an der Gesellschaft erfüllt zu haben. Wie die Kinder entstanden waren, war für Maike ohnehin ein Rätsel. Der Gedanke daran hatte bei Monika und ihr schon in so manch feucht fröhlicher Runde für Heiterkeitsausbrüche gesorgt. Monika brachte auch jetzt mehr Verständnis für ihre Schwägerin auf und reagierte entsprechend.

„Aber Du hast Dir so viel Arbeit gemacht", seufzte sie und ließ ihren Blick durch das Wohnzimmer schweifen.

„Das stimmt", bestätigte Klaus, der immer Monikas Meinung war.

Tatsächlich konnte Monika Maikes Gefühle besser nachvollziehen. Während Regina keinen Blick für Dekoration oder Ambiente hatte, beschäftigte sich Monika, wie Maike, ständig mit der Gestaltung ihres Hauses. Regina sah sich gerne als schwache Frau. Maike und Monika griffen, wenn es sein musste, im

69

Notfall auch zu Bohrmaschine oder Stichsäge. Trotzdem fühlte Regina sich nun gezwungen, ihrer Loyalität Ausdruck zu verleihen.

„Das ist nicht nett von Theo", erklärte sie leise, „warum bleibt er lieber mit Mutter zu Hause?"

„Traute Zweisamkeit", ätzte Maike und machte zu Roberts Erleichterung nun endlich Anstalten, die Kinder auf die Geschenke los zu lassen.

Das Weihnachtsfest konnte beginnen.

Im Gegensatz zu Wilma feierte Hilde ein rauschendes Fest. Obwohl sie selbst keine eigenen Kinder bekommen hatte, war sie nie einsam. Sie hatte mehrere Schwestern, die alle eine Familie gegründet hatten und Hilde mit Einladungen überschütteten. Auch nach dem Tod des Regierungsbeamten war sie oft in Gesellschaft und wenn nicht, genoss sie die seltene Stille. Auch jetzt saß sie im Kreise ihrer Verwandten an einer festlich geschmückten Tafel und gab die Ereignisse der letzten Tage zum Besten. Sie unterhielt ihre Schwestern mit der vorgetäuschten Vergesslichkeit, mit der sie Theo ausgetrickst hatte und die Familie am Tisch amüsierte sich köstlich. Hilde hatte es schon immer faustdick hinter den Ohren gehabt.

Tine hingegen verbrachte die Feiertage allein. Während Wilma mit diesem Schicksal haderte, hatte Tine sich allerdings ganz bewusst dafür entschieden. Sie liebte es allein zu sein und sich nach niemandem richten zu müssen. Tine gestaltete ihr Weihnachtsfest ganz nach ihren eigenen Wünschen. In der Öffentlichkeit war sie stets makellos gekleidet und perfekt geschminkt. Hier in ihrer kleinen Wohnung erlaubte sie sich den Luxus, den Tag im Schlafanzug zu verbringen. Falls ihr später danach war, würde sie sich ankleiden und die Messe in der nahe gelegenen Kirche besuchen. Für den Moment war sie unter der weichen Decke auf ihrem Sofa aber vollkommen zufrieden. Das Fernsehprogramm unterschied sich nicht wesentlich von dem anderer Jahre. Es waren immer dieselben alten Spielfilme, die an den Feiertagen gezeigt wurden und Tine nutzte das anspruchslose Programm um immer wieder einzunicken. Gegen die tiefstehende Wintersonne hatte sie die Vorhänge zugezogen und zeigte so der Welt die kalte Schulter. Der Gedanke an die Verpflichtungen, die Weihnachten für die meisten Menschen mit sich brachte, verursachte ihr eine Gänsehaut. Tine schüttelte sich, als sie daran dachte, wie viele Familien jetzt aus Pflichtgefühl beieinander saßen und verzweifelt versuchten, auf Kommando fröhlich zu sein. Da war sie lieber allein. Nur manchmal machte ihr die Zukunft sorgen, aber sie bemühte sich, nicht an Pflegeheime und Krankenhäuser zu denken. Im Moment kam sie noch prima allein zurecht und Tine hoffte, das würde bis an ihr Lebensende so bleiben. Trotzdem konnte es nicht schaden, sich weiterhin gut mit Theo zu vertragen. Nur für alle Fälle. Zufrieden mit sich und der Welt schloss Tine erneut die Augen und fiel in einen leichten Schlaf.

Wilma fiel in ihrer Wohnung die Decke auf den Kopf. Trotz des strahlenden Sonnenscheins war an einen Spaziergang nicht zu denken. Die Arthrose in ihrem linken Knie verursachte heute mal wieder schlimme Schmerzen und keines der vom Arzt verordneten Medikamente wollte helfen. Das Telefon war ihre einzige Verbindung zur Außenwelt. Zuerst hatte sie es mit einem Anruf bei ihren Kindern versucht. Man konnte Wilma einiges vorwerfen, aber nachtragend war sie nicht. Leider hatte sie niemand erreicht. Das Fernsehprogramm, das Tine so gute Dienste leistete, langweilte Wilma. Sie beneidete Gudrun zum hundertsten Mal um die Einladung zu Maike. Vielleicht konnte sie wenigstens ein paar Worte mit Hilde wechseln.

„Hilde Kramer…", klang es blechern aus der Leitung.

„Ach hallo…", setzte Wilma an.

„Hat leider mal wieder keine Zeit den Anruf entgegen zu nehmen. Entweder mache ich gerade mit meinem Gehwägelchen die Straßen unsicher, oder ich messe meinen Blutzucker. Wenn Sie nach dem Piep eine Nachricht hinterlassen, melde ich mich bald", sprach Hildes verzerrte Stimme vom Band einfach weiter.

Wilma wurde klar, dass sie es mit einem Anrufbeantworter zu tun hatte. Also hatte Hilde sich jetzt auch so eine Konserve angeschafft.

„Dir auch ein schönes Weihnachtsfest", bellte Wilma und warf den Hörer auf die Gabel ihres altmodischen

Telefons.

Wenig später bereute sie, die Nachricht hinterlassen zu haben. Erstens würde Hilde sie wahrscheinlich frühestens am Abend bemerken und zweitens würde Wilmas Ausbruch mal wieder zu ihrer Erheiterung beitragen. Mitleid war von Hilde nicht zu erwarten.

Trotzdem sehnte sich Wilma immer noch nach einer menschlichen Stimme und versuchte nun ihr Glück bei Tine.

„Ja hallo", meldete sich Tine verschlafen und gähnte herzhaft.

„Sag mal schläfst Du?", fragte Wilma erstaunt.

„Ach Du bist es", murmelte Tine. „Nein, jetzt nicht mehr. Aber gut, dass Du mich geweckt hast. Wenn ich in die frühe Messe will, muss ich mich langsam fertig machen. Also lieben Dank Wilma. Wir sehen uns in den nächsten Tagen."

Bevor Wilma reagieren konnte, hatte Tine bereits wieder aufgelegt. Typisch Tine, dachte sie, entweder sie schläft oder sie ist in Eile. Aber Tines Idee zur Kirche zu gehen gefiel Wilma gut. Wenn sie sich beeilte, könnte sie es vielleicht selbst noch zur Messe schaffen und Tine dort treffen. Schnell stand sie von ihrem Sessel auf, um im Kirchenblättchen, das hier irgendwo sein musste, die Uhrzeit nachzuschlagen. Ein stechender Schmerz im Knie ließ Wilma innehalten und erinnerte sie daran, warum sie sich gegen einen Spaziergang entschieden hatte. Damit war die Messe auch erledigt. Resigniert sank sie zurück in die Polster.

Der letzte Mensch, den sie nun noch anrufen konnte, war Theo. Aber der war ja zusammen mit Gudrun bei Maike und feierte dieses dämliche Weihnachten. Wilma kam ein Gedanke. Sie konnte doch einfach direkt bei Maike und Robert anrufen, einfach nur um allen ein frohes Fest zu wünschen. Das wäre doch nur höflich. Mit neuem Mut griff sie zum Telefonhörer und lehnte sich abwartend zurück.

Maike holte gerade den Nachtisch aus dem übervollen Kühlschrank, als das Telefon klingelte. Natürlich reagierte mal wieder niemand auf das Läuten. Aus dem Wohnzimmer drangen die Stimmen der Gäste. Robert hatte sie gebeten, die Dessertschalen aus dem Schrank zu holen. Wahrscheinlich konnte er sie wieder nicht finden. Seufzend stellte Maike die schwere Puddingschüssel auf dem Küchentisch ab und suchte das mobile Telefon. Den Anruf einfach zu ignorieren kam nicht in Frage. Auch wenn sie nicht gut auf Theo zu sprechen war, wollten doch alle zur Stelle sein, wenn Gudrun Hilfe brauchte. Maike fand das Telefon im Wohnzimmer und nahm es mit hinaus in den Flur. Sie hätte sonst ihre eigenen Worte kaum verstehen können. Als ihr klar wurde, wen sie da an der Strippe hatte, seufzte sie innerlich noch einmal. Wilma wurde man so schnell nicht wieder los. Andererseits durfte sie nun noch einmal ihren Unmut über die fehlenden Gäste kundtun und Wilma erwies sich als dankbare Zuhörerin. Als Robert im Flur erschien und heftig gestikulierte verabschiedete sich Maike von Wilma. Die Kinder verlangten nach dem Pudding. Dafür hatte sogar Wilma Verständnis.

Allerdings wurde diese nun von ganz anderen Gefühlen überrollt. Theo und Gudrun waren nicht bei Maike und Theo hatte ihr, Wilma, das nicht mitgeteilt. Das konnte nur eins bedeuten. Maike hatte ja auch schon sowas angedeutet. Theo wollte die Feiertage mit Gudrun allein verbringen und er wollte sie nicht dabei haben. Mit einem Mal nahm Wilma einen bitteren Geschmack in ihrem Mund wahr. Immer war sie für Gudrun und deren Familie dagewesen, genau wie für ihre eigenen Kinder und nun saß sie ganz allein in ihrer Wohnung. Scheißweihnachten, dachte Wilma und verpasste dem Hocker vor ihrem Sessel mit dem linken Fuß einen Tritt. Der heftige Schmerz in ihrem Knie ließ die Welt um sie herum für einen Moment noch dunkler werden.

7

Theo stand in der Küche und spülte. Es war Neujahrsmorgen, aber der erste Januar erfüllte ihn nicht
mit Hoffnung und Vorfreude. Natürlich glaubte er
nach wie vor an Gudruns vollständige Genesung, aber
nach der Silvesternacht fühlte er sich gereizt und
unausgeschlafen. Am liebsten hätte er mit Gudrun
einen ruhigen Abend vor dem Fernseher verbracht
und wäre noch vor Mitternacht ins Bett gegangen.
Leider hatte Wilma ihm die mangelnde Aufmerksamkeit an Weihnachten noch nicht ganz verziehen und so
hatte er es nicht gewagt, sie für den Jahreswechsel
einfach auszuladen. Seit Theo denken konnte,
verbrachte Wilma den letzten Tag des alten und den
ersten Tag des neuen Jahres bei ihnen. Als Junge hatte
er es genossen, dass außer seinen eigenen Geschwistern auch Wilmas Kinder durch die Wohnung getobt
waren. In den letzten Jahren, seit Wilma allein kam,
störten ihn diese ausgedehnten Besuche immer mehr.
Selbstverständlich musste er der alten Dame sein Bett
überlassen und die Nacht auf dem Sofa im Wohnzimmer verbringen. Theo hatte sich noch nicht einmal früh
zurückziehen können. Obwohl Gudrun schon gegen
zehn Uhr im Bett gelegen hatte, war Wilma bis weit
nach Mitternacht im Wohnzimmer geblieben und hatte
ihn in endlose Gespräche verwickelt. Nun schmerzte
Theo der Rücken von seiner unbequemen Schlafstätte

und der gebeugten Haltung über dem Spülbecken. Eigentlich hatte er in aller Ruhe mit Gudrun das Neujahrskonzert ansehen wollen. An seiner Stelle saß nun Wilma an Gudruns Seite und wippte mit dem Fuß im Takt der Musik. Trotz der geschlossenen Küchentür konnte er ihr fröhliches Summen hören. Theo schrubbte das uralte, feine Porzellan mit ungewohnter Härte und verdrehte genervt die Augen. Für einen Moment beneidete er seine Geschwister um deren Familien. Sie mussten diesen Tag wenigstens nicht mit Wilma verbringen. Mit ihrem Aufbruch war frühestens am späten Nachmittag zu rechnen und Theo hatte keine Ahnung, wie er die Stunden bis dahin überstehen sollte. Unsanft knallte er die letzte saubere Tasse auf das Abtropfreck und sah sich in der kleinen Küche nach einem sauberen Geschirrhandtuch um. Plötzlich war Wilmas Summen verstummt. Dafür waren die Wiener Philharmoniker jetzt vermutlich im ganzen Haus zu hören. Wilma musste den Fernseher lauter gestellt haben. Was sollten die Mieter über ihnen nur denken. Theo warf das frische Geschirrtuch in die nächste Ecke und stürmte ins Wohnzimmer. Die Musik war so laut, dass Wilma ihn nicht einmal bemerkte, bis er den Fernseher einfach ausschaltete. Die alte Dame hatte Gudrun an die Hand genommen und mit ihr gemeinsam die Philharmoniker dirigiert. Nun hielt sie mitten in der Bewegung inne und starrte Theo entgeistert an. Gudruns Hand fiel schlapp auf ein Kissen.

„Bist Du denn von allen guten Geistern verlassen?",
brüllte Theo.

„Man wird doch am Neujahrstag mal ein wenig
Freude haben dürfen", beschwerte sich Wilma. „Mach
doch nicht so ein Theater wegen dem bisschen Musik."
Langsam hatte sie auch die Nase voll von Theos
übertriebener Fürsorge.

„Hier wohnen schließlich noch andere Leute", raunzte
Theo und legte die Fernbedienung aus der Hand.

„Die ganze Welt sieht heute das Neujahrskonzert",
verteidigte sich Wilma, „das ist für die Nachbarn
immer noch angenehmer als Dein Geschrei."

Theo griff ungerührt nach einer Decke und machte
einen Schritt auf seine Mutter zu. Als er ihr ins Gesicht
sah, erstarrte er für einen Moment.

„Alter Spießer", murmelte Wilma.

Sie hatte sich von Theo abgewandt und angelte nun
ihrerseits nach der Fernbedienung.

„Ruf den Notarzt", bellte Theo.

Wilma wandte sich um und erschrak. Theo war das
ganze Jahr über blass. Jetzt aber war er weißer als die
in die Jahre gekommene Tapete. Ein Blick auf Gudrun
genügte und Wilma machte sich auf den Weg in die
Diele.

Gudruns Gesicht wirkte merkwürdig schief und aus
ihrem linken Mundwinkel lief Speichel. Sie brabbelte
noch unverständlicher als in den letzten Wochen.
Wilma war nicht dumm und die Anzeichen eines
Schlaganfalls waren in der Zeitschrift, die sie jeden

Monat aus der Apotheke mitnahm, ausführlich beschrieben worden. Zu spät fiel ihr ein, dass es das alte graue Telefon mit Wählscheibe in der Diele nicht mehr gab. Gleich nach Gudruns Heimkehr hatte der umsichtige Theo einen mobilen Apparat mit extragroßen Tasten angeschafft, der für seine Mutter jederzeit erreichbar war.

Als Wilma eilig ins Wohnzimmer zurückkehrte, nannte Theo dem Personal in der Leitstelle bereits seine Anschrift. Mit der freien Hand streichelte er sanft Gudruns Wange. Der Anblick rührte Wilma zu Tränen. Mal wieder fühlte sie sich an ihre eigenen Kinder erinnert, die ihr nicht einmal ein frohes neues Jahr gewünscht hatten. Dabei wussten sie ganz genau, wo sie ihre Mutter an diesem Tag finden konnten. Wilma straffte sich und ging in Gudruns Schlafzimmer. Jetzt war keine Zeit für Sentimentalitäten. Sie brauchte dringend etwas zu tun, während sie auf den Krankenwagen warteten. Da konnte sie ebenso gut ein paar der Schlafanzüge mit den Tiermotiven einpacken. Es sah ganz so aus, als würde ihre Freundin die nächste Zeit nicht zu Hause verbringen.

Maike wollte sich gerade noch einmal umdrehen und gemütlich unter die Decke kuscheln, als sie ein entferntes Klingeln hörte. Das Geräusch hielt an und hatte scheinbar schon den Hund aufgeweckt. Das vertraute Trippeln der Pfoten auf den Holzdielen war für Maike das Signal aufzustehen. Sie streckte sich und warf einen Blick auf die leuchtenden Ziffern an ihrem Wecker. Neben ihr schnarchte Robert laut. Wieso konnte sie nicht einmal an Neujahr ausschlafen? Regina und Holger waren erst in den frühen Morgenstunden nach Hause gegangen und anschließend hatte Maike den Hund in weiser Voraussicht noch einmal hinausgelassen. Trotzdem schien es ihn schon wieder in den Garten zu ziehen. Es dauerte einige Minuten bis ihr klar wurde, dass der Klingelton, den sie vorhin wahrgenommen hatte, von ihrem eigenen Telefon stammte. Welcher Irre rief denn um diese Uhrzeit an? Maike warf die Bettdecke zurück und schauderte. Im Schlafzimmer war es eiskalt. Sie tastete nach ihrem weichen, pinkfarbenen Bademantel und tapste Richtung Treppe. Im Treppenhaus musste sie die Augen im grellen Sonnenlicht zusammenkneifen. Es versprach ein schöner Tag zu werden. Allerdings hätte dieser Maikes Meinung nach auch zwei Stunden später beginnen können. Sie ließ den Hund in den immer noch unter einer dicken Schneedecke ruhenden Garten und gähnte herzhaft. Erst dann sah sie sich suchend nach dem Telefon um. Bestimmt hatte nur jemand seine Neujahrswünsche überbringen wollen, da reichte im Zweifelsfall doch wohl auch eine Textnachricht. Maike erkannte die angezeigte Rufnummer sofort. Sie wusste zwar, dass Regina eine Frühaufsteherin war, aber sie hatten sich schließlich erst vor ein paar Stunden voneinander verabschiedet. Was konnte nun wieder so wichtig sein, dass man es gleich am

Neujahrsmorgen besprechen musste. Allerdings war Regina auch die einzige in der Familie, die ihr Mobiltelefon nicht nutzte und nicht wusste, wie man eine Nachricht schrieb. Selbst Gudrun hatte das bis vor ein paar Wochen noch mit Bravour gemeistert. Maike beschloss, den Anruf auf einen späteren Zeitpunkt zu verschieben und erst einmal die Reste der Silvesterfeier aufzuräumen. Sie räumte gerade die Gläser in die Spülmaschine, als ihr Mobiltelefon eine eingegangene Nachricht meldete. Wahrscheinlich eine der vielen Nachrichten, die wegen der überlasteten Netze in der Nacht nicht angekommen waren, dachte Maike und schaute auf das Display. Schon der Text im Vorschaufenster ließ sie mit einem Mal hellwach werden. Maike stellte die Gläser ab und stürmte zurück ins Schlafzimmer. Jetzt musste sie zuallererst irgendwie Robert wach bekommen.

Helene eilte über die Station. Noch immer war das Schwesternzimmer schlecht besetzt, dabei war an Tagen wie heute immer der Teufel los. Eigentlich hatte sie früh am Morgen überhaupt keine Lust verspürt, aufzustehen und sich für den Dienst fertig zu machen. Jedes Jahr das gleiche. Alle durften an Neujahr ausschlafen, nur sie nicht. Das machte sie auf jeder Silvesterparty zum unbeliebtesten Gast. Viel trinken durfte sie nicht und dann war sie immer die Erste, die sich verabschieden musste. Das war der Preis dafür, dass sie Weihnachten mit ihrer Familie verbringen durfte. Wer am Fest der Liebe keinen Dienst hatte, musste nun mal den Jahreswechsel übernehmen.

Nun aber war sie überrascht von der Wendung, die dieser Vormittag genommen hatte. Vor zwei Stunden war Frau Winter mit dem Rettungswagen in der Notaufnahme eingetroffen. Inzwischen hatte man die alte Dame stationär aufgenommen und somit befand sich Gudrun Winter erneut in Helenes Obhut. Natürlich war Theo nicht von ihrer Seite gewichen und hatte sofort wieder das Kommando übernommen. Helene staunte über ihre eigenen Gefühle. Schließlich waren die Winters keine alten Bekannten, die man nach langer Zeit wiedersieht. Aber genau so fühlte es sich an. Auch Theo machte den Eindruck, als sei er hier auf der Station praktisch zu Hause. Gudrun Winter selbst zeigte keinerlei Reaktion. Die notwendigen Untersuchungen hatte sie bei vollem Bewusstsein teilnahmslos über sich ergehen lassen und ebenso teilnahmslos lag sie nun in ihrem Bett. Falls sie sich an Helene oder eine der anderen Krankenschwestern erinnerte, ließ sie sich das nicht anmerken. Nach einem kurzen Blick in die Unterlagen aus der Notaufnahme hatte Helene festgestellt, dass Gudruns Verhalten mal wieder nicht zur Diagnose passte. Theo und Wilma hatten die Situation durchaus richtig eingeschätzt. Gudrun hatte einen weiteren Schlaganfall erlitten. Die Symptome waren so deutlich, dass die bildgebenden Verfahren eigentlich überflüssig gewesen wären. Dennoch hatten die Ärzte natürlich alles Notwendige angeordnet und waren zu dem Schluss gekommen, dass es sich um einen sehr leichten Schlaganfall handelte. Das Sprachzentrum war nicht betroffen und es gab auch keine Anzeichen für eine Lähmung. Gudrun aber blieb stumm und drehte das Gesicht zur Wand, sobald eine andere Person als Theo das Zimmer betrat.

Wilma hatte sich ein Taxi geleistet und war in ihre Wohnung zurückgekehrt, nachdem der Krankenwagen mit Gudrun und Theo abgefahren war. Hätte einer der beiden sie darum gebeten, wäre sie auf dem schnellsten Weg ins Krankenhaus gefahren, um der Freundin beizustehen. Leider war das Gegenteil der Fall gewesen. An Theos Gesicht hatte Wilma deutlich ablesen können, dass er ihr die Schuld an Gudruns Zustand gab. Dabei war Wilma sich beinahe sicher, dass Gudrun die laute Musik genossen hatte und etwas mehr Lebensfreude ihr überhaupt nicht schaden konnte. Verärgert nahm sie in ihrem Lieblingssessel Platz und griff zum Telefonhörer. Sie sah es als ihre Pflicht an, Hilde und Tine umgehend zu informieren und außerdem brauchte sie dringend jemand zum Reden. Da Hilde immerhin Gudruns Schwägerin war, wählte Wilma ihre Nummer zuerst. Ihren Ärger über Hildes fehlende Weihnachtsgrüße hatte sie längst vergessen.

„Das ist doch alles Unsinn", entschied Hilde resolut, nachdem sie sich Wilmas ausführlichen Bericht geduldig angehört hatte.

Im Gegensatz zu Theo teilte Hilde Wilmas Meinung, dass am ersten Schlaganfall keineswegs die schöne Seereise schuld gewesen war und auch jetzt konnte sie sich nicht vorstellen, dass ausgerechnet Wilma Gudrun mit ein bisschen Musik überfordert hatte.

„Ich werde mir das gleich morgen einmal näher ansehen", fuhr Hilde fort. „Vielleicht kann ich Theo zur Vernunft bringen."

„Als ob der sich von irgendjemand etwas sagen ließe", seufzte Wilma resigniert. „Aber ich habe das schon kommen sehen. Das kann ja nicht gesund sein. Nie darf Gudrun an die frische Luft und Bewegung hat sie sowieso zu wenig."

„Ich bin nicht irgendjemand", erklärte Hilde hoheitsvoll, „ich bin immerhin seine Tante. Aber ja, ich stimme Dir zu liebe Wilma. Theos übertriebene Vorsicht geht mir schon lange auf den Keks. Du hast allerdings überhaupt nichts kommen sehen, wenn ich Dich an unseren letzten Restaurantbesuch erinnern darf."

Wilma wurde nicht gerne an die Situation erinnert und sie würde im Leben nicht zugeben, dass Tine und Hilde Recht gehabt hatten.

„Wie auch immer", sagte sie schnell, „heute können wir sowieso nichts mehr tun. Da werden wohl die Kinder alle um Gudruns Bett versammelt sein. Würdest Du vielleicht Tine Bescheid geben?"

Hilde grinste obwohl Wilma das natürlich nicht sehen

konnte. Sie hatte sofort durchschaut, dass Wilma fürchtete nun auch von Tine an ihr letztes gemeinsames Mittagessen und das unschöne Ende erinnert zu werden.

„Natürlich", stimmte sie zu. „Du wirst ja sicher noch die Anrufe Deiner Kinder entgegen nehmen müssen. Übrigens wünsch ich Dir ein frohes neues Jahr Wilma." Diese Spitze hatte Hilde nun doch noch los werden müssen. Sie wusste ganz genau, dass Wilmas Kinder sich nicht melden würden und rätselte seit langem, was in dieser Familie eigentlich schief ging. Vermutlich hatte Wilma selbst noch einige Leichen im Keller, lenkte sich aber lieber mit den Problemen von anderen ab.

Wie von Wilma richtig vermutet, waren auch Theos Geschwister inzwischen im Krankenhaus eingetroffen. Keiner von ihnen hatte sich den ersten Tag des neuen Jahres so vorgestellt und sie kämpften mit den verschiedensten Gefühlen. Robert war in erster Linie müde, während Regina versuchte ihre Eifersucht auf Theo zu verbergen. Warum hatte nicht zur Abwechslung mal sie dabei sein und im Krankenwagen mitfahren können? Klaus war zutiefst erschrocken und fragte Theo Löcher in den Bauch. Holger war erst einmal zu Hause geblieben. Er sah überhaupt keinen Sinn darin, sich auch noch in das enge Krankenzimmer zu drängeln. Maike hatte Robert begleitet und versuchte nun verzweifelt ein betretenes Gesicht zu machen. Ihre Gedanken drehten sich um den Zustand ihres Hauses nach der Silvesterparty und dieser neue Schlaganfall kam ihr äußerst ungelegen. Monika wirkte ein wenig unentschlossen. Sollte sie nun die anderen Familienmitglieder herzlich umarmen und allen ein frohes neues Jahr wünschen, oder war das in dieser Situation unpassend? Sie hatte den Abend und die Nacht mit Klaus alleine verbracht. Das Wiedersehen mit der Verwandtschaft hatte sie sich aber ganz anders vorgestellt. Vorerst begnügte sie sich damit, sich bei Klaus einzuhaken und Theos Antworten zu lauschen. Theo aber war genervt und reagierte ein wenig schroff auf Klaus' Fragen. Er hatte angenommen, seine Mutter sei auf dem Weg der Genesung und musste sich erst einmal mit der neuen Situation abfinden.

Die Tür flog krachend gegen die Wand, als Hilde am nächsten Vormittag mit ihrer Gehhilfe in das Krankenzimmer stürmte. Tine folgte ihr auf den Fersen. Theo sah erschrocken auf. Hilde wunderte sich im Stillen, dass ihr Neffe nicht an seinem Arbeitsplatz war. Sie hatte gehofft, Gudrun allein anzutreffen. Schließlich war dies ein ganz normaler Werktag und Theo hätte eigentlich im Amt sein müssen. Trotzdem stellte Hilde die Frage nicht laut. Sie hatte blitzschnell beschlossen, die Situation für ihre Zwecke zu nutzen. Theo musste nicht erfahren, wie hellwach sie im Kopf war.

Während Tine sich erst umständlich aus ihrem Mantel schälte, beugte Hilde sich sofort über das Bett.

„Mensch Gudrun", rief sie unnötig laut, „hier bist Du also. Wir haben Dich schon überall gesucht. Warum warst Du nicht beim Schwimmen, statt hier faul im Bett zu liegen?"

Gudrun Winter, die selten auf Ansprache reagierte, wandte überrascht den Kopf und sah ihrer Schwägerin für einen Moment in die Augen.

Tine hatte Mühe, nicht laut los zu prusten und schaute vorsichtshalber aus dem Fenster. Bei Theo siegte die Sorge um seine Mutter über die Verwunderung.

„Tante Hilde", mahnte er leise, „erschreck Mama doch bitte nicht so."

Als die Patientin die leise, monotone Stimme ihres Sohnes vernahm, schloss sie beruhigt die Augen und ignorierte die Besucherinnen.

„Was soll denn das heißen?", ärgerte sich Hilde. „Bisher habe ich noch niemand mit meiner Stimme umgebracht. Wenn es hier drin allerdings nicht so warm wäre, könnte man tatsächlich meinen, wir befänden uns in einer Leichenhalle. In dieser Atmosphäre kann niemand gesund werden."

Wie immer nahm Hilde kein Blatt vor den Mund.

Das Krankenzimmer lag im Halbdunkel. Theo hatte die Vorhänge, die Helene am frühen Morgen geöffnet hatte, wieder geschlossen. Nur durch einen kleinen Spalt drang ein wenig Tageslicht.

Nun trat auch Tine an das Bett und nahm die Hand

ihrer Freundin. Ihr Blick ruhte aber auf Theo und sie stellte die Frage, die Hilde sich verkniffen hatte.

„Musst Du heute nicht im Amt sein?"

Theos Magen zog sich schmerzhaft zusammen. Bei allem Respekt für das Damenkränzchen, konnte er seine Wut kaum noch unterdrücken.

„Ich werde mich in den nächsten Tagen natürlich um Mama kümmern müssen", erwiderte er schroffer als beabsichtigt.

Ein zufriedenes Lächeln huschte über Gudruns Gesicht.

„Du willst", mischte sich Hilde ein.

„Wie bitte?", fragte Theo gereizt.

„Du willst Dich um Deine Mutter kümmern", erklärte Hilde ruhig. „Du hast Angst, wir könnten etwas falsch machen. Wir oder Deine Geschwister. Sogar dem Pflegepersonal traust Du nicht. Du willst Deine Mutter für Dich allein haben. Das hier ist kein Leben für Gudrun. Die Seereise, die Treffen im Restaurant, die Wassergymnastik, das war Gudruns Leben."

Hilde musste nach ihren deutlichen Worten erst einmal tief durchatmen.

Theo sah sie mit zusammengezogenen Augenbrauen an. Auf seiner Stirn hatte sich eine tiefe Falte gebildet und sein Gesicht färbte sich dunkelrot.

„Es ist besser wenn Du jetzt gehst", forderte er seine Tante auf.

„Theo....", warf Tine entsetzt ein.

„In der nächsten Zeit solltest Du auch nicht wieder

herkommen", fuhr dieser ohne auf Tine zu achten fort. „Ich informiere Dich telefonisch wenn es Neuigkeiten gibt."

Die beiden alten Damen hatten das Patientenzimmer verlassen, ohne sich von Gudrun zu verabschieden. Wahrscheinlich hätte sich die Freundin aber sowieso nicht die Mühe gemacht, die Augen zu öffnen. Jetzt nahmen sie Kurs auf ein Cafe im nahegelegenen Kurviertel. Theos Worte hatten Tine fast härter getroffen als Hilde selbst. Immerhin hatte Hilde ihn aus der Reserve locken wollen. Leider war es ihr nicht gelungen, Theo zum Nachdenken anzuregen. Sie wusste, dass er sich ihre kleine Standpauke auch im Nachhinein nicht zu Herzen nehmen würde.

„Wahrscheinlich ist es sogar besser für uns, wenn wir uns in den nächsten Tagen ein bisschen Abstand gönnen", seufzte Hilde und nahm auf einem der gemütlichen Korbsessel Platz.

„Dann ist Gudrun so gut wie verloren", überlegte Tine und wählte den gegenüberliegenden Sessel. „Noch einmal werden die Ärzte das nicht mit sich machen lassen. Wochenlang im Krankenhaus und immer nur schlafen."

„Natürlich nicht", stimmte Hilde zu. „Aber wir sind auch nicht mehr die Jüngsten. Meine Tage sind vielleicht gezählt und ich habe vor den Rest meines Lebens zu genießen."

„Sie wird in einem Pflegeheim landen."

Für einen Moment sah Tine sich selbst einsam und

verlassen in einem fremden Bett liegen. Das Aneurysma hatte sich in ihre Gedanken geschlichen. Natürlich wusste Hilde von der Zeitbombe in Tines Bauch, aber sie sprachen fast nie darüber. Schließlich hatte sich Tine vorerst gegen eine Operation entschieden, weil sie, genau wie Hilde, ihr Leben genießen wollte. Um sich von den trüben Gedanken abzulenken, griff Tine zur Speisekarte. Wenn der Besuch bei Gudrun schon kein Erfolg gewesen war, konnten sie diesen Tag wenigstens für ein paar kleine Sünden nutzen.

Hilde hatte sich bereits für ein Stück Kuchen und eine Tasse Kaffee entschieden und kramte nun in ihrer eleganten Handtasche. Den Kuchen durfte sie eigentlich nicht essen, aber dafür fiel ja heute das Mittagessen aus und schließlich fing das neue Jahr gerade erst an. Da hatte sie noch alle Zeit der Welt, auf ihren Blutzucker zu achten um den Doktor nicht zu verärgern. Die junge Bedienung nahm nun auch Tines Bestellung auf, die der von Hilde ähnelte.

„Das man heutzutage nicht mehr einfach einen Kaffee bestellen kann", sagte Tine kopfschüttelnd, als die Kellnerin sich vom Tisch entfernte. „Es gibt mehr Variationen als ich Unterhosen im Schrank habe."

Hilde nickte zustimmend. Mit den neumodischen Getränken konnten sie beide nichts anfangen.

Im Kurviertel war es um diese Uhrzeit noch ruhig. Später am Tag würden in den Lokalen alle Tische besetzt sein. Noch waren die Kurgäste mit ihren Anwendungen in den jeweiligen Kliniken beschäftigt.

Erst wenn das Mittagessen ihnen dort nicht geschmeckt hatte oder nicht reichhaltig genug gewesen war, würden sie die umliegenden Kaffeehäuser stürmen und ihre Bäuche mit Dingen füllen, die gegen ihre Diätpläne verstießen. Nun aber hatten Tine und Hilde noch einen Tisch am Fenster wählen können. Während Hilde weiter in ihrer Handtasche suchte, betrachtete Tine die verlassene Fußgängerzone. Die Sonne hatte sich heute noch nicht blicken lassen und der grau verhangene Himmel lud nicht gerade zu einem Spaziergang ein. Dafür waren die Temperaturen ein wenig angestiegen und der Schnee verwandelte sich auf dem Kopfsteinpflaster in rutschigen Matsch.

„Sag mal, was suchst Du denn da?", fragte Tine, nachdem es draußen wirklich nichts mehr zu entdecken gab.

„Habs schon", freute sich Hilde und hielt triumphierend ihr kleines Mobiltelefon in die Höhe.

„Und wen rufst Du jetzt an?", wollte Tine wissen.

„Wilma natürlich", kicherte Hilde, „oder sollen wir das Weibsbild in ihrer Wohnung verschimmeln lassen?"

„Und die Arthrose?", hakte Tine nach.

Sie konnte sich denken, dass das Wetter für Wilmas Knie eine Zumutung war.

„Soll sich gefälligst zusammenreißen", forderte Hilde entschlossen.

8.

Nicht nur Hilde hatte mit ihrer Vermutung richtig gelegen. Auch Helene war bereits bei Gudrun Winters zweiter Einlieferung in das Krankenhaus davon überzeugt gewesen, dass die alte Dame dort nicht lange bleiben würde. Es hatte Theo einiges an Überwindung gekostet, aber schließlich hatte selbst er einsehen müssen, dass er nicht alleine für seine Mutter sorgen konnte. Hilde hatte sich strikt an ihr Besuchsverbot gehalten, ließ sich aber von ihren Freundinnen über alle Veränderungen unterrichten. Hin und wieder bekam sie einen Anruf von Theo, der ihr zwar weiterhin reichlich unterkühlt, aber pflichtbewusst Auskunft gab. Wilma hatte sich ein wenig zurückgezogen und erschien einmal in der Woche an Gudruns Bett. Wenn es sich irgendwie einrichten ließ, wählte sie dafür einen Zeitpunkt, zu dem Theo damit beschäftigt war, seinen Lebensunterhalt zu verdienen. Natürlich hatte er noch in der ersten Januarwoche in das Finanzamt zurückkehren müssen.

Dieser Umstand hatte seine Mutter noch mutloser gemacht. Egal ob eine ihrer Freundinnen oder eines ihrer anderen Kinder das Patientenzimmer betrat, die einzige Frage die Gudrun stellte, war die nach Theo. Das fragende „Theo?" blieb für die gesamte Dauer

92

ihres Aufenthalts auf der Station das einzige Wort, dass sie sprach.

Selbst Tine musste zugeben, dass ein Besuch bei Gudrun beinahe an Zeitverschwendung grenzte, da die Patientin sich über die allgemeine Zuwendung nicht zu freuen schien.

Die langen Wochen, die die alte Dame im Liegen oder zu Hause in ihrem Sessel sitzend verbracht hatte, hatten ihre Muskeln vollständig erschlaffen lassen und sie war nicht einmal mehr in der Lage, alleine eine Toilette aufzusuchen. Die Gehhilfe, die seit ihrem ersten Krankenhausaufenthalt für sie bereit stand, hatte sie von vorne herein abgelehnt und wenn überhaupt mit einem bösen Blick bedacht. Einen Rollstuhl akzeptierte sie genauso wenig.

Die Schwestern im Krankenhaus, deren Zeit begrenzt war, hatten Gudrun in Windeln gepackt. Dieser Aufgabe fühlte sich Theo nicht mehr gewachsen. Die freundlichen Mitarbeiter des mobilen Pflegedienstes, die Gudrun in den letzten Wochen zu Hause betreut hatten, kamen höchstens zwei Mal am Tag. Frau Winter aber brauchte nun eine vierundzwanzigstündige Betreuung. Noch immer war Theo der Überzeugung, dass Tante Hilde nicht gut für seine Mutter war und Wilma hatte seiner Meinung nach entscheidend zum jetzigen Zustand beigetragen. Tine alleine konnte er die Verantwortung nicht zumuten und es hatte sich diesmal auch keine der drei Damen angeboten. Theo fühlte sich zerrissen. Der einzige, der dieser Aufgabe

93

gerecht werden konnte, war er selbst. Seine Fehlzeiten im Amt ließen aber keine weiteren Ausfälle zu und die liegengebliebene Arbeit dudelte keinen weiteren Aufschub. Seine Kollegen zeigten sich bei weitem nicht mehr so verständnisvoll, wie während der ersten Wochen. Trotzdem verbrachte Gudruns Erstgeborener nach wie vor jede freie Minute an ihrem Bett. Zeit für den Haushalt blieb ihm nicht und die Wohnung war in einem entsprechend vernachlässigtem Zustand. Zwar legte Theo nicht viel Wert auf Ordnung und Sauberkeit, aber in dem heillosen Durcheinander konnte nicht einmal er selbst sich mehr wohl fühlen. Dennoch war Aufgeben für ihn keine Option. Obwohl Theo kein besonders optimistischer Mensch war, glaubte er daran, dass es sich um einen vorübergehenden Zustand handelte. Sobald Gudrun wieder richtig fit sein würde, würde sie zu ihm in die Wohnung zurückkehren. Notfalls musste eben eine Pflegekraft eingestellt werden, die sich nebenbei auch um den Haushalt kümmern würde. Vorerst aber hatte er schweren Herzens der Verlegung in eine Pflegeeinrichtung zugestimmt. Dem Druck, den die Ärzte und seine Geschwister auf ihn ausgeübt hatten, hatte er auf die Dauer nicht mehr standhalten können. Schließlich konnte er ihnen im Moment keine Alternative auftischen, mit der er ihre Argumente vom Tisch hätte fegen können. Gudrun musste das Krankenhaus verlassen. Obwohl die Zeit drängte, hatte es sich Theo nicht nehmen lassen, die in Frage kommenden

94

Einrichtungen wenigstens in Ruhe anzusehen und erst dann eine Entscheidung getroffen.

Er war es ja, der mit seiner Mutter die meiste Zeit dort verbringen musste und da er seit vielen Jahren auf ein Auto verzichtete, war seine Mobilität eingeschränkt. Das Pflegeheim musste für ihn gut zu Fuß zu erreichen sein. Das Wichtigste aber war, dass man sich dort mit Hingabe um Gudrun kümmern würde und das hatte ihm die Pflegeleitung schließlich zugesichert. Natürlich hatte Theo den Zustand und Pflegebedarf seiner Mutter aus seiner Sicht geschildert und dabei so manches Detail mehr oder weniger unbewusst verschwiegen. Seine Mutter war seinen Schilderungen zufolge eine liebe und zufriedene Person, die nur vorübergehend ein wenig Unterstützung bei der täglichen Körperpflege brauchte. Tatsächlich ahnte er nicht, dass Gudrun selbst nicht mehr an einer Verbesserung ihres Gesundheitszustands interessiert war und so legte er sich zunächst auf einen vierwöchigen Aufenthalt fest.

Das Zimmer, das für die nächsten Wochen Gudruns zu Hause sein sollte, war klein und stickig. Die Möbel, mit denen die wenigen Quadratmeter zugestellt waren, hatten schon bessere Zeiten gesehen und auch das Bad erschien selbst Theo nicht wirklich behindertengerecht zu sein. Die Dusche bot kaum genug Platz für eine Person. Dass eine Pflegekraft dort einen kranken Menschen waschen konnte, war äußerst unwahrscheinlich. Die beengten Räumlichkeiten musste

Gudrun darüber hinaus mit einer weiteren Patientin teilen. Die zwei Betten beanspruchten den meisten Platz im Zimmer. Ein Fenster gab den Blick auf die Zufahrt und die dahinterliegende Straße frei. Links neben der breiten Einfahrt konnte man die Kapelle sehen, die zu der katholischen Pflegeeinrichtung gehörte. Diese Kapelle hatte nicht unwesentlich zu Theos Entscheidung beigetragen. Früher hatte Gudrun immer gerne die Messe besucht und er hoffte nun, dass sie dies hier gemeinsam tun konnten. Die Bäume, die die Straße säumten, zeigten einen ersten Hauch von Frühling. Bald würde man von hier aus das satte Grün der Baumkronen sehen können. Unter dem Fenster stand ein kleiner Tisch mit zwei unbequemen Holzstühlen. Einer dieser Stühle sollte für Theo über einen langen Zeitraum sein Stammplatz werden und der Blick aus dem Fenster würde sich tief in sein Gedächtnis einprägen.

Für die Familie wurde Gudruns Zustand mehr und mehr zur Belastung. Regina und Holger hatten ihre Besuche auf ein Minimum reduziert. Neben ihren Berufen, dem Haushalt und den Kindern war es einfach nicht möglich, den Weg ins Pflegeheim jeden Tag auf sich zu nehmen. Natürlich hatten die von Theo veranschlagten vier Wochen nicht ausgereicht und an Gudruns Heimkehr war auch nach Monaten nicht zu denken. Auch Robert und Maike spürten den Druck, sich kümmern zu müssen, während sie eigentlich mit anderen Dingen beschäftigt waren. In den ersten Wochen hatten sie ihr Abendessen noch in Rekordgeschwindigkeit zu sich genommen, um anschließend schnell bei der Mutter vorbeizuschauen. Vielleicht hätten sie länger durchgehalten, wenn Gudrun in irgendeiner Art und Weise auf ihre Besuche regiert hätte. Mit der Zeit beschlich sie mehr und mehr das Gefühl, dass ihre Fahrten an das andere Ende der Stadt eigentlich Theo galten. Obwohl sie seine Meinung in vielen Fragen nicht teilten, galt ihm das volle Mitgefühl der beiden. Sie konnten und wollten Theo nicht ständig mit Gudrun allein lassen. Als der Sommer kam, beschränkten auch sie sich schließlich auf die Wochenenden.

Klaus schaute zwar regelmäßig vorbei, war aber immer auf der Durchreise. Er verband seine Besuche mit den erforderlichen Erledigungen des Alltags. Monika kümmerte sich inzwischen um Kind und Haushalt. Gudrun war ohnehin nicht bereit, das Bett zu verlassen. Zu Anfang ihres Aufenthalts hatte sie sich, wenn auch widerwillig, noch mit dem Rollstuhl spazieren fahren lassen. Nun aber drehte sie wieder das Gesicht zur Wand, wenn es sich bei dem Besucher nicht um Theo handelte. Ihre Teilnahmslosigkeit grenzte beinahe an Unhöflichkeit, aber keines ihrer Kinder vermochte zu sagen, ob Gudrun dies mit Absicht tat.

Die beengten räumlichen Verhältnisse schien Gudrun gar nicht wahr zu nehmen. Da ihre Mitbewohnerin sich aber ohnehin sehr selten im Zimmer aufhielt, musste Theo den Platz an dem kleinen Tisch mit niemand teilen. Die Pflegeeinrichtung bot Aufenthaltsräume, die wesentlich mehr Abwechslung boten als das Zusammensein mit der schweigsamen, desinteressierten Gudrun.

Theo war im Nachhinein eher unzufrieden mit seiner Wahl. Er gab dem Pflegepersonal die Schuld an der unzureichenden Versorgung seiner Mutter. Ohne Gudruns Mithilfe schaffte es keine der Betreuerinnen, die alte Dame in die Dusche zu bekommen. Sie war einfach zu schwer. Obwohl Gudrun jegliche Nahrungsaufnahme verweigerte wenn Theo nicht anwesend war, wurde sie mit jedem Tag runder. Aber auch diese Veränderung schien Theo nicht aufzufallen. Er war eher besorgt darüber, dass er bei seinem Eintreffen das Essen immer wieder unangerührt vorfand. Nur von ihm ließ sich Gudrun an den Tisch helfen und zu ein paar Bissen überreden. Als Theo sich bei Wilma darüber beklagte, erklärte sich die Freundin bereit, zur Mittagszeit vorbei zu schauen. Für Wilma bedeutete dies tägliche Busfahrten, die sie mit ihrem schlimmen Knie meistern musste. Dennoch gab sie nicht auf. Wenn sie Gudrun in irgendeiner Art und Weise helfen konnte, war Wilma bereit einiges auf sich zu nehmen. Von ihrer alten Freundin Gudrun bekam sie dafür nicht einmal ein Lächeln. Während Wilma versuchte den strengen Geruch in dem kleinen Zimmer tapfer zu ignorieren, wurde Maike von den Ausdünstungen ihrer Schwiegermutter regelmäßig übel. Maike glaubte nicht recht an Gudruns völlige Hilflosigkeit. Ihrer Meinung nach hatte Gudrun nach wie vor einfach keine Lust. Theo gegenüber behielt sie ihren Verdacht für sich. Robert und Regina sahen die Dinge ähnlich, fühlten sich aber machtlos. Als der Sommer sich allmählich seinem Ende zu neigte und die Blätter an den Bäumen bunte Herbstfarben annahmen, sah Maike sich plötzlich in ihrem Verdacht bestätigt. Langsam tauchten in den Supermarktregalen die ersten Weihnachtsartikel auf und wie immer konnte Maike der Versuchung nicht widerstehen. Sie wusste, dass auch Gudrun früher gerne von den Pralinen aus der Kaiserstadt genascht hatte und hoffte, ihr damit vielleicht eine Freude machen zu können. Als Maike am Abend zusammen mit Robert das winzige Patientenzimmer betrat, nahm ihr der säuerliche Gestank beinahe den Atem. Theo erhob sich von seinem Stuhl um die Neuankömmlinge zu begrüßen. Das Fenster war fest verschlossen. Obwohl Gudrun in ihrem warmen Bett lag und die Decke bis zu den Ohren gezogen hatte, fürchtete Theo, die ersten Vorboten der kalten Jahreszeit könnten seiner empfindlichen Mutter schaden. Gudrun wandte den Kopf, als sie die Stimmen im Raum vernahm. Bevor sie das Gesicht zur Wand drehen konnte, flackerte etwas in ihrem sonst so teilnahmslosen Blick auf. Sie hatte die Pralinenschachtel in Maikes Hand entdeckt. Robert trat an das Bett um seine Mutter zu begrüßen. Maike blieb seit einiger Zeit in angemessener Entfernung stehen und beschränkte sich auf ein freundliches Lächeln. Gudrun schenkte ihrem jüngsten Sohn keine Beachtung. Ihre Augen waren immer noch auf die Pralinen gerichtet. Sie schob die Decke zur Seite und streckte den rechten Arm aus. Maike verstand. Sie reichte ihrer Schwiegermutter die Schachtel. Die Hand mit der glänzenden Verpackung verschwand unter der Bettdecke. Dann drehte Gudrun das Gesicht zur Wand.

Während Wilma annahm, dass Theos gelegentliche Unfreundlichkeiten auf seine Verzweiflung zurück zu führen waren, hielt Hilde sich auch nach zehn Monaten noch an ihr Besuchsverbot. Sie hatte ihre Schwägerin in diesem Jahr noch nicht zu Gesicht bekommen. Zwischen ihr und ihrem Neffen herrschte eine Art Waffenstillstand. Über Theos Ausbruch im Krankenhaus war mit keinem Wort mehr gesprochen worden, aber Hilde war mehr als zufrieden mit der Situation. Im Gegensatz zu Wilma hätte sie nicht die Geduld aufbringen können, viele Stunden des Tages zu opfern, damit Gudrun zwei Bissen ihrer Mahlzeit zu sich nahm. Die Wahrheit über Gudruns Zustand, den Theo so gekonnt schönredete, erfuhr sie sowieso von ihren Freundinnen. Die Mittwochsrunde hatte sich noch einmal verkleinert, da Wilma das zeitlich nicht mit ihren Besuchen im Pflegeheim vereinbaren konnte. Hilde rechnete aber fest damit, dass auch das, wie alles im Leben, irgendwann vorbei sein würde. Solange genoss sie die Treffen mit Tine alleine. So konnten die beiden Frauen sich nach der Wassergymnastik wenigstens auch einmal anderen Themen zuwenden. Wilma kannte ja sowieso kein anderes Gesprächsthema mehr als Gudrun und davon hörten sie während der zahlreichen Telefonate mehr als genug. Hilde hatte sich angewöhnt, Tine mittwochs um eine feste Zeit anzurufen, damit diese auch rechtzeitig wach war und sich auf den Weg ins Schwimmbad machen konnte. Die Harmonie zwischen den beiden Frauen wurde von Tines erhöhtem Ruhebedürfnis nicht gestört. Sie behandelten einander mit gegenseitigem Respekt und akzeptierten die liebgewordenen Gewohnheiten der jeweils anderen. In ihrem Alter änderte man sich eben nicht mehr so leicht. Die nicht wegzudenkenden Zigaretten in Tines Handtasche störten Hilde nicht. Der Regierungsbeamte hatte schließlich auch geraucht und Hilde hatte während eines langen Ehelebens geduldig die Gardinen gewaschen.

Von Zeit zu Zeit meldete sich Theo telefonisch bei seiner Tante und erstattete pflichtbewusst Bericht. Die Gespräche verliefen sachlich und kurz. Hilde hielt sich streng an die Fakten und ließ sich zu keiner Gefühlsregung hinreißen.

Tine war eher selten in der Pflegeeinrichtung anzutreffen. Die Räumlichkeiten lösten in ihr Klaustrophobie aus. Sie war klug genug, ihre Gefühle richtig zu deuten. Es war weniger das Gebäude selbst, dass ihr Unwohlsein auslöste, als die Angst, einmal selbst in einem solchen Heim zu landen.

Als der Herbst mit all seinen Konsequenzen Einzug gehalten hatte, schwand allmählich das Mitgefühl aus Gudruns Umfeld. Nur Theo schien an seiner Illusion festzuhalten und glaubte noch immer, seine Mutter würde in absehbarer Zeit in die gemeinsame Wohnung zurückkehren. Trotz ihrer kräftigen Statur schien Gudrun in ihrem Bett auf den Tod zu wachten. Jeglicher Lebensmut war verschwunden. Theo, der nicht bereit war, sich der Wahrheit zu stellen, erfand täglich neue Ausreden für ihren Zustand. Gudrun musste sich eine Erkältung eingefangen haben. Bestimmt hatte einer der Besucher das Fenster geöffnet und den kalten Wind hereingelassen. Einen Darminfekt machte er für den fehlenden Appetit verantwortlich und das Pflegepersonal vernachlässigte seine geliebte Mutter natürlich sträflich. Nur er selbst glaubte an seine Theorien. Seine Geschwister und deren Partner nahmen zum ersten Mal vorsichtig das Wort Erlösung in den Mund. Sie konnten es nicht länger leugnen. Nicht nur für Gudrun selbst, auch für die Familie war dieser Zustand zermürbend. Von Hoffnung war in ihren Gesprächen schon lange keine Rede mehr. Sie alle hatten resigniert aufgegeben. Nach mehr als einem Jahr in sterilen Krankenhauszimmern und schlecht gelüfteten Pflegeunterkünften stellten sie sich die Frage, wie lange sie diese Belastung noch ertragen konnten. Sie fürchteten, ihnen könnten weitere Jahre bevorstehen, die keine Veränderung bringen würden. Immerhin war Gudrun aus rein medizinischer Sicht organisch völlig gesund. Der Arzt, der zu regelmäßigen Untersuchungen an Gudruns Bett erschien, konnte sich die Lage ebenso wenig erklären, wie das Pflegepersonal. Die beinahe nicht mehr vorhandenen Muskeln schränkten ihre Beweglichkeit natürlich stark ein, aber darüber hinaus gab es keinen Grund für den mangelnden Lebenswillen.

Während der Oktober sich seinem Ende zu neigte, war Gudruns Familie auf alles gefasst und doch gleichzeitig auf nichts vorbereitet.

9

Maike hörte bereits an Robert Stimme, dass etwas nicht in Ordnung war. Überhaupt war ein Anruf um diese Uhrzeit äußerst selten. Weinte er etwa?

In Bruchteilen von Sekunden schossen Maike verschiedene Szenarien durch den Kopf, eines erschreckender als das andere. Hatte ihr Mann einen Unfall gehabt? Gab es Probleme bei der Arbeit?

„Meine Mutter ist tot", drang es ohne Einleitung aus dem Telefonhörer.

Trotz aller unguten Vorahnungen in den letzten Wochen hatte Maike Mühe, das gerade Gehörte einzuordnen.

Gudrun war tot.

Wie war das möglich? In den letzen Tagen hatte es keine Veränderung mehr gegeben. Theo hatte weder gute, noch schlechte Nachrichten überbracht und wann immer sie selbst Gudrun besucht hatten, hatten sie befürchtet, noch Jahre in diesem Zustand ausharren zu müssen.

Es war also vorbei.

Für einen Moment war Maike völlig durcheinander. Irgendwo in ihrem Innern spürte sie etwas, das sich wie Erleichterung anfühlte. Sofort schämte sie sich für diese Reaktion ihres Unterbewusstseins und das Mitleid mit Robert siegte über alle anderen Gefühle. Immerhin hatte ihr Mann gerade seine Mutter verloren.

„Ich komme sofort", versprach Maike, während sie mit der freien Hand bereits nach ihrer Tasche griff.

„Wir treffen uns im Krankenhaus", entschied Robert.

Krankenhaus?

Diese Information wusste Maike nun gar nicht einzuordnen. Natürlich kannte sie den Weg dorthin, aber wieso um alles in Welt war ihre tote Schwiegermutter in einem Krankenhaus?

„Wie geht es Dir?", beeilte sie sich zu fragen, bevor Robert das Gespräch beenden konnte.

„Es ist ein komisches Gefühl", gestand ihr Mann, „aber es ist wohl besser so."

Im Krankenhaus fragten sie sich gemeinsam zu dem Zimmer durch, in das man Gudrun gebracht hatte.

Robert war es auf seinem Weg in die Klinik gelungen, von Regina telefonisch ein paar Einzelheiten zu erfahren und so wusste auch Maike inzwischen, dass Theo entgegen jeder Vernunft auf Wiederbelebungsmaßnahmen bestanden hatte.

Gudruns Herz hatte einfach aufgehört zu schlagen.

Das Pflegeheim hatte nicht nur den Notarzt gerufen, sondern auch Theo unverzüglich informiert.

Was immer die Ärzte auch versucht hatten, den Kampf um Gudruns Leben hatten sie verloren.

Um der Familie ausreichend Gelegenheit zur Verabschiedung zu geben, hatte man Gudrun vorerst in einem Einzelzimmer untergebracht.

Vor der Tür versuchten Robert und Maike sich kurz zu sammeln.

„Ich habe noch nie eine Leiche gesehen", gestand Robert kleinlaut.

„Ich wohl", fiel Maike nach kurzer Überlegung ein.

Im Gegensatz zu Robert hatte sie ihre Großeltern noch gekannt.

Robert überlegte Anzuklopfen, hielt aber mitten in der Bewegung inne. Es würde wohl niemand darauf reagieren.

Leise traten sie in den abgedunkelten Raum.

Entgegen ihrer Erwartungen, war das winzige Zimmer schon beinahe überfüllt. Gudrun lag im Bett und sah aus, als würde sie schlafen. Auf einem Stuhl in der Ecke des Raumes saß Theo und weinte herzzerreißend. Er schluchzte wie ein kleines Kind und Maike fühlte sich von seinem Anblick peinlich berührt. Sie kannte Theo seit Jahrzehnten, hatte den stets korrekten Beamten aber nie weinen sehen. Nun hatte er die Brille abgenommen und betupfte den nicht enden wollenden Tränenstrom mit einem Papiertaschentuch.

Er hat es tatsächlich nicht geahnt, schoss es Maike durch den Kopf. Er muss tatsächlich immer noch geglaubt haben, seine Mutter würde eines Tages wieder sein Essen kochen.

Regina stand an einer Seite des Betts und betrachtete ihre verstorbene Mutter. Sie wirkte traurig, aber gefasst. Holger war bisher nicht erschienen. Klaus und Monika hielten an der anderen Seite Totenwache.

Klaus hatte Tränen in den Augen, machte aber nicht so einen verzweifelten Eindruck wie Theo. Vermutlich lag es daran, dass Monika an Klaus' Seite war und seine Hand drückte.

Erst jetzt, nachdem seine Mutter ihr für immer verlassen hatte, schien Theo sich der Tragweite seiner Entscheidungen bewusst zu werden. Ab sofort war er allein auf dieser Welt. Es gab niemanden, der die langen Abende mit ihm teilen würde. Von nun an würde er jeden Tag vom Amt in eine leere Wohnung zurückkehren und es gab keine Aussicht auf Veränderung mehr. Die Aufgabe, die ihn ein Jahr lang voll beansprucht hatte, war ihm genommen worden und die Leere machte ihm Angst. Wie sollte er seine Wochenenden füllen? So allein er sich hier inmitten seiner Geschwister fühlte würde er für immer sein. Der Herausforderung, mit einem Partner Kompromisse für ein harmonisches Dasein zu schließen, hatte er sich nie stellen wollen. Die bedingungslose Liebe seiner Mutter konnte niemand ersetzen. So war sie dann auch sein Leben lang die einzige Person gewesen, die Theo in den Arm genommen hatte. Darüber hinaus war ihm körperliche Zuwendung fremd. Für die Familie war er immer der Unnahbare geblieben und so traute sich selbst jetzt niemand, den Ältesten unter ihnen tröstend zu umarmen.

Robert war neben Klaus getreten, der bereitwillig Platz machte.

Vorsichtig berührte er die körperliche Hülle seiner

Mutter an der Schulter. Sie fühlte sich kalt und starr an. Diese letzte Bestätigung hatte Robert gebraucht um endgültig loslassen zu können.

Genauso hat sie es gewollt, dachte Maike, die sich noch immer über Theos fehlende Beherrschung wunderte.

Sie selbst hatte eigentlich genug gesehen. Der Sauerstoff in dem kleinen Raum schien nahezu aufgebraucht zu sein. Ihr Blick wanderte zwischen den vertrauten Gesichtern und den fremden medizinischen Apparaten hin und her. Wie lange sie wohl noch hier ausharren mussten?

Niemand machte Anstalten, das Sterbezimmer zu verlassen. Auch Robert reagierte nicht auf Maikes deutliches Räuspern. Irgendwann in absehbarer Zeit musste doch die Leichenstarre nachlassen? Maike meinte an Gudrun bereits erste Flecken erkennen zu können. Vielleicht bildete sie sich das aber auch nur ein. Kam denn niemand vom Personal, der sie alle hinausschicken würde?

„Ich gehe einmal an die Luft", murmelte Maike und wartete kaum Roberts zustimmendes Nicken ab.

Fast rechnete sie damit, dass Regina oder Robert ihr folgen würden, aber sie blieb allein auf dem nach Desinfektionsmitteln riechenden Flur. Eine vorbeieilende Schwester nickte ihr voller Anteilnahme zu. Maike erwiderte den Gruß ebenso wortlos und machte sich auf den Weg Richtung Ausgang. Sie empfand keine Trauer. Obwohl sie wusste, dass sie ihre Schwiegermutter gerade zum allerletzten Mal gesehen hatte, verstand sie nicht, warum alle anderen den Abschied derart ausdehnten. Es schien, als würden sie selbst in dieser Situation in stiller Übereinkunft auf Theos Kommando wachten.

Draußen setzte sich Maike auf eine Bank und hing ihren Gedanken nach, bis Holger und seine Tochter vor ihr auftauchten. Robert musste nun schon mindestens eine Stunde bei seinen Geschwistern sein. Wie lange mochte Theo schon in dem Raum sein. Sein Schluchzen hatte, bis Maike das Zimmer verlassen hatte, nicht nachgelassen.

Holger sah aus wie immer und auch das Gesicht von Gudruns ältester Enkelin verriet nichts über ihre Gefühle.

„Musstest Du mal raus?", fragte Holger in lockerem Tonfall.

„Ich habe keine Ahnung wie lange die noch um dieses Bett stehen wollen", murrte Maike statt einer Antwort.

„Ich werde nachsehen", versprach Holger, „länger als ein paar Minuten bin ich nicht weg."

Kurz nachdem Holger mit seiner Tochter im Innern der Klinik verschwunden war, spukte die automatische Schiebetür Robert aus.

„Na endlich", entfuhr es Maike.

„Ich wollte nicht der Erste sein, der geht", gab Robert ohne Umstände zu.

Maike sah sich suchend um.

„Das scheinst Du nun aber trotzdem zu sein."

Sie nahm an, dass Holger Robert einen Wink gegeben hatte.

„Holger ist da", erklärte Robert nun. „Das wurde selbst mir ein bisschen eng da oben."

Maike erhob sich von der Bank und steuerte den Parkplatz an.

„Wir treffen uns alle bei Theo zu Hause", erklärte Robert und setzte sich hinters Steuer seines Wagens.

Tatsächlich waren es dann aber nur noch Klaus, Regina, Robert und Maike die sich zusammen mit Theo um den niedrigen Tisch im Wohnzimmer versammelten. Holger und Monika hatte es zurück zu ihren alltäglichen Verpflichtungen gezogen. Maike fühlte sich heute nicht recht wohl im Kreise der Geschwister. Wenn die anderen nach Hause fuhren, gehörte sie als Schwiegertochter im Moment vielleicht auch nicht hierher. Sie wollte schon Anstalten machen zu gehen und teilte Robert ihre Bedenken im Flüster-ton mit, aber ihr Mann tat ihren Einwand mit einer Handbewegung ab. Robert war der Meinung, dass die Familie heute zusammen bleiben sollte.

Theo, den die plötzliche Wendung der Ereignisse überforderte, war nicht auf Besuch vorbereitet. Dennoch hatte er sich inzwischen soweit im Griff, dass er sich an seine Rolle als Gastgeber erinnerte. Er versorgte die kleine Trauergesellschaft mit Mineral-wasser. Etwas anderes konnte er auf die Schnelle nicht finden. Selbst wenn ihm der Gedanke gekommen wäre, Kaffee zu kochen, hätte er sich nicht an die dafür notwenigen Handgriffe erinnern können.

Obwohl Theo weit davon entfernt war zu funktionieren, hatte er bereits einen Bestatter verständigt, der in Kürze zu ihnen stoßen wollte. Während des Telefonats hatte der freundliche Herr ihn gebeten, vor seinem Eintreffen ein paar passende Kleidungstücke auszusuchen, die Gudrun besonders gerne getragen hatte und nun mit ins Grab nehmen sollte. Maike überließ es Regina und Theo diese Entscheidung zu treffen. Als die vollständige Garderobe schließlich auf einem der schäbigen Sessel im Wohnzimmer ausgebreitet lag, beäugte Maike den Stapel kritisch. Ob die Bestatter sich wirklich die Mühe machen würden, Gudruns schweren Körper nicht nur in Unterwäsche, Hose und Pullover, sondern auch noch in die rosa Strickjacke zu zwängen? Die Jacke war Gudrun schon zu Lebzeiten viel zu eng gewesen und soweit Maike sich erinnerte, hatte ihre Schwiegermutter seinerzeit keinen Pullover darunter getragen. So sehr sie sich auch bemühte, an etwas anderes zu denken, vor ihrem geistigen Auge sah sie die armen Mitarbeiter des Bestattungsinstituts mit Gudrun und der Strickjacke kämpfen.

Als es endlich an der Wohnungstür läutete, atmeten sie alle auf. Innerhalb der nächsten Stunde gab es mehr als genug Entscheidungen zu treffen, die Theo vorerst von seinen dunklen Gedanken ablenken würden.

Dass Gudrun selbst sich auf jeden Fall für eine Erdbestattung entschieden hätte, stand für Theo außer

Frage. Maike, die sich ein Stück abseits platziert hatte, bekam schon wieder eine Gänsehaut. Schon der Gedanke daran, eingesperrt in einer Kiste unter der Erde den Würmern serviert zu werden, machte ihr Angst. Die Beerdigung sollte natürlich auf dem abgelegenen Waldfriedhof stattfinden, wo vor vielen Jahren schon Gudruns Ehemann seine letzte Ruhestätte gefunden hatte. Dort war er, soweit Maike das beurteilen konnte, leider mehr oder weniger in Vergessenheit geraten. Maike fand den Friedhof gruselig und war damit nicht allein. Das weitläufige Waldstück lag selbst bei strahlendem Sonnenschein im Schatten der vielen Bäume. Selbst Gudrun hatte sich alleine nicht dorthin getraut. Die stattliche Wilma machte, wenn möglich, ebenso einen großen Bogen um das Gelände, wie Hilde und Tine. Nun aber sollte Gudrun Nacht für Nacht im unheimlichen Kerzenschein unter den langen, dunklen Zweigen einer Trauerweide verbringen.

Der freundliche Bestatter machte sich inzwischen Gedanken über einen geeigneten Termin für die Beerdigung. Er notierte das Sterbedatum und begann zu rechnen. Maike erschrak. Heute war der einunddreißigste Oktober. Halloween. Gudrun war an Halloween gestorben. Soviel skurrilen Humor hätte Maike ihrer Schwiegermutter gar nicht zugetraut. Vielleicht war der Waldfriedhof dann doch keine so schlechte Wahl.

Auf dem Heimweg wurde Maike erneut an das Datum erinnert. Viele Kinder in zum Teil gruseligen Kostümen waren auf der Jagd nach Süßigkeiten. Die Dämmerung war der Jahreszeit entsprechend früh hereingebrochen und in so manchem Hauseingang flackerten von Kerzen erhellte Kürbisfratzen. Wenigstens war der nächste Tag ein Feiertag. Niemand musste zur Arbeit und alle durften ausschlafen. Vielleicht, grübelte Maike, hatte Gudrun deshalb diesen Tag gewählt. Jahr für Jahr würden ihre Kinder sich an ihrem Todestag versammeln und in Gedenken an die Mutter bis in den späten Abend zusammensitzen. Hoffentlich hatte sie sich da nicht verrechnet. Regina ging gerne früh zu Bett und auch Klaus sah Maike eigentlich nur selten.

Zu Hause angekommen, wurden Robert und Maike von ihrem Sohn erwartet, der die letzten Stunden in der Obhut von Maikes Eltern verbracht hatte. Eigentlich hatte er sich den Abend ganz anders vorgestellt. Seine Freunde feierten das gruseligste Fest des Jahres, während für seine Familie die Gruselgeschichte zur traurigen Wahrheit wurde.

„Wer stirbt nun ausgerechnet an Halloween?", fragte er in die Runde.

„Oma", seufzte Maike, „damit sie gleich morgen wieder aufstehen kann. Morgen ist Allerheiligen."

„Maike", zischte Robert, obwohl er sich selbst nur mit Mühe das Grinsen verkneifen konnte.

Seine Mutter hatte schon so lange nicht mehr am

Familienleben teilgenommen, dass die Erlösung keine weitreichenden Veränderungen für ihr Umfeld bedeutete.

Nur Theo würde sich eine neue Aufgabe suchen müssen.

Wilma war noch am Abend des einunddreißigsten Oktobers von Theo informiert worden. Theo gegenüber gab die alte Dame sich sehr einfühlsam. Insgeheim konnte sie es aber nicht abwarten, den Menschen die weniger unter der Trauer litten mitzuteilen, dass sie Gudruns Tod kommen gesehen hatte.

Nach dem langen Telefonat hatte Theo die Kraft gefehlt, Tante Hilde und Freundin Tine zu benachrichtigen. Er hatte die Flasche mit der dunklen Flüssigkeit aus dem Schrank geholt und die Anrufe kurzerhand auf den nächsten Tag verschoben.

Am Morgen des ersten November erreichte er seine Tante jedoch zunächst nicht. Theo vermutete Hilde am Grab des Regierungsbeamten und nahm sich vor, es später noch einmal zu versuchen. Wenn er Tines Nummer wählte, ertönte über Stunden nur das Besetztzeichen. Wilma war ihm wohl zuvor gekommen und konnte sich nun in aller Gründlichkeit über ihre Fähigkeiten als Wahrsagerin auslassen. Falls Tine darüber nicht einschlief, würde sie wohl von Zeit zu Zeit ein zustimmendes Murmeln von sich geben. Sollte sie doch einschlafen und das Murmeln ausbleiben, würde es Wilma wahrscheinlich auch nicht auffallen.

Bevor Wilma sich Hilde als neues Opfer aussuchen konnte, beschloss Theo es ein weiteres Mal bei seiner Tante zu versuchen.

Endlich gelang es ihm, Hilde zu erwischen.

„Ich war beim Arzt", erklärte sie ihre Abwesenheit.

„Aber der war gar nicht in seiner Praxis."

Theo fehlten für einen Moment die Worte.

„Heute ist Feiertag. Da sind die Praxen geschlossen", brachte er schließlich mühsam hervor.

„Das ist eine Unverschämtheit", fiel ihm seine Tante ins Wort. „Ich hatte einen Termin. Die Ärzte verdienen wohl zu viel. Einfach so die Praxis schließen und die Patienten vor der Tür stehen lassen."

Theo seufzte. Er hatte jetzt andere Probleme.

„Mutter ist gestern verstorben", erklärte er ohne Einleitung.

„Da hätte sie mir auch mal vorher Bescheid geben können", empörte sich Hilde. „Die Leute haben einfach keine Moral mehr. Niemand hält sich an Absprachen. Jeder macht einfach was er will."

Theo bekam den Eindruck, dass Hilde ihm überhaupt nicht richtig zugehört hatte. Sie schien in Gedanken immer noch bei ihrem verpatzten Arztbesuch zu sein. Er kam zu dem Schluss, alles Weitere doch lieber Wilma zu überlassen und beendete schnell das Gespräch.

Es war aber nicht Wilma, sondern Tine, die kurze Zeit später Hildes Nummer wählte. Bevor Tine den Grund ihres Anrufs nennen konnte, beschwerte sich Hilde

115

erneut über ihren faulen Hausarzt.

„Ich hatte einen Termin", beharrte sie, nachdem auch Tine sie auf den gesetzlichen Feiertag hingewiesen hatte.

Obwohl Hildes Verhalten ihr Sorgen bereitete, blieb Tine die Ruhe in Person.

„Bestimmt hast Du von der Arzthelferin einen Zettel bekommen. Schau doch einfach noch mal nach", empfahl sie der Freundin.

„Du tust ja gerade so, als ob ich nicht mehr alle Tassen im Schrank hätte", kicherte Hilde. „Außerdem heißen die jetzt nicht mehr Arzthelferinnen, sondern medizinische Fachangestellte. Das ist genau wie mit den Putzfrauen. Man sagt Reinigungsfachkräfte, oder eben einfach Bodenmasseuse."

Trotzdem linste sie mit einem Auge auf den kleinen Zettel, den sie tatsächlich gerade in ihrer Handtasche gefunden hatte.

Wenn Hilde alle diese Dinge mühelos behalten konnte, überlegte Tine, dann musste mit ihrem Oberstübchen doch alles in Ordnung sein.

„Hier steht ganz eindeutig Donnerstag auf dem Briefchen", las Hilde im Brustton der Überzeugung vor.

„Heute ist aber schon Freitag", erwiderte Tine behutsam.

„Das ging ja mal wieder schnell." Hilde musste schon wieder kichern. „Kein Wunder, dass man da nicht mehr mitkommt."

116

„Sag mal Hilde", hakte Tine nach, „spielst Du mal wieder Theater? Mir musst Du doch nichts vormachen."

„Man wird sich in meinem Alter doch wohl mal irren dürfen", schnaubte Hilde in den Hörer.

„Schon gut", lenkte Tine ein und wechselte rasch das Thema. „Hast Du heute schon Deinen Gatten besucht? Immerhin ist Allerheiligen."

„Der könnte sich auch mal wieder blicken lassen", antwortete Hilde beleidigt.

Regina plagten inzwischen ganz andere Sorgen. In einer Woche sollte die Beerdigung ihrer eigenen Mutter sein und sie besaß keine schwarzen Schuhe. Für den einen Tag extra welche anzuschaffen, hielt sie für Verschwendung. Schließlich würde es nicht bei den Schuhen bleiben. Einen dunklen Mantel hatte sie ebenfalls nicht im Schrank und so etwas würde sie nachher nie wieder tragen. Der Herbst zeigte sich leider von einer weniger schönen Seite und der kalte Wind jagte das Laub vor sich her. Seit dem frühen Morgen regnete es auch noch in Strömen. Reginas schwarze Strickjacke würde sie nicht vor dem schlechten Wetter schützen. Sie musste eine andere Lösung finden. Ihr erster Gedanke war, einfach ihre Mutter zu fragen. So hatte sie es ihr Leben lang gemacht, wenn sie einen Rat brauchte. Dann aber fiel ihr ein, dass Gudrun nicht mehr da war. Vielleicht war es ohnehin besser, wenn sie Theo fragte. Gudrun hatte so manches Mal einfach den Hörer aufgelegt, wenn Regina zu häufig angerufen hatte. Theo würde bestimmt ein wenig mehr Geduld aufbringen. Bei der Gelegenheit würde sie sich auch gleich nach seinem Befinden erkundigen können.

Theo war froh, sich wieder praktischen Dingen zuwenden zu können. So sehr die Trauer auch an ihm nagte, Sentimentalitäten erlaubte er sich vorerst nicht. Außerdem musste er seiner Meinung nach nun die Rolle des Familienoberhaupts übernehmen, das die Geschwister zusammenhielt. In Gudruns Kleiderschrank befanden sich mehr als genug schwarze Mäntel und Schuhe. Immerhin war seine Mutter in einem Alter gewesen, in dem die Trauerfälle im Umfeld sich gehäuft hatten. Nicht zuletzt bedeutete Theos großzügiges Angebot auch, dass seine Schwester zur Anprobe erscheinen musste und er, Theo, zumindest ein paar Stunden lang Gesellschaft hatte.

Regina selbst aber hatte noch Zweifel. Sie entschied, eine zweite Meinung einzuholen und wandte sich mit ihrer Frage an Maike.

Die Schwägerin wusste nicht ob sie laut auflachen oder entsetzt eingreifen sollte. Maike fühlte sich hin und her gerissen. Die Vorstellung, dass Gudruns Kleidungsstücke an ihrer eigenen Beerdigung teilnehmen sollten, hatte in ihren Augen etwas ebenso Skurriles wie der Todestag. Vielleicht passte es aber einfach nur zusammen. Möglicherweise hätte Gudrun sich sogar gefreut, dass Regina ihre Sachen trug.

„Findest Du es nicht ein bisschen makaber?", fragte Maike vorsichtig.

„Deswegen ruf ich ja an", gab Regina kleinlaut zu.

„Naja, wenn Du Dich dabei wohlfühlst", überlegte Maike laut. „Ich muss ja nicht in ihren Schuhen hinter ihrem Sarg herlaufen."

„Ich kauf mir ein paar Neue", entschied Regina, der es nun plötzlich doch eiskalt über den Rücken lief.

Der Tag der Beerdigung war gekommen.

Für den Gedenkgottesdienst hatte Theo eine kleine Kapelle in der Nachbarschaft ausgesucht. Von dort aus würde die kleine Trauergemeinde anschließend zum Waldfriedhof fahren und Gudrun Winter auf ihrem letzten Weg begleiten.

Seit ihrem Tod war mehr als eine Woche vergangen und die Familie hatte sich so gut es ging von der plötzlichen Nachricht erholt.

Regina hatte sogar die Zeit gefunden, nicht nur neue Schuhe zu kaufen, sondern auch erste Gehversuche darin zu machen. Auf keinen Fall sollten ihr heute auch noch die Füße schmerzen. Gudruns guten Mantel trug sie allerdings trotzdem. In der kurzen Zeit hatte sie einfach keine Alternative gefunden.

Neben den engsten Verwandten hatten sich zahlreiche Freunde und Bekannte eingefunden, denen die stets freundliche Frau Winter in guter Erinnerung geblieben war.

Die Therapeuten, deren Bemühungen so vergeblich

gewesen waren, hatten sich den Termin ebenso freigehalten, wie Schwester Helene.

Wilma war in stiller Zwiesprache mit Gudrun überein gekommen, dass ihre dunkelrote Jacke sie besser vor dem kalten Wind schützen würde, als der feine schwarze Zwirn.

Hilde hingegen hatte ihre Garderobe sehr sorgfältig zusammengestellt und wirkte fast noch eleganter als sonst. Die kleine schwarze Handtasche war perfekt auf ihre Schuhe abgestimmt und der edle Mantel, der an ihren Waden den Blick auf die schwarze Feinstrumpf-hose freigab, unterstrich ihre zierliche Gestalt. Der ebenso schwarze Hut mit dem kleinen Trauerschleier hatte ihr schon als trauernde Witwe bei der Beerdi-gung des Regierungsbeamten gute Dienste geleistet. Seine zeitlose Eleganz passte sich auch nach all den Jahren mühelos der neuesten Mode an.

Tine war ihrer Lieblingsfarbe treu geblieben. Mantel und Schuhe waren von ebenso dunklem Blau wie der Einteiler, den sie jede Woche im Schwimmbad trug.

Die Bänke in der kleinen Kapelle füllten sich schnell. Theos Befürchtungen, die überschaubare Menge der Trauergäste würde in einer großen Kirche verloren aussehen, erfüllten sich nicht.

Maike, die zu gerne die große Gemeindekirche wiedergesehen hätte, in der sie ihren Robert vor so vielen Jahren geheiratet hatte, hatte ihre Meinung für sich behalten und Theo die Planung überlassen.

Von außen wirkte die Kapelle niedlich und fügte sich

perfekt in ihre Umgebung ein. Im Innern war sie jedoch für Maikes Geschmack schmucklos und nüchtern. Die Luft war beinahe kälter als draußen und die harten Holzbänke knarrten unter der Last der Trauernden.

Theo schien erstaunlich gefasst. Genau wie Robert war er tadellos gekleidet. Die schwarzen Trauerkrawatten der Brüder hatten, genau wie Hildes Hut, schon den Regierungsbeamten geehrt. Die Anzüge saßen perfekt und beide Männer trugen gegen das Wetter schwarze Mäntel, die solchen Anlässen vorbehalten waren.

Klaus, der seit seiner Hochzeit keinen Anzug getragen hatte, sah lässiger aus als er sich fühlte. Die dunkle Lederjacke strahlte Mut und Zuversicht aus, während Klaus nur mühsam die Tränen zurückhielt.

Die Geschwister, die mit ihren Partnern und Kindern in der vordersten Reihe Platz genommen hatten, folgten den Worten des Pfarrers aufmerksam. Theo war der katholischen Kirche immer ebenso treu geblieben, wie seine Mutter und sprach nun jedes Gebet mühelos mit.

Maike hielt Roberts Hand und wunderte sich über die tapfere Haltung ihres Schwagers. Robert, der den Druck ihrer Hand erwiderte, schien ihre Gedanken zu erraten.

„Meinst Du, er hat was genommen?", flüsterte er ihr leise ins Ohr.

Maike hob ratlos die Schultern. Eigentlich traute sie das dem stets korrekten Theo nicht zu.

Klaus, der zusammen mit Monika vor Jahren aus der Kirche ausgetreten war, schwieg beharrlich. Trotzdem schien er nach dem Tod der Mutter Trost in den Worten des Geistlichen zu suchen.

Nach etwas mehr als einer halben Stunde wurde es Zeit, die Kapelle zu verlassen und den Friedhof anzusteuern. Die Trauergemeinde verteilte sich auf die bereitstehenden Autos. Während der Fahrt aus der Stadt heraus öffnete der Himmel seine Schleusen. Die dunklen Wolken, die die Welt schon seit Tagen grau aussehen ließen, sorgten für eine noch düstere Stimmung.

Der Parkplatz am Rande des Waldgebiets füllte sich schnell und jeder, der aus einem Auto stieg, suchte fluchtartig Schutz in der vorbereiteten Leichenhalle.

Der mit Blumen geschmückte Sarg wurde von den Kränzen der Trauergäste umrahmt. Auf einer Art Staffelei lehnte ein stark vergrößertes Portrait der Verstorbenen. Es war eine der letzten Aufnahmen, die Theo von seiner gesunden Mutter gemacht hatte. Dicke weiße Kerzen verbreiteten ein warmes Licht. Der Pfarrer rief die Gemeinde erneut zum Gebet auf, bevor sich der Trauerzug, angeführt von Gudrun in ihrem schlichten Eichensarg, auf den Weg zur letzten Ruhestätte machte. Theo folgte dem Sarg an Wilmas Arm. Seine Geschwister folgten mit ihren Partner und Kindern. Hilde und Tine reihten sich hinter ihnen ein, bevor auch der Rest der Trauergäste sich anschloss.

Der Wind peitschte die Zweige der Trauerweiden

unheilverkündend gegen die kräftigen Baumstämme. Noch immer regnete es wie aus Kübeln und die Absätze der Frauen blieben im völlig aufgeweichten Waldboden stecken.

Der Weg zu Gudruns Grab schien sich endlos hinzuziehen und mit einem Mal wurde die erdrückende Atmosphäre selbst für Maike zu viel. Sie konnte die Tränen nicht länger zurückhalten und weinte nun still vor sich hin. All die aufgestauten Gefühle der letzten Monate brachen sich nun Bann. Robert war ein bisschen erstaunt. Er selbst hatte seinen Frieden mit dem Verlust gemacht und konnte sich Maikes Tränen nicht erklären. Dass an dieser Stelle nun endlich der Druck nachließ, dem die Familie mehr als ein Jahr lang ausgesetzt gewesen war, verstand nur Tine. Maikes langes Haar war bereits völlig durchnässt vom Regen und auf ihrem Gesicht hinterließen die Tränen Spuren dunkler Wimperntusche. Tine trat hinter die ihr ans Herz gewachsene, viel jüngere Frau und wrang ihr beinahe zärtlich das Wasser aus den Haaren.

Die Holzplanken, mit denen die Friedhofswärter die letzten Meter des lehmigen Bodens vor dem Grab abgedeckt hatten, waren rutschig und es gelang den Angehörigen nur mit Mühe, ihren letzten Blumengruß in die Grube zu werfen, bevor Gudrun für immer aus ihrem Blickfeld verschwand.

10

Nach der ungemütlichen Kälte auf dem Friedhof waren die Trauergäste erleichtert in einen nahegelegenen Gasthof eingekehrt. Theo hatte dafür gesorgt, dass sie hier bereits mit belegten Brötchen und heißem Kaffee erwartet wurden. Natürlich fehlte auch der obligatorische schwarze Fladen nicht. Gudrun hatte einer Generation angehört, der solche Dinge wichtig waren. Nachdem auch dieses Klischee erfüllt war, konnten die meisten Damen und Herren sich zufrieden verbschieden und wieder in ihren Alltag zurückkehren.

Nur der engste Familienkreis blieb zusammen und besuchte nach einer alten Tradition noch einmal das frische Grab. Jetzt war Zeit, die niedergelegten Kränze und Gebinde in Ruhe in Augenschein zu nehmen und die gedruckten Aufschriften der Trauerschleifen zu lesen.

Der Regen hatte zum Glück aufgehört, aber der unbefestigte Boden glich einer Schlammgrube. Maike nahm an, dass ihre guten Stiefel für immer verloren sein würden, wenn dieser Tag erst einmal überstanden war.

Ein Holzkreuz zeigte an der Stelle, wo man wohl allgemein den Kopf der Verstorbenen vermutete, die Eckdaten von Gudruns Leben an. Noch einmal wurde sich Maike des Sterbedatums bewusst. Einem Instinkt folgend zog sie ihr Mobiltelefon aus der Tasche um die jetzt noch frischen Blumengrüße für die Ewigkeit im Bild festzuhalten. Bei diesem Wetter würden sie nicht lange frisch bleiben. Robert reagierte erschrocken auf Maikes Vorschlag. Er nahm an, dass sein ältester Bruder dies als pietätlos empfinden würde, aber Maike hatte die Fotos gar nicht für sich selbst haben wollen. Sie glaubte vielmehr, dass der Tag kommen würde, an dem Theo sich noch einmal an dieses Ereignis zurückerinnern wollte.

Theo, der Maikes Bewegungen verfolgt und richtig eingeordnet hatte, gab ihr mit einem Kopfnicken zu verstehen, dass sie mit ihrer Einschätzung richtig gelegen hatte. Noch immer wirkte er erstaunlich gefasst.

Maike umrundete die letzte Ruhestätte und machte Aufnahmen aus verschiedenen Perspektiven. Dann trat sie wieder neben ihren Mann, um sich auf dem kleinen Display davon zu überzeugen, dass alle Bilder gelungen waren. Sie hatte Mühe gehabt, dass Gerät mit ihren vor Kälte zitternden Händen richtig zu bedienen. Robert sah mit ihr zusammen auf den Bildschirm, während Maike durch die Fotos scrollte.

Sie erschraken beide in derselben Sekunde. Maike riss erstaunt die Augen auf, während Robert ein erstaunter Laut entfuhr.

Der Rest der Familie nahm glücklicherweise keine Notiz von den Beiden. Sie waren in ein Gespräch über den anzuschaffenden Grabstein vertieft.

Maike hatte eine frontale Aufnahme gemacht, auf der sowohl das Kreuz, als auch die davorliegenden Blumen gut zu sehen waren. Aber das war es nicht, was ihr und ihrem Mann eine Gänsehaut verursachte. Ein grelles, leuchtendes, blaues Licht umrahmte kreisförmig das Grab.

Schnell ließ Maike das Mobiltelefon in ihrer Handtasche verschwinden. Entweder hatte ihr die Kamera einen Streich gespielt, oder sie hatte die Aura ihrer Schwiegermutter fotografiert.

Theo jedenfalls durfte dieses Bild niemals zu Gesicht bekommen.

Die nächsten Wochen und Monate rückten die Geschwister ein wenig mehr zusammen, aber es war Wilma, die sich jeden Tag Zeit für Theo nahm.

Natürlich konnte sie nicht jedes Mal die weite Busfahrt auf sich nehmen, dafür machte ihr Knie ihr um diese Jahreszeit zu sehr zu schaffen. Es hätte auch gar nichts genutzt, denn auch Theo musste wohl oder übel in seinen Alltag zurückkehren. Er erschien jetzt wieder regelmäßig an seinem Schreibtisch im Finanzamt und nahm in der Kantine jeden Mittag eine warme Mahlzeit zu sich. Seine strenge Korrektheit und seinen Fleiß hatte er aber für alle Zeit verloren. Mit seinem Lebensmut hatte Theo auch Teile der alten Kleidung abgelegt. Die Anzughose war lässigen Jeans gewichen, die er nun mit seinen Hemden kombinierte. Das

Material war einfach pflegeleichter. Es war endlich in sein Bewusstsein vorgedrungen, dass Gudrun nicht zurückkehren würde. In Zukunft musste er sich selbst um seine Wäsche kümmern. Die angebotene Hilfe der Geschwister lehnte er kategorisch ab. Auch im Haushalt durfte ihn niemand unterstützen, obwohl er selbst nicht die Notwendigkeit sah, einmal gründlich sauber zu machen. Es sollte alles so bleiben, wie Gudrun es hinterlassen hatte. Die Tatsache, dass seine Mutter seit Monaten nicht in der gemeinsamen Wohnung gelebt hatte, übersah er völlig. Die vertrauten Gegenstände waren auf seine Veranlassung aus dem Pflegeheim zurück in Gudruns Schlafzimmer gebracht worden und dort sollten sie vorerst auch bleiben.

Jeden Abend um die gleiche Zeit klingelte das Telefon und Theo nahm Wilmas Anruf erfreut entgegen. Endlich durfte er wieder über seine geliebte Mutter reden. Mit Wilma konnte Theo in Erinnerungen schwelgen, während seine Geschwister versuchen, ihn mit allerlei Einladungen und Ausflügen abzulenken. Wann immer es die Zeit erlaubte, nahm Theo den Bus und besuchte Wilma in ihrer Wohnung. Diese Treffen bereiteten beide sorgfältig vor. Wilma, indem sie ein Mittagessen kochte, das Theo in der Amtskantine nicht bekam und Theo, indem er alte Fotoalben einpackte, die sie gemeinsam ansehen konnten. Die neueren Aufnahmen befanden sich leider auf seinem Computer. Als Wilma zaghaft danach fragte, schaffte Theo einen Laptop an, um ihn fortan bei seinen Besuchen mitzubringen.

Beide genossen die Stunden zu zweit und konnten das nächste Treffen kaum erwarten.

Nicht nur Theos Geschwister, auch Hilde und Tine erlaubten sich gelegentlich hinter seinem Rücken kleine Witzchen über das enge Verhältnis.

Für Wilma war es eine willkommene Abwechslung in ihrem sonst so einsamen Dasein. Ihre eigenen Kinder interessierten sich immer weniger für die Mutter und zu ihrem ältesten Sohn hatte sie den Kontakt völlig verloren. Mit Theo hatte Wilma eine neue Aufgabe, nachdem der Mittelpunkt ihrer beider Leben sie für immer verlassen hatte.

Theo, der über Jahre hinweg nicht einen einzigen Tag im Amt gefehlt hatte, nutzte inzwischen jede Gelegenheit der Arbeit fernzubleiben. Die körperlichen Beschwerden häuften sich, aber Theo kam nicht ein einziges Mal der Gedanke, dass seine Seele hinter seinen Schmerzen steckte.

Zu Hause in der Wohnung hatte er eine Art Altar für Gudrun errichtet. Die Kollegen im Amt würden aber bestimmt nicht verständnisvoll reagieren, wenn er die Bilder auf seinem Schreibtisch aufstellen würde. Vorsichtshalber hatte Theo auch gleich für seine Geschwister ein paar Abzüge machen lassen, aber leider konnte er sie später in keinem der Wohnzimmer entdecken.

Seine Schwester und seine Brüder litten wesentlich

weniger unter dem Verlust. Allerdings waren sie auch alle nicht alleine.

Mittwochs berichtete Wilma in aller Ausführlichkeit über Theos Befinden, wenn das Damenkränzchen nach der Wassergymnastik gemütlich im Restaurant zusammensaß.

„Mein Gott Wilma", stöhnte Hilde, „geht Dir das nicht selbst auf den Geist? Jede Woche das Gleiche."

„Ich höre es ja nun jeden Tag. Der Junge braucht das", behauptete Wilma leicht pikiert.

„Der Junge ist ein erwachsener Mann", erinnerte Tine.

„Aber er braucht jetzt jemand zum Reden", blieb Wilma beharrlich bei ihrem Standpunkt.

„Du brauchst jemand zum Reden", schmunzelte Hilde.

„Theo braucht mehr Abwechslung", warf Tine ein. „In seinem Leben ist doch nun, wo beide Elternteile tot sind, Platz für andere Dinge."

„Sag ich ja. Er braucht eine Aufgabe", nickte Wilma.

„Wilma! Du bist eine alte Frau. Du willst Dich doch nicht als Partnerin anbieten?", stichelte Tine.

„Pah. Dass Du sowas auch nur denkst ist eine Unverschämtheit", sagte Wilma kopfschüttelnd.

Auf ihren Wangen zeigte sich eine leichte Röte.

„Ich habe von einer Aufgabe gesprochen", fuhr sie leiser fort.

Die anderen Gäste im Restaurant hatten schon interessiert die Köpfe gedreht um zu sehen, wem die laute Stimme gehörte.

„Das möge der Himmel verhüten", seufzte Hilde und griff zur Gabel.

„Ich sehe mich nicht als Aufgabe und Dein Bauernschnitzel wird kalt."

Mit einem Kopfnicken deutete sie auf Wilmas bisher unangerührten Teller. Bei allem Appetit hatte Wilma doch erst die Neuigkeiten der letzten Woche loswerden müssen.

Tine runzelte die Stirn. Dahinter arbeitete es sichtlich.

„Ich könnte ein wenig Nachhilfe am Computer brauchen", überlegte sie nun laut. „Zu unserer Zeit gab es das ja alles noch nicht, aber Theo kennt sich doch eigentlich ganz gut aus."

„Was willst Du denn an einem Computer machen?"

Hilde hatte ganz gegen ihre Gewohnheit vor lauter Überraschung mit vollem Mund gesprochen.

„Vielleicht ein paar Spiele", antwortete Tine beschämt. „Macht man das nicht heute so?"

„Hast Du nichts Besseres zu tun?", fragte Hilde und gab sich gleich selbst die Antwort. „Na gut, immer nur Schlafen ist natürlich langweilig."

„Als ob Theo dafür nun Nerven hätte", murmelte Wilma kauend.

Sie spülte mit einem Schluck Mineralwasser nach, bevor sie weitersprach.

„Das kann man dem Jungen so kurz nach dieser Tragödie nicht zumuten."

In Wahrheit meinte Wilma, dass man es ihr nicht zumuten konnte. Sie wollte ihre Position in Theos

Leben nur ungern mit Tine teilen.

„Welche Tragödie?", fragte Hilde mit gespieltem Erstaunen. „Meinst Du die Tragödie wenn einem Mann in den Fünfzigern die über achtzigjährige Mutter stirbt? Wir müssen alle sterben. Das sollte sogar Theo klar sein."

„Aber eben nicht so plötzlich", verteidigte sich Wilma.

Hilde verschluckte sich beinahe an ihrer Weinschorle.

„Das stimmt", brachte sie schließlich mühsam hervor. „Das war natürlich sehr plötzlich."

„Für Theo meine ich", lenkte Wilma ein, „ich habe es seit Wochen kommen sehen."

Sie verstand überhaupt nicht, warum die beiden Freundinnen schon wieder kicherten.

„Jetzt aber Schluss mit dem Thema", forderte Hilde. „Es gibt ja auch noch was anderes im Leben. Also, wer hat schon Pläne für Weihnachten?"

„Ich habe für den Zeitraum noch keine Programmzeitschrift", antwortete Tine nur halb im Scherz.

„Sehr witzig", meinte Hilde kopfschüttelnd.

„Ich werde abwarten was Theo sagt", gab Wilma hoffnungsfroh Auskunft.

Tine und Hilde seufzten im Chor.

Theo hatte sich lange Gedanken um das erste Weihnachtsfest ohne seine Mutter gemacht. Er sah sich immer noch als verantwortliches Familienoberhaupt und wollte alles richtig machen. Das Fest selbst sollte so sein, wie Gudrun es immer geplant hatte.

131

Theo war nicht bereit, auch nur ein winziges bisschen von seinen Plänen abzuweichen und die Familie sah es ihm unter den gegebenen Umständen nach. Allerdings musste sich der Aufwand natürlich in Grenzen halten. Es stand außer Frage, dass sich alle in Theos Wohnung treffen würden, aber er war ganz sicher nicht bereit, für eine Großfamilie zu kochen. Das gemeinsame Abendessen würde eben einfach ausfallen. Es reichte völlig, wenn es eine große Kaffeetafel gab. Den Kuchen konnte er kaufen, das war kein Problem. Die Wohnung festlich zu dekorieren oder gar einen Weihnachtsbaum aufzustellen hielt Theo für übertrieben. Er brauchte das alles nicht und dann hatten die anderen sich eben damit abzufinden. Schließlich war es seine Wohnung. Knapp drei Monate nach dem Tod der geliebten Mutter würden doch wohl alle verstehen, dass es keine Tanne gab. So klein waren die Kinder schließlich auch nicht mehr.

Als ihm der Gedanke kam, dass zu Weihnachten auch Geschenke gehörten, war es zu spät, seine Pläne zu ändern. Theo beauftragte kurzerhand die jeweiligen Eltern mit dem Ankauf der Präsente für die Kinder. Er selbst brauchte sie dann nur noch zu überreichen. Das allerdings warf neue Fragen auf. Bestimmt würden seine Nichte und die Neffen die Geschenke gleich öffnen und dann bliebe er, Theo, auf dem Papierberg sitzen. Schließlich würde er genug aufzuräumen haben und eine Spülmaschine gab es in der alten Einbauküche auch nicht. Noch einmal rief Theo nacheinander seine Geschwister an, um sie über das von nun an geltende Weihnachtsgeschenkpapierverbot zu informieren. Dass die Gesichter am anderen Ende mit jedem seiner Anrufe länger wurden, konnte Theo nicht sehen. Aber selbst wenn der allgemeine Unmut über dieses Weihnachtsfest sich zu ihm herumgesprochen hätte, hätte Theo nichts an seiner Planung geändert. Von nun an hatten alle nach seiner Pfeife zu tanzen.

Als die Feiertage vorbei waren, war Theo sehr mit sich zufrieden. Das hatte doch alles ganz prima geklappt. Natürlich hatte er auch einen der Weihnachtstage mit Wilma verbracht. Endlos hatten sie vergangene Weihnachtsfeste Revue passieren lassen und sich gar nicht an den zahlreichen alten Bildern sattsehen können.

Genauso würden sie das im nächsten Jahr wieder machen.

Dass sich seine Geschwister mit ihren Partnern und Kindern hungrig verabschiedet hatten, war ihm nicht in den Sinn gekommen. Auch, dass sich im Anschluss alle bei Maike und Robert zum Abendessen getroffen hatten, hatten sie Theo wohlweislich verschwiegen.

Alle waren froh gewesen, die kalte Wohnung verlassen zu können und zu Maikes Weihnachtsbaum geflüchtet. Seit Theo allein lebte, blieb die Heizung auch im Winter aus. Wozu sonst gab es Strickjacken?

Während Theo sich noch über das gelungene Fest freute, hatte Maike Robert ihren Standpunkt längst klar gemacht.

133

„Im nächsten Jahr wird alles anders!"

Robert hatte zustimmend genickt. Kein Weihnachten mehr ohne Baum.

Zunächst stand aber der Jahreswechsel bevor. Den hatte Theo in der Vergangenheit Jahr für Jahr mit Gudrun und Wilma allein verbracht. Aber konnten sie Theo einfach so seinem Schicksal überlassen? Nach dem letzten, dramatischen Neujahrskonzert war es vielleicht Zeit für neue Traditionen.

Nach einigen Überlegungen kamen Robert und Maike zu dem Entschluss, dass man Wilma ebenso wenig ein einsames Silvester zumuten konnte, wie Theo. Sie würden eben einfach beide einladen. Regina und Holger sollten die Runde komplett machen. Monika und Klaus wollten den Jahreswechsel lieber allein verbringen. Das konnte ihnen nach dem tristen Weihnachtsfest auch niemand übelnehmen. So wie Theo Weihnachten seine Bedingungen durchgesetzt hatte, hofften Maike und Robert nun, er würde sich auch auf ihre Spielregeln einlassen. Theo, der seit mehr als vierzig Jahren keine Nacht mehr außerhalb seiner eigenen vier Wände verbracht hatte, tat sich schwer mit dem Gedanken, nun im Haus seines Bruders übernachten zu müssen. Natürlich war es weder Holger noch den Gastgebern zuzumuten, ihn mitten in der Silvesternacht zu seiner Wohnung zu fahren. Die Wahrscheinlichkeit, dass er ein Taxi bekommen würde, ging gegen null. Allerdings hatte sich Theo bisher nur seiner Mutter im Pyjama gezeigt und das sollte seiner Meinung nach auch so bleiben. Zwar bot ihm sein Neffe ein eigenes Zimmer zum Schlafen an, aber das Bad würden sie sich teilen müssen. Da aber sogar Wilma bereit war, über ihren Schatten zu springen und eine Ausnahme zu machen, musste Theo wohl oder übel zustimmen. Er kaufte den teuersten Sekt, den er finden konnte und packte ihn zusammen mit seinen persönlichen Sachen in eine Tasche.

Der Abend wurde gemütlicher, als Maike und Robert es erwartet hatten. Das Essen verlief harmonisch und zog sich über Stunden hin. Im Anschluss spielten sie ein paar Gesellschaftsspiele und bevor sie sich versahen, wurde es Zeit, die Sektflaschen zu entkorken. Gemeinsam stießen alle auf das neue Jahr an und beteiligten sich mit Eifer an dem leuchtenden Feuerwerk. Für traurige Gedanken war an diesem ersten Jahreswechsel ohne Gudrun keinen Platz. Es schien, als hätte Theo seinen Platz in der Familie gefunden. Nur Wilma hatte in allerletzter Minute abgesagt. Ihre Wohnung lag im Erdgeschoß und die Treppen, die sie zu den Schlafzimmern im Haus der Gastgeber hätte steigen müssen, hatten ihr einfach zu viel Sorge bereitet. Schließlich wollte sie auch niemand zur Last fallen. Maike hatte die Absage entgegengenommen und ein Gedeck von der festlichen Tafel entfernt. Sie war es ja gewohnt und fühlte sich ein wenig an das Weihnachtsfest im Vorjahr erinnert. Einer Frau von über achtzig Jahren konnte man so etwas schlecht übelnehmen.

Die Uhr auf dem Kaminsims läutete drei Mal, als Regina und Holger sich verabschiedeten und den kurzen Heimweg antraten.

Theo nahm das zum Anlass, sich sofort zurückzuziehen.

Robert half Maike die letzten Gläser in die Spülmaschine zu räumen, bevor die beiden müde in ihre Betten fielen.

Schlaftrunken setzte sich Maike im Bett auf. Irgendein scharrendes Geräusch über ihrem Kopf hatte sie geweckt. Sie musste einen kurzen Moment nachdenken, welcher Tag heute war. Neujahr, fiel ihr schließlich ein. Der erste Tag eines neuen Jahres hatte für Maike immer etwas Magisches. Was mochten die nächsten dreihundertfünfundsechzig Tage für sie bereithalten? Ihr Blick fiel auf die leuchtenden Ziffern des Radioweckers. Sieben Uhr dreißig. Oben gurgelte Wasser in den Abfluss. Theo war wach. Das durfte doch nicht wahr sein. Jeder wusste, dass Theo Frühaufsteher war, aber nach der langen Nacht hatte Maike irgendwie doch angenommen, er würde ein wenig länger schlafen. Vielleicht konnte sie selbst noch ein paar Minuten liegen bleiben. Theo war schließlich alt genug, sich mit einem Buch zu beschäftigen oder ein wenig fernzusehen. Maike hörte die Holzstufen knarren. Ihr Schwager konnte sich noch so sehr bemühen, leise zu sein, das alte Haus verriet ihn sofort. Unten im Erdgeschoß bellte der Hund. Für ihn war Theo ein Eindringling. Zwar hätte auch der Vierbeiner gerne noch weiter auf dem Sofa gedöst, aber nun musste er seine Familie warnen. Um diese Uhrzeit hatte selbst Onkel Theo hier nichts zu suchen.

Stöhnend warf Maike die Bettdecke zurück. Neben ihr schnarchte Robert friedlich. Den würde sie vorerst nicht wach bekommen. Während Theo sich nur um Mitternacht zu etwas gehaltvollerem als Tee hatte hinreißen lassen, hatten alle anderen das ein oder andere Gläschen getrunken. Es blieb Maike nichts anderes übrig als hinunter zu gehen und das Frühstück vorzubereiten.

Theo erwartete sie bereits in der Küche und rätselte, ob er die Hintertür öffnen und den Hund in den Garten lassen konnte, ohne dass ein schriller Alarm die ganze Nachbarschaft wecken würde. Maike eilte ihm zu Hilfe und entriegelte die Tür. Der Hund schoss erleichtert ins Freie.

Nach dem Frühstück machten sich alle für einen ausgedehnten Neujahrsspaziergang bereit. Maike hoffte, die kalte Winterluft würde die Müdigkeit vertreiben. Es hatte in diesem Winter noch keinen Schnee gegeben. Die Sonne schien von einem klaren Himmel, aber die Temperaturen lagen dennoch nicht weit über dem Gefrierpunkt. In den Feldern knisterte der Boden unter ihren Füßen. Die Bewegung schien allen gut zu tun und so dauerte es mehr als zwei Stunden, bis sie nach Hause zurückkehrten.

Theo ließ sich bestens gelaunt im Wohnzimmer nieder und schien sich rundum wohl zu fühlen. Nichts schien ihn in seine leere Wohnung zurückzuziehen. Maike holte die Reste des Abendessens aus dem Kühlschrank und wärmte sie auf. Aber auch nachdem sie die Mahlzeit eingenommen hatten, machte Theo keinerlei Anstalten sich zu verabschieden.

Robert und Maike tauschten müde Blicke aus.

Allmählich fürchtete Maike, Theo würde am Abend noch mit ihnen gemeinsam das Traumschiff im Fernsehen ansehen wollen. Die Neujahrsausgabe der Sendung wollte sie auf keinen Fall verpassen. Robert schien ganz ähnliche Gedanken zu haben. Maike hatte ihn am Morgen viel zu früh zum Frühstück gerufen und er war müde. Schließlich musste Robert Theo noch an das andere Ende der Stadt bringen.

Nach einer weiteren Stunde, die alle gemeinsam auf dem Sofa verbrachten, beschloss Robert dem Spuk ein Ende zu bereiten.

„Ich fahre Dich dann jetzt mal nach Hause", teilte er seinem Bruder ohne Umschweife mit und erhob sich aus den Polstern.

Später am Abend fielen Maike und Robert erleichtert zurück auf das Sofa.

Aus dem Fernseher klang die Titelmelodie der Serie.

Das weiße Schiff erschien auf dem Bildschirm. Maike legte seufzend die Füße hoch.

„Hier schläft an Silvester niemand mehr", sagte Robert entschieden.

11.

Wilma war ein kleines bisschen beleidigt, dass Theo ihre Einladung für den nächsten Samstag ausgeschlagen hatte.

Er hatte sie noch am Abend des Neujahrstages angerufen, um seine gutgemeinten Wünsche auszusprechen. Während des Telefonats hatte Theo ihr euphorisch von seinem gelungenen Jahreswechsel erzählt. Das entsprach nun so gar nicht Wilmas Erwartungen. Im Stillen war sie der Überzeugung gewesen, Theo würde sich zwischen den Paaren nicht wohlfühlen und im nächsten Jahr wieder mit ihr alleine feiern. Sie hatte sich ganz bewusst aus der Sache herausgehalten, damit er diese Erfahrung machte. Natürlich war es ihr nicht Recht gewesen, ganz allein in ihrer Wohnung vor dem Fernseher zu sitzen, aber bei Maike und Robert hätte sie nicht in Ruhe mit Theo in Erinnerungen schwelgen können. Nun aber schien es, als hätte Theo seine Trauer ein Stück weit verarbeitet und käme ganz gut ohne sie zurecht. Wilma hatte geglaubt, Theo würde seine trüben Gedanken nicht abschütteln können und den anderen damit das Fest verderben. Sie hatte sich gründlich geirrt. Die Fernsehshow hatte sie gar nicht richtig verfolgen können, weil ihre Augen immer wieder zum Telefon auf dem Beistelltischchen gewandert waren, aber nicht einmal eines ihrer eigenen Kinder hatte in der Silvesternacht an sie gedacht. Gudrun fehlte ihr mehr, als sie zunächst angenommen hatte. Besonders an den Feiertagen war Wilma plötzlich noch einsamer als zuvor.

Wenn Theo ihrer Einladung gefolgt wäre, hätte sie am nächsten Wochenende Tafelspitz für ihn gemacht. Das mochte er doch so gerne. Nach dem Essen hätte er ihr dann in aller Ruhe von seinen respektlosen Geschwistern erzählen können, die drei Monate nach dem Tod der eigenen Mutter ein Feuerwerk zündeten. Leider war Hilde ihr zuvorgekommen. Da half alles nichts. Blut war immer noch dicker als Wasser und dass Theo auch sie seine ganze Kindheit lang mit Tante Wilma angeredet hatte, zählte wohl jetzt nicht mehr.

Das Telefon riss Wilma aus ihren Gedanken. So schnell ihr linkes Knie es erlaubte, eilte sie zu dem kleinen Beistelltisch und griff nach dem Hörer. Das spiralförmige graue Kabel verhedderte sich in dem gehäkelten Spitzendeckchen, das seit Jahren als Unterlage für den Apparat diente. Beinahe wäre das ganze Telefon zu Boden gefallen. Es wurde doch höchste Zeit, dachte Wilma, dass auch sie sich so ein mobiles Gerät anschaffte. Dann würde sie auch keinen Anruf mehr verpassen, wenn sie gerade im Bad war.

„Was poltert denn bei Dir so?", erkundigte sich Hilde, noch bevor Wilma ihren Namen nennen konnte. „Da wird man ja taub von."

„Entschuldige", murmelte Wilma.

Insgeheim freute sie sich ein bisschen. Sie war enttäuscht, dass es nur Hilde war, die anrief. Immerhin hatte Hilde dafür gesorgt, dass Wilma auch das nächste Wochenende allein verbringen musste. Da konnte ein bisschen Strafe nicht schaden.

„Beinahe wäre der Apparat zu Boden gefallen."

„Manchmal bist Du ein richtiges Trampeltier." Hilde nahm mal wieder kein Blatt vor den Mund.

„Wenn Du anrufst um mich zu beschimpfen, kannst Du gleich wieder auflegen", erwiderte Wilma beleidigt.

„Eigentlich rufe ich eher an, um Dich einzuladen", erklärte Hilde zögernd, „Theo und Tine kommen am Samstag auch. Aber nicht, dass Du bei mir auch die Wohnung in Schutt und Asche legst."

Wilma war ein kleines bisschen besänftigt. Obwohl ihr auffiel, dass sie die Letzte war, die über das Treffen informiert wurde, nahm sie die Einladung natürlich gerne an.

Jetzt, wo der Samstag gerettet schien, bekam Wilma gleich bessere Laune. Da sie gerade schon einmal den Hörer in der Hand hatte, konnte sie auch gleich mal Maike anrufen. Immerhin bestand ja noch Hoffnung, dass der Silvesterabend aus Maikes Sicht nicht ganz so gut verlaufen war, wie Theo das dargestellt hatte. Entschlossen wählte Wilma eine lange Nummer, die sie aus ihrem alten Adressbuch ablas.

Maike stieg gerade aus der Badewanne, als das Telefon

klingelte.

Wie immer schien sich außer ihr niemand im Haus zuständig zu fühlen. Zunächst überlegte sie, das Klingeln ebenfalls zu ignorieren, aber dann hatte sie doch zu viel Angst, der Anruf könnte wichtig sein.

Eilig wickelte sich Maike in das nächstbeste Handtuch und suchte das Telefon. Das Wasser lief ihr aus den Haaren den Rücken hinunter und ihre Füße hinterließen glitschige Spuren auf dem Boden.

Schon die im Display angezeigte Nummer verriet ihr, dass es Wilma war.

Maike zögerte. Anrufe von Wilma und Regina wurden innerhalb der Familie am meisten gefürchtet. Beide wurde man nicht in wenigen Minuten los, auch dann nicht wenn man ihnen mitteilte, dass man tropfnass oder total in Eile war. Den Beiden war das schlichtweg egal. Hier im Badezimmer hatte Maike nicht einmal etwas, womit sie sich die Zeit vertreiben könnte. Haare föhnen kam während eines Telefonats wohl kaum in Frage. Da würde sogar Wilma auffallen, dass sie nicht Maikes ungeteilte Aufmerksamkeit hatte. Andererseits hatten die vergangenen Jahre Maike gelehrt, dass es Dinge gab, die man besser gleich erledigte. Robert würde ihr den Rückruf nicht abnehmen. Da konnte sie ihn noch so nett bitten. Seufzend drückte Maike die grüne Taste, um das Gespräch anzunehmen.

Eine Stunde später hockte sie noch immer völlig unbekleidet auf dem Badezimmerboden. Irgendwann in den letzten sechzig Minuten hatte sie resigniert nach einem zweiten Handtuch gegriffen und sich darauf niedergelassen. Ihre Haare tropften inzwischen nicht mehr. Dafür war das recht kleine Tuch, das sie sich in der Eile geschnappt hatte völlig durchnässt. Sowieso hatte es kaum ausgereicht, ihre Blöße zu bedecken. Natürlich hatte Maike Wilma mehrfach über ihren unfertigen Zustand informiert, aber Wilma hatte wie erwartet nur gekichert und dann einfach weitererzählt. Jetzt gab sie gerade zum dritten Mal die Geschichte von Theos letztem Anruf zum Besten.

„Aber auch so gar nicht hat ihm das gefallen", rief Wilma theatralisch, „und schlecht geschlafen hat er bei euch. Das war nichts für den Theo. Vielleicht wäre es ja noch etwas anderes gewesen, wenn ich auch an der Feier teilgenommen hätte, aber so war er doch mit seinen Gefühlen allein. Kann ich ja auch verstehen. Ihr habt alle eure Partner und Kinder, da steckt man so einen Todesfall ja ganz anders weg. Das wird der Theo nicht wieder machen. Das kann ich Dir jetzt schon sagen. Aber ich habe das schon kommen sehen."

Maike hatte während Wilmas langer Monologe ausreichend Zeit, sich die Neuigkeiten durch den Kopf gehen zu lassen. Hatte das nun wirklich Theo gesagt oder war das alles auf Wilmas Mist gewachsen. Es fiel ihr schwer, das Gehörte richtig einzuordnen. Natürlich wäre Theo viel zu höflich, um es Robert und ihr selbst zu sagen. Andererseits schien er sich an den beiden Tagen in ihrem Haus wirklich wohlgefühlt zu haben. Gut möglich, dass Wilma ganz bewusst versuchte, einen Keil zu treiben. Schließlich betonte sie immer wieder, dass Maike das natürlich für sich behalten musste. Wilma erzählte ihr das nur unter dem Siegel der absoluten Verschwiegenheit. Es wäre ja Unsinn, wenn Maike sich noch einmal solche Mühe machen würde und Theo das gar nicht richtig zu schätzen wusste. Da wollte Wilma sie doch lieber gleich ins Vertrauen ziehen. Maike überlegte. Sollte sie sich jetzt auch noch geehrt fühlen? Wilma wusste ganz genau, dass Maike nichts weitererzählte, wenn sie einmal versprochen hatte den Mund zu halten. Dieses Versprechen hatte Wilma ihr gleich zu Anfang des Gesprächs abgenommen.

Während Maike in Gedanken den Silvesterabend noch einmal Revue passieren ließ, wechselte Wilma abrupt das Thema.

Sie war jetzt wieder bei Gudrun angekommen. Deren Tod hatte Wilma nämlich nicht nur kommen sehen, Gudrun hatte ihn ihr sogar angekündigt.

„Also so richtig gesprochen hat sie ja schon lange nicht mehr. Aber ich war ja bis zum Schluss jeden Tag mal bei ihr. Das weißt Du ja", holte Wilma aus.

Maike wollte gerade einwerfen, dass sie und Robert das Ende auch kommen gesehen hatten, als Wilma schon fortfuhr:

„Ich habe sie ja gefüttert. Also versucht habe ich das. Genommen hat sie ja meistens nichts. Gudrun, hab ich dann immer gesagt, Gudrun Du musst wenigstens was trinken. Das weiß man ja, dass man viel trinken muss.

Gerade im Alter ist das wichtig. Wenn ich ihr den Becher gereicht habe, hat sie einfach den Kopf weg gedreht. Da wusste ich schon Bescheid. Sterbende wollen ja nicht trinken. Das verzögert nur den ganzen Prozess."

Maike holte tief Luft, um die ausschweifende Erzählung abzukürzen, kam aber wieder nicht zu Wort.

„Gudrun, habe ich gefragt, hast Du keine Lust mehr? Da hat sie genickt. Ganz leicht nur. Sie wollte einfach nicht mehr. Das tröstet mich. Für sie war der Tod eine Erlösung."

Du lieber Himmel, dache Maike, erzähl das bloß nicht Theo.

Sie selbst war zwar der gleichen Meinung, aber Theo hatte es eben nicht kommen sehen.

Robert saß auf der Couch und verfolgt eine Fernsehsendung. Er schaute nur kurz auf, als Maike das Wohnzimmer betrat.

„Wilma", erklärte Maike kurz.

Das Klingeln musste Robert schließlich gehört haben.

„Und?", fragte er nach.

Mit der rechten Hand tastete er nach der Fernbedienung und stellte den Ton leiser. Es war doch immer dasselbe, erst ging er nicht ans Telefon und hinterher war er neugierig.

Maike fasste den Inhalt des zweistündigen Telefonats in drei Minuten zusammen.

„Hab ich doch gesagt", brummte ihr Mann zufrieden,

„hier schläft an Silvester keiner mehr."

„Glaubst Du, dass Deine Mutter Wilma echt zu verstehen gegeben hat, dass sie sterben möchte?", fragte Maike leise.

Robert dachte einen Moment nach bevor er antwortete: „das Nicken kann eigentlich alles bedeutet haben. Dass sie wirklich sterben wollte, dass sie wohl leben wollte oder sie hat die Frage einfach auf das Trinken bezogen und hatte dazu keine Lust."

„Ich glaube auch nicht, dass sie leben wollte", entschied Maike für sich, „aber trotzdem sollte Wilma das nicht Theo erzählen."

„Vielleicht doch", überlegte Robert laut, „vielleicht kann er dann seinen Frieden damit machen."

Der Samstag kam und mit ihm das Treffen, zu dem Hilde eingeladen hatte. Das Schwimmbad war in dieser Woche geschlossen und somit hatte auch die Wassergymnastik nicht stattgefunden. Zweimal hätte Hilde das Damenkränzchen nicht in einer Woche ertragen können, aber unter den gegebenen Umständen wollte sie doch für ein wenig Aufheiterung sorgen. Bei der Gelegenheit hatte sie Theo gleich mit eingeladen. Irgendwie gehörte er ja dazu. Was sollte ihr Neffe denn ganz alleine zu Hause. Früher hatte er Gudrun auch oft zu solchen Treffen begleitet.

Tine war die erste, die an diesem Nachmittag bei Hilde eintraf. Den beiden Frauen blieben ein paar Minuten, sich über angenehme Dinge zu unterhalten. Wie selbstverständlich reichte Hilde ihrer Freundin einen Aschenbecher und Tine begann fröhlich Rauchkringel in die Luft zu blasen. Wenn Wilma erst einmal da war, mussten sie sich noch lange genug über Gudrun unterhalten.

„Du hast ja schon den Baum zersägt", stellte Tine mit einem Blick auf den Balkon fest.

Dort lag der Stamm der mächtigen Blautanne, die noch bis vor einigen Tagen Hildes Wohnzimmer geschmückt hatte.

„Ganz schöner Kraftakt, oder?", wollte Tine wissen, die erst gar keinen Baum aufgestellt hatte. „Dass Du Dir das noch antust."

„Ich bin es ja nicht anders gewohnt", grinste Hilde.

„Jaja." Tine nickte zustimmend. „So ist das, wenn man keinen Mann hat."

Hilde schnaubte.

„Ich bitte Dich liebe Tine. Als ob der Herr Regierungsbeamte sich jemals die Finger an einer Tanne schmutzig gemacht hätte. Das musste ich schon selbst tun. Wenn ich darauf gewartet hätte, dass mein Gatte den Baum rausträgt, hätten wir Ostern die Eier hinein hängen können."

Tine lachte laut auf. Sie liebte Hildes Humor. Auch nach dem Tod ihres Mannes hatte sie ihn nicht auf einen Sockel gehoben. Während andere sich ausschließlich an die guten Seiten eines Menschen erinnerten, blieb Hilde vollkommen realistisch. Natürlich hatte Hilde um ihren Mann getrauert, aber sie war sich schnell der Tatsache bewusst geworden, dass sie nun eben ohne ihn weiter leben musste. Auch wenn es am Anfang sehr schwer gewesen war, so war ihr doch gar nichts anderes übrig geblieben. Seitdem machte sie das Beste aus der Zeit, die ihr noch blieb.

„Hab ich eben doch alles richtig gemacht", sagte Tine mit einem Lächeln um die Mundwinkel. „Männer machen eine ganze Menge Arbeit."

Kurz darauf hatten sich auch Theo und Wilma in Hildes Wohnzimmer eingefunden. Wilma hatte die Nase gerümpft, als sie den Aschenbecher vor Tine auf dem Tisch entdeckt hatte. Tine jedoch ließ sich davon nicht beeindrucken. Schließlich war das hier nicht Wilmas Wohnzimmer. Hilde hatte gerade die Kaffeetassen gefüllt, als Wilma auch schon loslegte.

„Da sitzen wir wieder. Ohne Gudrun."

„Die könnte sich auch mal wieder blicken lassen", fiel Hilde ihr rüde ins Wort.

Theo, der gerade die Tasse zum Mund führen wollte, erstarrte mitten in der Bewegung.

Wilma stellte ihre Tasse mit einem lauten Klirren zurück auf die Untertasse. Hildes feines Porzellan wurde auf eine harte Probe gestellt.

Tine schaute verwirrt in die Runde. Hatte Hilde das jetzt gesagt, weil sie keine Lust auf Wilmas Gejammer hatte oder hatte die Freundin neuerdings wirklich eine Schraube locker?

Erstaunlicherweise war es Theo, der sich zuerst von

149

dem Schock erholte und das Thema wechselte.

Maike war zur gleichen Zeit mal wieder Opfer eines
Anrufs geworden. Diesmal war es Reginas gefürchtete
Nummer gewesen, die das Display angezeigt hatte.
Durch Zufall hatte Regina von Hildes Kaffeekränzchen
erfahren und konnte sicher sein, dass Theo nicht
gerade bei ihrer Schwägerin war. Nun wollte sie keine
Zeit verlieren. Theos Geburtstag stand an und Regina
hatte eine wahnsinnig gute Idee. Ihre wahnsinnig
guten Ideen waren fast ebenso gefürchtet, wie ihre
Anrufe. Dennoch war Maike nicht abgeneigt, sich
Reginas Vorschlag in Ruhe anzuhören. Sie selbst hatte
noch keine Ahnung, was sie Theo schenken würden.
Da kam Reginas Anruf gerade richtig. Nur konnte sich
Maike ihren Schwager nicht so richtig in einer
Ballettaufführung vorstellen. Ihr kam der Verdacht,
dass Regina die Aufführung selbst gerne sehen wollte
und ihren Bruder nur als Vorwand nutzte.
Holger hatte seine Teilnahme bereits glatt verweigert
und alleine wollte Regina nun auch nicht gehen. Maike
selbst war nicht abgeneigt, hatte aber immer noch
Zweifel, dass Theo sich über die Eintrittskarte freuen
würde. Nach und nach entnahm sie den Worten ihrer
Schwägerin, dass die Karten im Internet erhältlich
waren und da kannte Regina sich nun überhaupt nicht
aus. Während Regina sich endlos über die verschiedenen Daten und Uhrzeiten der Vorstellungen ausließ,
startete Maike ihren Laptop. Sie fand die Veranstal-

tung auf Anhieb und klickte sich durch die verschiedenen Preiskategorien. Wenn sie zusammenlegen würden, könnte man für Theo schon einen der besseren Plätze aussuchen, da waren die beiden Frauen sich einig. Das bedeutete aber auch, dass sie für ihre eigenen Karten mehr zahlen mussten. Als Regina die Endsumme hörte, ruderte sie mit einem Mal zurück. Ihre wahnsinnig gute Idee hatte ein bisschen was von ihrer Brillanz eingebüßt.

Maikes Finger schwebten über der Tastatur, während sie auf eine Entscheidung am anderen Ende der Telefonleitung wartete. Regina war sich plötzlich nicht mehr sicher, ob ihr schwacher Gesundheitszustand die Fahrt in einen Nachbarort zuließ. Maike versuchte verzweifelt, nicht die Geduld zu verlieren. Sie wollte sowohl den Kauf, als auch das Gespräch nun endlich abschließen. Regina verfügte über die zweifelhafte Gabe, stundenlang über sich selbst sprechen zu können. Gerade wechselte sie von ihren rheumatischen Füßen zu ihrer verschobenen Wirbelsäule. Maike wollte ihr gerade von der Fahrt und dem langen Sitzen während der Aufführung abraten, als Regina sich doch noch für den Kauf einer Eintrittskarte entschied.

Robert zeigte sich ein wenig überrascht, von dem ungewöhnlichen Geschenk für seinen Bruder, wollte aber mitfahren. Schließlich konnte er es Theo nicht zumuten, allein unter Frauen eine Ballettaufführung ansehen zu müssen. Als Maike sich gerade von dem anstrengenden Telefonat erholt hatte, meldete sich

Regina erneut mit einer ihrer Ideen. Vielleicht sollte man Wilma mitnehmen. Nachdenklich buchte Maike eine Karte nach. Wilma war eine einsame alte Frau. Die Abwechslung würde ihr sicher guttun.

Am anderen Ende der Stadt neigte sich der Nachmittag dem Ende zu. Es dämmerte bereits, als Wilma zum Aufbrauch mahnte.

Tine setzte ihre Mütze auf den Kopf und betrachtete sich in Hildes Flurspiegel. Hinter ihr musste Wilma sich bücken, um in dem Spiegel überhaupt etwas sehen zu können.

Theo versprach, Wilma zur Bushaltestelle zu begleiten und dort zu warten, bis die alte Freundin sicher im Bus saß.

Tine konnte die wenigen Meter zu ihrer Wohnung zu Fuß zurücklegen. Trotzdem wollte auch sie nicht warten, bis die Dunkelheit endgültig hereingebrochen war.

An der Wohnungstür verabschiedeten sich alle drei von Hilde und dankten ihr für den schönen Nachmittag. Sogar Kuchen hatte es gegeben. Da war Wilma vor lauter Kauen gar nicht viel Zeit zum Jammern geblieben.

Hilde winkte ihren Gästen fröhlich nach.

„Grüß schön zu Hause, Theo", rief sie ihrem Neffen noch nach, bevor sie endgültig die Türe schloss.

Wilma blieb abrupt auf dem Gehweg stehen und schüttelte den Kopf.

Theo, der glaubte sich verhört zu haben, presste die Lippen aufeinander und schwieg beharrlich. Er wollte das jetzt nicht hier auf der Straße mit Wilma ausdiskutieren.

Tine hatte den Gesichtsausdruck der beiden richtig gedeutet und suchte nach einer Ausrede. Immerhin glaubte sie in Hildes Plan eingeweiht zu sein. Warum Hilde das Spiel allerdings auch nach Gudruns Tod weiterspielte, begriff Tine nicht ganz. Die Frage nach der Betreuung stellte sich schließlich nicht mehr.

„Sie wird Deine Geschwister gemeint haben", versuchte sie Theo zu beruhigen.

Wilma hingegen machte sich ernsthafte Sorgen. Wenn Hildes Geisteszustand sich verschlechterte, würde das bedeuten, dass Theo sich in Zukunft mehr um seine Tante kümmern musste, als Wilma lieb war. Vorsichtshalber humpelte sie ein bisschen mehr als nötig. Theo reichte ihr fürsorglich den Arm.

Tine, die einige Schritte hinter den beiden zurückgeblieben war, runzelte verwundert die Stirn. Sie hatte Wilmas Gedanken sofort erraten und durchschaute, dass die Freundin an Theos Arm nur simulierte.

Außer ihr schien jeder auf die ein oder andere Art und Weise durch List an sein Ziel kommen zu wollen. Ihre Freundinnen waren manchmal dreister, als jeder Regisseur es sich für eine Seifenoper im Fernsehen ausdenken konnte.

Ohne dass Theo und Wilma es bemerkten, bog Tine in eine kleine Seitenstraße ab und steuerte ihre Wohnung an. Nur gut, dass sie von niemand wirklich abhängig war und sich im Gegensatz zu Wilma auf einen ruhigen Abend alleine freute.

12.

Tine hatte ihr Vorhaben in die Tat umgesetzt. Theo machte zwar in den letzten Wochen nicht mehr undbedingt den Eindruck, als müsste sich ständig jemand um ihn kümmern, aber ihr selbst konnte ein bisschen Seniorenbildung auch nicht schaden. Anderen Leuten in ihrem Alter machten Computer und alles was damit zusammenhing oft Angst. Tine verbrachte aber nun einmal gerne viel Zeit in ihrer Wohnung und diese Zeit wollte sie sinnvoll nutzen.

Den Computer hatte sie gebraucht gekauft. Es war gar nicht so schwer gewesen, wie sie sich das vorgestellt hatte. Theo würde Augen machen. Tine hatte zunächst befürchtet, eine alte, ahnungslose Frau würde bei einem solchen Kauf gnadenlos übers Ohr gehauen, aber inzwischen gab es sogar Fachgeschäfte, in denen man auch dann gut beraten wurde, wenn man kein Vermögen für das neueste Modell ausgeben wollte. Das Gerät, das sie ausgesucht hatte, war sogar geliefert und aufgestellt worden. Jetzt stand er da, ihr eigener Computer und Tine hatte nicht den Hauch einer Ahnung was man damit anstellen konnte. Ein wenig kribbelte es schon in ihren Fingerspitzen. Am liebsten wollte sie sofort den Einschaltknopf drücken und sehen was passierte, aber das traute sie sich dann doch nicht. Auf jeden Fall würde es ihren grauen Zellen guttun, mal wieder etwas Neues zu lernen.

Heute sollte nun endlich Theo kommen und dann konnte Tine alle ihre Fragen loswerden. Wenn Wilma wirklich die Klappe gehalten hatte, wusste Theo noch gar nicht, was ihn in Tines Wohnung erwartete. Natürlich war Wilma nicht begeistert von Tines gut gehütetem Geheimnis gewesen, aber Tine hatte sich nicht beherrschen können. Sie hatte der Freundin einfach auf die Nase binden müssen, dass Theo etwas Zeit in ihr neues Hobby investieren musste. Wilma hatte, wie erwartet, eifersüchtig reagiert und versucht Tine den Computer madig zu machen. Durch das Fenster in ihrem Wohnzimmer behielt Tine die Straße im Auge. Endlich entdeckte sie Theo auf dem Gehweg. Tine eilte in die Diele und betätigte den Türöffner noch bevor Theo die Haustür überhaupt erreicht hatte.

„Hast Du hinter der Gardine gestanden?", wunderte sich Theo, während er seine Schuhe auf der Fußmatte vor der Wohnungstür abputzte.

Tine empfing ihn mit einem strahlenden Lächeln.

„Komm schnell rein", forderte sie ihren Gast auf. Sie konnte sich gerade noch beherrschen, Theo nicht am Ärmel in ihr Wohnzimmer zu ziehen.

„So schnell wird der Kaffee schon nicht kalt werden", antwortete Theo amüsiert.

Tine erschrak. Den Kaffee hatte sie völlig vergessen.

„Bin gleich wieder da", murmelte sie und verschwand in der Küche.

Blöde Kuh, schimpfte sie sich selbst. Jetzt konnte sie noch nicht einmal Theos erstauntes Gesicht sehen, wenn er den Computer entdeckte.

Glücklicherweise folgte Theo ihr in die Küche. Tines fahrige Bewegungen machten ihm Sorge. Ihr heutiges Verhalten entsprach so gar nicht ihrer sonst so ruhigen Art. Theo hatte sich schon auf die Einladung keinen Reim machen können. Selbst am Telefon hatte Tine unkonzentriert auf ihn gewirkt. Er fragte sich, was so dringend war, dass es nicht bis zum nächsten Wochenende warten konnte. Tine hatte darauf bestanden, dass er an einem ganz normalen Werktag nach der Arbeit in ihre Wohnung kam und jetzt schien sie selbst den Grund dafür völlig vergessen zu haben. Schließlich hatte sie ihn zum Kaffee eingeladen.

Kurz darauf präsentierte Tine Theo aufgeregt ihre neueste Errungenschaft. Stolz führte sie ihn ins Wohnzimmer und deutete auf den Bildschirm, der auf einer eilig in den Raum geschobenen Kommode thronte. Das Möbelstück beherbergte Tines Unterwäsche und gehörte eigentlich ins Schlafzimmer, aber es störte sie überhaupt nicht, dass sie sich ihre Wäsche nun jeden Morgen zusammensuchen musste. Einen richtigen Schreibtisch besaß sie nicht. Die Kommode musste fürs Erste reichen. Theo machte einen unsicheren Schritt auf den schwarzen Bildschirm zu. So richtig konnte er sich nicht vorstellen, was Tine mit dem Computer vorhatte. Über die ihm zugedachte Rolle war er sich allerdings schnell im Klaren.

„Na, was sagst Du?", flötete Tine und rieb sich voller Vorfreude die Hände.

Bei näherer Betrachtung musste Theo zugeben, dass Tine nicht die schlechteste Wahl getroffen hatte. Als sie ihm strahlend den Preis nannte den sie dafür gezahlt hatte, wusste er, dass Tine ein richtiges Schnäppchen gemacht hatte. Theo arbeitete im Finanzamt jeden Tag mit einem Computer und er nutzte auch privat gerne den in seinem häuslichen Arbeitszimmer, aber was genau Tine nun von ihm erwartete, konnte er sich noch nicht zusammenreimen.

„Schick", erwiderte er mit einem langsamen Kopfnicken. „Was genau hast Du denn damit vor?"

„Was kann er denn?", fragte Tine zurückhaltend.

Theo musterte sie erstaunt. Ganz ohne Beratung hatte Tine sich bestimmt nicht für den Computer entschieden, also musste sie dem Verkäufer auch den Grund für die Anschaffung genannt haben.

Tine fühlte sich ein wenig unbehaglich. Sie hatte angenommen, dass Theo das Gerät einschalten und gleich loslegen würde. Sie wollte nur ungern ihren Wunsch preisgeben. Vielleicht hielt Theo es für unangemessen, dass eine Frau in ihrem Alter sich mit Computerspielen beschäftigen wollte. Zum Glück half er ihr mit seinem nächsten Satz unbewusst aus der Klemme.

„Möchtest Du endlich mal Deine persönlichen Dinge regeln?"

Theo versuchte sich möglichst vorsichtig auszudrücken. Es erschien ihm ein wenig brutal, Tine direkt zu fragen, ob sie ihren letzten Willen niederschreiben wollte. Dennoch war es gut möglich, dass Gudruns Tod Tine wachgerüttelt hatte.

„Genau", sagte Tine erleichtert.

Theo ließ sich auf einem der beiden Stühle nieder, die Tine vor der Kommode aufgestellt hatte. In dieser Haltung würde er allerdings nicht lange sitzen bleiben können. Um seine Beine irgendwie unterbringen zu können, hatte er die Füße unter dem Stuhl gekreuzt. Die Griffe der Kommodenschubladen drückten ihm schmerzhaft gegen die Knie. Tine schienen die beengten Verhältnisse nichts auszumachen. Sie ließ ihren erwartungsvollen Blick von Theo zum Monitor schweifen. Eifrig verfolgte sie seine Bewegungen, als er endlich den Computer anschaltete und anschließend den Bildschirm zum Leben erweckte.

„Es gibt doch hoffentlich keinen bestimmten Grund für diesen plötzlichen Sinneswandel?", fragte Theo mit hochgezogenen Augenbrauen. Er hatte Tine in der Vergangenheit schon oft nahegelegt, sich um diese Dinge zu kümmern, aber sie hatte es immer wieder aufgeschoben.

„Nun ja", antwortete Tine leise, „vor ein paar Tagen hatte ich meine Kontrolluntersuchung."

Theo nickte verstehend. Das Aneurysma.

„Die Ärzte raten zur Operation, nicht wahr?", vermutete er ganz richtig.

„Ein wenig Bedenkzeit geben sie mir noch. Aber es wird dringender", gab Tine zögernd zu.

Theo seufzte. Vielleicht war das gerade nicht der

richtige Moment ein Dokument mit ihrem letztem Willen aufzusetzen. Tine sah aus, als könnte sie ein wenig Aufmunterung gebrauchen. Bestimmt würde er etwas Lustiges für sie finden.

„Damit Du ein Gefühl für die Maus bekommst, könnten wir es für den Anfang erst einmal mit einem Spiel versuchen", schlug er betont munter vor.

„Das wäre schön."

Auf Tines Gesicht breitete sich ein zufriedenes Lächeln aus.

Nachdem Theo sich von Tine verabschiedet hatte, eilte er in seine eigene Wohnung. Wenn die alte Dame ihm bereits am Telefon gesagt hätte, warum er sie besuchen sollte, hätte er die Freundin um einige Tage vertröstet. Er war sehr gerne bereit, Tine bei der Vorbereitung ihrer Dokumente zu helfen, aber es würde ihn sehr viel Zeit kosten, ihr beim Einstieg in die Datenwelt zu helfen. Tine stellte sich nicht gerade geschickt an. Ihre Versuche mit dem Mauszeiger ein Symbol zu treffen brachten ihn fast zur Verzweiflung. Theo hatte Stunden dafür gebraucht, ihr ein Gefühl für die empfindliche Einstellung der Maus zu geben. Er hatte die Anzeige erst deutlich vergrößern müssen, bevor Tine überhaupt in der Lage gewesen war, den Zeiger auf dem Bildschirm zu entdecken. Nach Feierabend war Theo mit dem Bus gleich eine Station weiter gefahren, um auf dem schnellsten Weg zu Tines Wohnung zu gelangen. Nun war es schon beinahe

Mitternacht. Dabei hatte Theo sich für den Abend eine ganze Menge vorgenommen. Morgen, oder genauer gesagt in wenigen Minuten, war sein Geburtstag und er erwartete die Familie am nächsten Tag zum Essen. Bis dahin musste die Wohnung noch aufgeräumt und vorbereitet werden. Die Einkäufe hatte er zum Glück schon am Vortag erledigt. Die Mahlzeit war tiefgefroren und musste nur rechtzeitig in den Ofen geschoben werden, aber jede verfügbare Sitzgelegenheit war noch mit Kleidungsstücken übersät. Einmal mehr wurde Theo der Verlust seiner Mutter schmerzhaft bewusst. Die Unordnung störte ihn selbst nicht weiter, aber den hausgemachten Kartoffelsalat hätte er doch lieber angeboten, als die Tiefkühlgerichte. Die Zeiger auf der alten Standuhr rückten weiter vor. Es gab niemand, der ihm um Mitternacht gratulieren würde. Theo entschied, dass das Aufräumen noch bis zum Morgen warten konnte. Er öffnete den Schrank, in dem schon sein Vater immer einen kleinen Vorrat an Flaschen gelagert hatte und entschied sich wieder einmal für die mit dem dunklen Inhalt. Dann würde er eben einfach mit sich selbst auf das neue Lebensjahr anstoßen.

Maike hatte Theos Geburtstag mit gemischten Gefühlen entgegengesehen. Natürlich tat ihr Schwager ihr ein bisschen leid. Andererseits hatte er dieses Leben selbst gewählt. Schließlich konnte Theo nicht angenommen haben, dass seine Mutter für immer an seiner Seite sein würde. Das Geschenk, das auf Reginas wahnsinnig guter Idee beruhte, trug auch nicht gerade dazu bei, dass Maike sich wohler fühlte. Sie hatte sich auch gar nicht erst angeboten, den Geburtstag in ihrem und Roberts Haus zu feiern. Theo hatte da seine Prinzipien. Aber auch wenn die Wohnung eigentlich viel zu groß für ihn allein war, eigneten sich die Räumlichkeiten nicht für größere Feiern. Das Esszimmer war lange nicht mehr als solches genutzt worden. Schon als Gudrun sich noch bester Gesundheit erfreut hatte, war der Raum nach und nach zur Abstellkammer geworden. Theo würde gar nichts anderes übrig bleiben, als seine Gäste um den niedrigen Tisch im Wohnzimmer zu scharen. Dort würden sie dann vornübergebeugt auf der Sofakante oder in den nicht zueinander passenden Sesseln hocken und versuchen die Gabeln unfallfrei zu den Mündern zu führen.

Theo plagten ganz ähnliche Gedanken. Er bereute, sich nicht vor dem Zubettgehen an die Vorbereitungen gemacht zu haben. Nun wurde es doch ganz schön knapp. Eigentlich hatte er vorgehabt, den Esstisch und die Stühle ins Wohnzimmer zu schaffen. Viel mehr Platz als in dem vollgestopften, ehemaligen Esszimmer würden sie dort auch nicht haben, aber immerhin würde niemand beim Essen auf das Sofa kleckern. Jetzt betrachtete Theo mutlos das Durcheinander, das er irgendwie bei Seite schaffen musste, um überhaupt auch nur einen einzigen Stuhl aus dem Raum tragen zu können. Wie hatte es nur soweit kommen können?

Das Chaos war ihm in den vergangenen Monaten nicht einmal aufgefallen, aber jetzt musste er zugeben, dass nichts mehr an das früher so gemütliche, rustikale Esszimmer erinnerte. Plastikkörbe waren auf dem Weg von und zur Waschküche hier abgestellt worden und in Vergessenheit geraten. Einige davon waren bis zum Rand gefüllt. Zum Bügeln hatte Theo einfach die Zeit gefehlt. Die Tischdecken und Bettlaken hatte niemand vermisst, aber nun würde er auch noch eine der Decken bügeln müssen, wenn er nicht auf eine mit weihnachtlichen Motiven zurückgreifen wollte. Allmählich drängte die Zeit. Theo wiederstand der Versuchung, sich noch eine kleine Stärkung aus dem Barschrank zu holen und schnappte sich einen alten Pappkarton, über dessen Herkunft er sich nicht im Klaren war. Der Boden gab unter dem Gewicht des Inhalts nach. Ein buntes Durcheinander aus Bilder-rahmen, Kleidungsstücken und Kosmetikartikeln verteilte sich auf dem abgetretenen Teppichboden. Nachdem Gudruns persönliche Gegenstände aus dem Pflegeheim in die Wohnung zurückgekommen waren, hatte Theo nicht die Kraft gefunden, den Inhalt der Schachtel zu sortieren. Jetzt aber wurde ihm schlagar-tig klar, dass es so nicht weiter gehen konnte. Das Esszimmer war zu einem Ort der Verdrängung geworden, dessen Tür er einfach hinter sich schließen konnte und in Gudruns Schlafzimmer sah es nicht viel besser aus. Theo entschied, dass die Sache keinen weiteren Aufschub duldete. Wenn er nun aus

Zeitmangel alles wieder in den Karton packen würde, würde ihm vielleicht der Mut für einen weiteren Anlauf fehlen. Eine Rolle mit blauen Müllbeuteln war schnell gefunden. Theo begann Ordnung zu machen und nach wenigen Minuten hatte er die Welt um sich herum vergessen.

Erst der schrille Ton der Türklingel brachte Theo aus dem Rhythmus. Er war völlig durchgeschwitzt vom Sortieren und Packen. Es dauerte einen Moment, ehe er das Geräusch zuordnen konnte. Dann stieg er über die vielen blauen Säcke, die sich bereits in der Diele gesammelt hatten und öffnete seinen Besuchern die Tür.

„Was ist denn hier los?", fragte Maike erstaunt.

Sie versuchte sich einen Weg an den Säcken vorbei zu bahnen. Robert folgte ihr mit dem gemeinsamen Sohn auf den Fersen.

„Höchste Zeit aufzuräumen", entgegnete Theo und fuhr sich mit dem Handrücken über die Stirn.

„Na dann", sagte Maike zögernd, „herzlichen Glückwunsch."

Monika und Klaus erschienen in der noch immer offenstehenden Tür und versuchten sich einen Reim auf das Bild zu machen, das sich ihnen in der Diele bot.

„Haben wir uns im Tag geirrt?", fragte Klaus mit einem amüsierten Grinsen.

Er war zwar dafür bekannt, Geburtstage und Jubiläen regelmäßig zu vergessen, aber er war sich doch ziemlich sicher, dass Theo für heute eingeladen hatte.

„Noch nie was von einer Aufräumparty gehört?", rief Robert seinem Bruder zu.

Hinter Monika und Klaus drängten nun auch Regina und Holger samt Kindern in die Wohnung. Es wurde ziemlich eng in der Diele und Theo musste zugeben, dass es im Wohnzimmer nicht viel besser aussah. Die Gäste waren zum Glück sofort bereit, mit anzupacken und die Stühle selbst ins Wohnzimmer zu tragen. Maike fand, dass es eine tolle Abwechslung zu den sonst oft so langweiligen Geburtstagsfeiern war und half Theo begeistert, die letzen Säcke zu füllen. Als Klaus und Robert Anstalten machten, auch den Esstisch ins Nebenzimmer zu bringen, schüttelte Theo entschieden den Kopf.

„Das wird uns nichts nutzen", seufzte er müde. „Ich habe vergessen, das Essen aufzutauen."

„Pizza", riefen die Kinder begeistert.

Regina überlegte bereits, ob sie sich mit einer Ausrede verabschieden sollte. Auswärts Essen mochte sie nun gar nicht. Die anderen schienen aber von der Idee der Kinder begeistert zu sein und Regina wollte ihrem ältesten Bruder nicht den Geburtstag verderben. Theo telefonierte bereits mit einer nahegelegenen Gaststätte. Zu Reginas Ärger konnte er dort trotz der späten Anmeldung einen Tisch ergattern und wenig später machte sich die gesamte Familie auf den Weg.

Erst als Maike in ihrer Handtasche nach ihrem Mobiltelefon kramte, fiel ihr der Umschlag mit den Karten für die Ballettaufführung in die Hände. Das

Geschenk war im allgemeinen Trubel völlig in Vergessenheit geraten. Wäre Maike nicht auf die Idee gekommen, ein Foto von der munteren Tischgesellschaft zu machen, hätte sie Reginas wahnsinnig gute Idee vermutlich wieder mit nach Hause genommen.

Theo schaute auf dem Foto später auch nur ein ganz kleines bisschen erstaunt über sein ungewöhnliches Geburtstagsgeschenk.

13.

Seit dem denkwürdigen Tag, an dem Theo seinen Geburtstag gefeiert hatte, war ihm eine deutliche Veränderung anzumerken. Die Wohnung, die er nach wie vor nicht aufgeben wollte, war aufgeräumt und sauber.

Es war Sommer geworden. Maike und Robert hielten engen Kontakt zu Theo und luden ihn ein, wenn sie einen Ausflug mit ihrem Sohn planten. Sie waren glücklich darüber, dass Theo seine Trauer überwunden und den Blick nach vorn gerichtet hatte.

Während der vielen Monate, die Theo am Bett seiner Mutter verbracht hatte, war in seinem Leben kein Platz für sonnige Bootsfahrten und lustige Zoobesuche gewesen. Nun aber nahm er jede Einladung dankbar an und versuchte den Sommer zu genießen.

Auch Wilma war die Veränderung nicht verborgen geblieben. Es fiel ihr schwer, sich für Theo zu freuen. Die Zuwendung seiner Geschwister brachte nur noch mehr Einsamkeit in ihr eigenes Leben. Nachdem sie nun schon mehr als drei Jahre keinen Kontakt zu ihrem ältesten Sohn hatte, wurde auch das Verhältnis zum jüngsten immer schwieriger. Ihre Schwiegertochter war ihr ein Dorn im Auge. Immerhin war sie allein in der Wohnung zurückgeblieben, als auch ihr jüngstes Kind aus dem Nest geflohen war, um mit einer Frau zusammen zu wohnen. Bestimmt war diese Frau, die ihr Sohn dann auch noch geheiratet hatte, daran schuld, dass die gemeinsame Wohnung am anderen Ende der Stadt lag. So blieb Wilma nur ihre Tochter, die wenigstens ab und zu einmal vorbei sah oder sich ein paar Minuten Zeit für einen Anruf nahm.

Maike erfuhr von Theo, wie unglücklich die alte Frau über ihre Situation war. Sie konnte sich keinen Reim auf das Verhalten von Wilmas Kindern machen. Die Freundin ihrer Schwiegermutter war Maike immer als lebenslustige, unterhaltsame Frau erschienen. Natürlich waren die endlosen Telefonate anstrengend, aber das waren sie mit Regina auch. Familie konnte man sich eben nicht aussuchen. Wilma sprach eben auch Dinge aus, die ihr nicht in den Kram passten und Maike fand diese Art eher erfrischend als beleidigend. Sie war nun heilfroh, dass Regina den Vorschlag gemacht hatte, Wilma mit zu der Ballettaufführung zu nehmen. So würde die alte Dame wenigstens ein bisschen Abwechslung haben. Bis dahin überbrückte Maike die Zeit mit ein paar Grillabenden, zu denen sie auch Wilma einlud. Immerhin hatte Wilma sich fast so aufopferungsvoll um Gudrun gekümmert, wie Theo. Da konnte man sie nun unmöglich mit ihrem Kummer allein lassen. Allerdings war Wilma wegen ihrer Knieschmerzen eingeschränkt und konnte nicht an allen Aktivitäten teilnehmen. So kam es, dass Maike und Robert mit ihrem Sohn und Theo allein in den Safaripark fuhren.

168

Sie bestaunten Löwen, Giraffen, Zebras und Elefanten, während Robert das Auto sicher durch den Park lenkte. Später spazierten sie über die Spielplätze und durch den Streichelzoo.

Maike entging nicht, dass Theo im Laufe des Tages immer wortkarger wurde. Schon beim Mittagessen hatte sie den Eindruck gehabt, dass Theos Gedanken abschweiften. Erst dachte sie, dass ihr Schwager den Tag vielleicht lieber mit Wilma verbracht hätte, aber Theo hatte vorhin selbst angedeutet, dass er froh über diese Pause war. Wilmas ständiges Geschwätz fand er auf die Dauer doch sehr anstrengend. Manchmal verglich Maike Wilma insgeheim mit ihrer Schwiegermutter und dann schämte sie sich für den Gedanken, dass ihr die gesprächige Wilma weitaus lieber war als die immer schon recht stille Gudrun, die jedem Konflikt aus dem Weg gegangen war. Diese Gedanken sprach Maike nie aus, denn Theo würde das natürlich anders sehen. Vielleicht vermisste er seine Mutter doch noch mehr, als sie und Robert angenommen hatten.

Erst während der Heimfahrt rückte Theo mit der Sprache heraus. Er hatte in dieser Woche Tante Hilde besucht und machte sich nun ernsthafte Sorgen um ihren Geisteszustand.

„Dauernd kommt er zu spät zum Mittagessen, hast sie gesagt", erzählte Theo nachdenklich. Die Rede war wohl von dem Regierungsbeamten, der seit Jahren nicht mehr unter ihnen weilte.

„Bestimmt geht er vom Büro aus in die Kneipe und ich

warte hier mit den Kartoffeln", gab Theo Hildes Aussage wieder.

Maike musste trotz der ernsten Angelegenheit schmunzeln. Sie konnte sich Tante Hildes Empörung lebhaft vorstellen.

Der Tag der Ballettaufführung rückte allmählich näher. In die allgemeine Vorfreude mischte sich ein wenig Wehmut, als die ersten Blätter von den Bäumen fielen. Theo fühlte sich schmerzhaft an den letzten Herbst erinnert. Ein Ziehen im unteren Rücken drückte die Gefühle aus, die er in den letzten Monaten so erfolgreich niedergekämpft hatte. Die Versuchung, sich dem Schmerz hinzugeben wurde übermächtig und die Aussicht auf die einstündige Autofahrt in den Nachbarort machte ihm Angst. Theo schaffte es nicht, seinen Gedanken eine positive Richtung zu geben. Stattdessen verstrickte er sich immer tiefer in seine düsteren Überlegungen. Bestimmt würde sein Rücken nach dem langen Sitzen im Auto endgültig streiken und er würde nicht mehr aussteigen können. Falls es ihm wider Erwarten gelingen sollte, das Theater zu erreichen, würde er auch dort mehrere Stunden sitzend verbringen müssen. Über die Beschaffenheit der Sitzgelegenheiten hatte er nichts Näheres in Erfahrung bringen können. Das alles wollte Theo nicht auf sich nehmen. Erst recht nicht für eine Aufführung, die ihn nur mäßig interessierte. Nicht einmal die Tatsache, dass Wilma dabei sein würde, konnte ihn überzeugen. Eher im Gegenteil. Die letzten Telefonate hatten deutlich gemacht, dass auch Wilma mit den ersten Anzeichen des nahenden Herbstes zu kämpfen hatte. Es waren ausnahmsweise nicht ihre Knie, die ihr die meisten Schmerzen bereiteten. Gudrun fehlte ihr mehr denn je. Allerdings war Wilma für jede Ablenkung dankbar und freute sich auf die Ballettaufführung. Theo hingegen wollte seine Entscheidung keinen Moment länger aufschieben. Er griff zum Telefon und rief Maike an. Mit ein paar kurzen Sätzen machte er ihr klar, dass er sich nicht in der Lage fühlte, an dem Ausflug teilzunehmen und lieber zu Hause bleiben würde.

Regina plagten ganz ähnliche Gedanken. Was hatte sie sich nur bei dem Kauf der Eintrittskarte gedacht? Seit Stunden saß sie nun schon auf dem Sofa und malte sich den Tag der Ballettaufführung in den finstersten Farben aus. Ihre wahnsinnig gute Idee erschien ihr mit einem Mal verantwortungslos. Es entsprach überhaupt nicht Reginas Naturell, sich so lange im Voraus auf einen Termin festzulegen. Normalerweise behielt sie sich ihre Zu- oder Absage bis zum letzten Moment vor und brachte damit die Familie zur Weißglut. Es konnte schließlich alles Mögliche passieren. Was, wenn ihr an dem Tag die Füße schmerzen würden? Oder der Rücken? Außerdem wurde es langsam Herbst. Das Wetter könnte sehr schlecht sein und vielleicht würden sie deshalb in einen langen Stau geraten. Wilma würde bestimmt versuchen, die gemeinsame Zeit so lange

171

wie möglich auszudehnen. Ein Abendessen in froher Runde entsprach nun gar nicht Reginas Vorstellung von einem gemütlichen Abend. Besser, sie würde einfach zu Hause bleiben. Im letzten Moment abzusagen wäre Maike gegenüber ja auch nicht gerade höflich. Es erschien ihr nur gerecht, das jetzt sofort zu erledigen. Die arme Maike, deren wahnsinnig gute Idee es eigentlich nicht gewesen war, erhielt einen zweiten Anruf, der sich nur in der Länge vom ersten Unterschied.

Ein paar Tage später fanden sich Robert und Maike allein mit Wilma im Auto wieder.

Robert lenkte den Wagen mit sicherer Hand über die Autobahn und versuchte sich von Wilmas Redeschwall nicht ablenken zu lassen. Die alte Dame thronte auf dem Beifahrersitz und erzählte munter aus ihrem Leben. Neben den Geschichten, die Maike und Robert bereits auswendig kannten, gab es ein neues Thema, das nun von allen Seiten betrachtet werden musste. Schließlich hatte Theo ihnen eine Absage erteilt, obwohl es doch sein Geburtstagsgeschenk gewesen war. Diese Entscheidung konnte Wilma nur schwer akzeptieren. Es war ja nun noch einmal gutgegangen, aber sie hatte befürchten müssen, dass der ganze Ausflug ins Wasser fallen würde. Dann hätte Theo nicht nur sich selbst, sondern auch ihr, den Tag gründlich verdorben. Sie war heilfroh, dass wenigstens Robert und Maike Wort gehalten hatten. Von Regina war man derartige Eskapaden ja gewohnt, aber dass auch Theo nicht an das verlorene Geld dachte, brachte Wilma in Rage. Andererseits musste sie den armen Jungen auch ein bisschen in Schutz nehmen. Wenn sie das Ganze jetzt nur negativ betrachtete, würden solche Ausflüge in Zukunft vielleicht gar nicht mehr geplant werden und dann wäre sie selbst die Leidtragende.

Die Plätze im Theater waren sehr gut, das musste Wilma zugeben. Sie konnte das Geschehen auf der Bühne gut überblicken. Allerdings ließ die Aufführung an sich ein wenig zu wünschen übrig. Da hatte sie schon bessere gesehen. Selbst Maike war ein bisschen enttäuscht und hatte sich die Show aufwendiger vorgestellt. Man konnte kaum von Kostümen sprechen. Es war alles einen Hauch zu modern und so hatten die Zuschauer den Eindruck, die Darsteller würden in ihrer Alltagskleidung auf der Bühne stehen. Die Begeisterung auf den Rängen hielt sich in Grenzen. Die kurze Pause nutzten Wilma, Robert und Maike um sich ein wenig die Füße zu vertreten. Die Atmosphäre, die das Theater ausstrahlte, war ebenso kalt und modern wie das Stück. Da hatten sie wirklich schon schönere Schauspielhäuser gesehen. Wenigstens fühlten sie sich vom zweiten Teil der Aufführung besser unterhalten als vom ersten und Maike hörte auf, ständig auf die Uhr zu sehen und sich zu fragen, wie lange sie wohl noch ausharren mussten. Es war bereits dunkel, als sie die Halle verließen. Wilmas Hoffnungen auf einen gemeinsamen Abend erfüllten sich nicht. Robert wollte die Heimfahrt so schnell es ging hinter sich bringen und fuhr Wilma ohne Umwege zurück in ihre Wohnung. Trotzdem hatte die alte Dame den Tag sehr genossen. Während der Fahrten hatte sie ausreichend Gelegenheit gehabt, sich zu unterhalten. Das war immer noch besser, als allein in ihrem Sessel zu sitzen und auf den Fernseher zu starren. Für den Abend hatte sie sich schon eine schöne Beschäftigung ausgesucht. Nachdem sie ihren Mantel ab- und die Füße hochgelegt hatte, griff Wilma zum Telefon. Nach dem dritten Klingelton wurde am anderen Ende endlich abgenommen.

„Hallo Theo. Da hast Du aber was verpasst, mein Junge", rief Wilma ohne Einleitung.

Theo hatte es sich so bequem gemacht, wie sein Rücken es eben zuließ. Wilma würde sowieso keine Ruhe geben, bevor sie ihm den Tag in allen Details geschildert hatte. Aber selbst als er sich durch ihre ausschweifenden Erzählungen schon fühlte, als hätte er die Aufführung selbst gesehen, schaffte er es nicht, das Gespräch endlich zu beenden. Obwohl Theo schon mehrfach eingeworfen hatte, dass er sich nun aber wirklich hinlegen musste, sprach Wilma ein neues Thema an.

„Natürlich sind wir hinterher nicht mehr in ein Restaurant gegangen. Es war ja schon so spät und ich bin wirklich müde", klang es munter aus dem Hörer,

„und Du weißt ja, mein Knie. Da kann ich nach einem so langen Tag nicht auch noch ein Lokal besuchen. Nein, habe ich zu Robert gesagt. Bring mich mal schön nach Hause."

Theo musste trotz seiner Schmerzen schmunzeln. Ob Wilma selbst glaubte, was sie da gerade erzählte?

„Aber natürlich müssen wir das bei einer anderen Gelegenheit nachholen. Das hat auch Maike gleich gesagt", fuhr Wilma fort. „Als ich dann einen Blick auf den Kalender geworfen habe – Du weißt ja, der Schöne von der Apotheke, der hier neben dem Flurspiegel hängt – da ist mir spontan eine Idee gekommen. Der Oktober steht schon wieder vor der Tür und nun ist Gudrun schon beinahe ein Jahr nicht mehr bei uns."

Theo holte tief Luft. Wilma hatte es auf den Punkt gebracht. Das Ziehen in seiner Lendenwirbelsäule wurde heftiger. Er schaffte es gerade noch einen zustimmenden Laut hervorzubringen, bevor Wilma mit ihrem Einfall herausplatzte.

„Ich habe es ihr ja versprochen, Deiner Mutter, dass ich mich um Dich kümmern werde. Also, fragen konnte sie ja nicht so richtig. Aber ich habe ihr angesehen, dass sie es fragen wollte und habe nicht gezögert, Gudrun dahingehend zu beruhigen. Schließlich habe ich es ja kommen sehen, dass sie nicht mehr lange bei uns sein würde. Wir sollten uns zu ihrem Gedenken am einunddreißigsten Oktober treffen. Wir alle."

„Wie genau stellst Du Dir das denn vor?", hakte Theo nach. Er musste zugeben, dass ihm Wilmas Vorschlag gut gefiel.

„Natürlich werden wir auf den Friedhof gehen und das Grab besuchen. Anschließend kehren wir dann in unser Stammlokal ein. So wie wir es immer nach dem Schwimmen machen. Nur ohne Schwimmen natürlich. Wenn Du Deine Geschwister informierst, werde ich das mit Hilde und Tine klären."

Theo hatte fast ein schlechtes Gewissen. Er hatte im letzten halben Jahr lauter schöne Dinge erlebt und war nach den langen Monaten an Gudruns Krankenbett froh über diese Abwechslung gewesen. Die gefürchtete Einsamkeit war nicht so schlimm, wie er zunächst angenommen hatte. Trotzdem konnte natürlich niemand Gudrun ersetzen. Die Abende allein in der Wohnung waren oft lang und jetzt, wo es langsam wieder früher dunkel wurde, erschien Theo sein Leben wieder schwerer, als während der Sommermonate. Tatsächlich hatte er an lauen Sommerabenden in Roberts und Maikes Garten so manches Mal herzhaft lachen können. Nun fragte sich Theo, ob das während des Trauerjahrs überhaupt angemessen war. Aber vermutlich hätte Gudrun es gewollt und bestimmt würde sie sich freuen, wenn an ihrem Todestag alle beieinander sitzen würden. So richtig wohl fühlte sich Theo bei dem Gedanken, diesen Tag allein verbringen zu müssen, auch nicht. Außerdem sah er keine Möglichkeit den Friedhof ohne Wagen zu erreichen. Er versprach, seine Geschwister am nächsten Tag zu informieren. Jetzt würde er aber wirklich erst einmal

176

ins Bett gehen.

Nachdem das lange Telefongespräch endlich beendet war, griff Theo nach der Schachtel mit den Schmerztabletten. Die letzte Einnahme lag zwar erst gut zwei Stunden zurück, aber vor dem Schlafen wollte er vorsichtshalber eine weitere Tablette schlucken. Ohne das Medikament würde er sich nur wieder unruhig im Bett wälzen und keine geeignete Position für seinen Rücken finden. Seine Beine fühlten sich nach dem langen Sitzen steif an und so ging Theo noch ein wenig im Wohnzimmer umher. Sein Blick fiel auf das gerahmte Portrait von Gudrun, dass er gut sichtbar an der Wand platziert hatte. Ihr Anblick löste eine neue Welle des Schmerzes in ihm aus. Seit ihrem Todestag hatte er keine einzige Träne mehr geweint. Der Druck in seinem Inneren suchte sich ein neues Ventil und machte sich in seinem Rücken bemerkbar. Fast schon automatisch öffnete er eine Tür der Schrankwand und holte die Flasche hervor, die er inzwischen schon einige Mal durch eine Neue hatte ersetzen müssen. Ein kleiner Schluck würde schon nicht schaden.

Hilde und Tine hatten Wilmas Vorschlag sofort zugestimmt. Das könnte doch ganz nett werden, fand Tine. Abgesehen von Theo sah sie Gudruns Familie viel zu selten. Dafür, dass Regina ihr Patenkind war, pflegten sie keinen besonders engen Kontakt. Hilde war gerne bereit, ein weiteres Mal gegen ihren Diätplan zu verstoßen. Was nutzte einem der optimale

Blutzucker, wenn man trotzdem nur mit einer Gehhilfe laufen konnte.

Klaus und Monika hatten sich noch nicht zu einer Entscheidung durchringen können. Eigentlich reichten ihnen die zahlreichen Geburtstage und Weihnachten völlig aus. Ein weiteres Familientreffen erschien ihnen ein wenig übertrieben, aber leider fiel ihnen spontan keine passende Ausrede ein.

Maike und Robert waren sofort einverstanden. Sie teilten Tines Meinung, dass man sich eigentlich viel zu selten sah und würden natürlich zu dritt an dem Gedenktag teilnehmen.

Nur Regina reagierte mit Empörung. Gegen einen Friedhofsbesuch hatte sie nichts einzuwenden, aber ihre Brüder sollten doch allmählich wissen, dass sie Restaurants nicht mochte. Seit ihrer Kindheit fiel es ihr schwer, eine Mahlzeit in Gegenwart fremder Menschen einzunehmen. Da half es auch nicht, dass Holger eigentlich gerne ausging. Bis jetzt war es ihr ganz gut gelungen, solchen Veranstaltungen mit einer Ausrede fernzubleiben. In letzter Zeit verstärkte sich aber ihr Eindruck, dass diese Treffen einzig und allein geplant wurden, um sie zu ärgern. Schließlich könnte ja auch jemand zu Hause für die Gruppe kochen. Sie selbst kam als Gastgerberin natürlich nicht in Frage. Dazu hatte sie überhaupt keine Zeit. Aber vielleicht war ihre Anwesenheit gar nicht erwünscht und deswegen trafen sich alle im Restaurant. Regina vermutete eine Intrige und sprach seit Stunden mit eindringlicher Stimme auf ihre Schwägerin Maike ein.

Du hättest durchaus Zeit zu Kochen, dachte Maike bei sich, wenn Du nicht immer stundenlang am Telefon hängen würdest.

Hilde und Tine trafen ihre Vorbereitungen für das herannahende Jahrgedächtnis zusammen mit Wilma auf ihre Art und Weise. Im Gegensatz zu Wilma, die ihren Führerschein schon vor vielen Jahren abgegeben hatte, bewahrte Tine das vergilbte Stück Papier noch in ihrer Brieftasche auf. Sie zahlte Monat für Monat einen nicht geringen Betrag für die angemietete Garage, in der ihr Wagen parkte. Trotzdem nutzte sie das Fahrzeug nur selten. Tine hatte in ihrem ganzen Leben nur ungern selbst hinter dem Steuer gesessen und nutzte, wann immer es möglich war, die öffentlichen Verkehrsmittel. Ihrer Meinung nach gab es viel zu wenige Parkmöglichkeiten und die Straßen in der Innenstadt wurden immer enger, während die Autos immer größer wurden. Im Laufe der Jahre hatten die Linienbusse eine eigene Spur bekommen. Tine fühlte sich in ihrem Kleinwagen bedroht und eingeengt, wenn sie zwischen einem langen Bus und einem großen Lastwagen die Spur halten musste. Es machte sie schon nervös, wenn sie ihr Auto aus der engen Garage holen musste. Schließlich galt es dabei nicht nur die Betonwände, sondern auch den fließenden Verkehr im Spiegel im Auge zu behalten. Vor lauter Rücksicht auf andere Verkehrsteilnehmer hatte Tine schon so manches Mal die Garagenwand touchiert. Die hässlichen Schrammen im Lack brachten ihr von jüngeren Autofahrern regelmäßig ein hämisches Grinsen ein und sie hatten ja auch Recht, sie war eben eine unsichere Omi am Steuer.

Heute aber blieb ihr nichts anderes übrig, als den selten genutzten Kleinwagen aus der Garage zu holen. Tine wollte mit Hilde und Wilma den Friedhof besuchen. Wilma hatte vorgeschlagen, rechtzeitig für einen hübschen Grabschmuck zu sorgen, bevor die schönsten Gestecke ausverkauft sein würden. Eigentlich, dache Tine sich, hatte Gudrun das mit dem Datum ganz gut hinbekommen. Zu Allerheiligen wurden die Gräber doch immer mit einem aufwendigeren Blumenschmuck bestückt, als es sonst der Fall war. Anlässlich dieses Feiertags zog es auch Menschen auf die Friedhöfe, die sonst nie hingingen. Da konnte man in Gudruns Fall gleich zwei Fliegen mit einer Klappe schlagen. Unter diesen Umständen hatte Wilma natürlich Recht. Die Friedhofsgärtnereien machten einen richtigen Reibach, da musste man beizeiten vor Ort sein, um noch etwas Schönes zu bekommen. Normalerweise hielt Tine nichts von solchen Ritualen. Das war genau wie jedes Jahr am Valentinstag. Da wurden die Blumen auch immer viel teurer. Für Gudrun mussten sie aber nun eine Ausnahme machen. Der einunddreißigste Oktober war nun mal ihr Todestag und der fiel zwangsläufig immer auf den Tag vor Allerheiligen. Den üppigen Grabschmuck, den Wilma sich vorstellte, konnten sie aber unmöglich im Linienbus transportieren. Tine hatte zugestimmt, mit dem Wagen zur Gärtnerei und anschließend zum Friedhof zu fahren. Beide Punkte verfügten über einen ausreichend großen Parkplatz. Die paar Kilometer würde Tine schon schaffen, da konnte gar nichts schiefgehen. Allerdings hatte sie sich strikt geweigert, ihre Freundinnen zuhause abzuholen. Eine Fahrt quer durch die Innenstadt kam überhaupt nicht in Frage. Deswegen hatten sie die angemietete Garage in der Nähe von Tines Wohnung als Treffpunkt vereinbart.

Die kurze Strecke, die sie auf dem Friedhof zu Fuß zurücklegen mussten, würde Hilde schon ohne ihr Gehwägelchen schaffen. Als Tine ihren Kleinwagen vorsichtig aus der Garage gelenkt hatte, parkte Hilde ihr eigenes Gefährt auf dem frei gewordenen Platz. Wilma hatte sich den Vorgang mit missbilligender Miene angesehen und stieg nun umständlich ins Auto. Sie selbst war eine viel bessere Fahrerin gewesen. Bei Tine bekam man schon beim Zusehen Angst. Sie hatte Mühe, ihre langen Beine in dem kleinen Fahrzeug unterzubringen und ihr Knie machte ihr heute ganz besonders   zu schaffen. Die zierliche Hilde machte sogar auf der schmalen Rückbank eine gute Figur. Tines Fahrstil störte sie nicht weiter. Besser schlecht gefahren als gut gelaufen, dachte sie bei sich und lehnte sich entspannt zurück. Tine schaltete vor lauter Nervosität die Scheibenwischer an, als sie den Blinker betätigen wollte. Wilmas schroffe Anweisungen hätten jeden Soldaten auf dem Exerzierplatz aus der Ruhe gebracht.

Die Gärtnerei war nur wenige Kilometer entfernt und Tine schaffte es trotz ihrer Unsicherheit, den Wagen unfallfrei auf den Parkplatz zu lenken. Mit einem Stoßseufzer stellte sie den Motor ab. Diesen Teil hatte sie schon mal gemeistert.

Im Innern der Gärtnerei war es so früh am Vormittag noch ruhig. Der Geruch der vielen Blumen und Gestecke erinnerte Hilde ein wenig an eine Leichenhalle. Es gab eine unüberschaubare Menge an Grabschmuck, aber die aufwendig arrangierten Gebinde waren in Hildes Augen überwiegend geschmacklos. Wilma steuerte zielstrebig einen Tisch mit besonders scheußlichen Gestecken an und linste auf die Preisschilder. Hilde kam kurz der Gedanke, dass sie unbedingt Vorkehrungen für ihre eigene Beisetzung treffen musste. Nicht, dass ihr am Ende auch jemand betende Engel und kitschige Herzchen auf den Deckel legen würde. Wilma gefielen die Herzen ausgesprochen gut. Tine war es im Grunde genommen egal, welches der Gestecke auf Gudruns Grab liegen würde. Sie war für den Transport verantwortlich und hatte damit genug zu tun. Nur als Wilma mit dem größten Grabschmuck auf dem Tisch liebäugelte warf sie die Bemerkung ein, dass dieses Ding nicht in ihren Kofferraum passen würde. Hilde gab nach und willigte zähneknirschend in die roten Herzen ein. Sie konnten schließlich nicht ewig hier herumstehen.

Der unebene Weg über den Friedhof machte Wilma mehr zu schaffen als Hilde, der ihre Gehhilfe auf diesem Untergrund eher ein Hindernis als eine Hilfe gewesen wäre. Tine hatte die Autoschlüssel in der Jackentasche verstaut und versuchte nun über die ausladenden Tannenzweige auf ihren Armen den Weg zu erkennen. Das fehlte gerade noch, dass sie stolperte und mit Gudruns Gesteck im Dreck landete.

Der Weg führte das Damenkränzchen an den Urnengräbern vorbei. Hier blieb den Angehörigen nur eine kleine Fläche, um Blumen und anderen Schickschnack niederzulegen.

„Das will ich auch", entschied Hilde und deutete auf einen zierlichen Naturstein mit dezenter Inschrift.

„Das passt", nickte Wilma mit einem hinterhältigen Lächeln, „Hexen wurden immer schon verbrannt."

Hilde tastete automatisch nach der kleinen Warze auf ihrem Nasenrücken. Eigentlich war es gar keine richtige Warze. Eher so eine Art Pickel, der dort vor vielen Jahren gewachsen und nie wieder verschwunden war. Den Regierungsbeamten hatte es nicht gestört und der Hautarzt hatte auch keinen Grund gesehen, das Ding zu entfernen. Mit der Zeit hatten sich alle daran gewöhnt. Nur Wilma musste natürlich mal wieder darauf herumreiten.

Endlich erreichten sie Gudruns Grab unter der Trauerweide. Wilmas Humpeln hatte sich inzwischen deutlich verschlimmert.

„Komm Captain Hook", revanchierte sich Hilde, „wir haben es fast geschafft."

Gemeinsam entfernten die drei Frauen ein wenig heruntergefallenes Laub vom Grab und platzierten dann ihr Gesteck vor dem riesigen Grabstein. Hilde musste schmunzeln. Da die Geschwister sich nicht auf ein einziges Motiv hatten einigen können, war der Stein größer ausgefallen als geplant. Sogar die Rückseite zierte ein eingravierter Engel. Vorne spiegelte sich die Herbstsonne in glitzernden Sternen. Eine Blumenranke wand sich seitlich an der Inschrift entlang. In der fest verankerten Laterne brannte eine Kerze. Dieser pompöse Grabstein passte so überhaupt nicht zu Gudrun und ihrem einfachen Leben.

Den Rückweg zum Parkplatz mussten sie mit Rücksicht auf Wilmas Knie im Schneckentempo zurücklegen.

„Kann man denn da gar nichts machen?", fragte Tine mitfühlend.

„Man nicht, aber ein Arzt vielleicht", entfuhr es Hilde.

„Die wollen einen ja immer gleich aufschneiden", fürchtete Wilma, „das lass ich nicht mit mir machen."

„Aber wenn es doch hilft", wandte Tine ein, die ihre eigene Operation munter vor sich herschob. Aber schließlich fühlte sie sich ja auch bestens.

„Ich werde mich doch nicht in so ein Krankenhaus legen", wehrte Wilma ab. „Ihr seht ja selbst wo Gudrun gelandet ist."

„Heutzutage macht man sowas ambulant", erklärte

Hilde ungeduldig.

„Aber man bekommt eine Narkose. Ohne geht es ja wohl nicht", sagte Wilma entschieden.

„Das ist Dein Problem?", fragte Hilde amüsiert.

„Davon bekommt man Halluzinationen. Man sieht Dinge, die gar nicht da sind und es dauert sehr lange, bis man wieder normal denken kann."

Wilma hatte in ihrem ganzen Leben noch keine Narkose bekommen und daran sollte sich auch in Zukunft nichts ändern. Sie hatte die wildesten Geschichten über diese Rauschmittel gehört.

„Das ist doch alles Quatsch", sagte Hilde kopfschüttelnd.

Tine verdrehte die Augen. Dieses Thema gefiel ihr so gar nicht.

Am Ausgang des Friedhofs trafen sie auf den Bestatter, der sich auch um Gudruns Beerdigung gekümmert hatte.

„Das trifft sich ja prima", freute sich Hilde.

Ohne Umschweife teilte sie dem überraschten Mann mit, was sie soeben bei den Urnengräbern entschieden hatte.

„Jetzt müssen sie mir nur noch eins verkaufen", beendete sie ihren Monolog.

„Ganz so einfach ist es leider nicht", erklärte der verwirrte Bestattungsunternehmer. „Am Besten sie kommen in den nächsten Tagen einfach mal in meinem Büro vorbei."

Hilde nickte zufrieden.

„Aber bis dahin wissen Sie schon einmal Bescheid. Nur für alle Fälle", vergewisserte sie sich ein weiteres Mal.

„So eilig wird es ja nun nicht sein", bemerkte Tine schockiert.

Sie hatte es eilig, diesen unerfreulichen Ort auf dem schnellsten Weg zu verlassen. In der letzten Zeit drehten sich ihre Gespräche viel zu oft um dieses Thema. Tine war heilfroh, dass Theo ihr den Sommer über in mehreren Sitzungen dabei geholfen hatte, ihre Wünsche niederzuschreiben. So ganz nebenbei hatte sie ein paar nette Spiele kennengelernt, mit denen sie sich viel lieber die Zeit vertrieb, als über den Tod nachzudenken.

Nun musste sich Tine aber zunächst auf die vor ihr liegende Heimfahrt konzentrieren. Für einen Moment dachte sie darüber nach, Wilma zu ihrer Wohnung zu fahren. Mit dem schlimmen Knie war ihr die Busfahrt fast nicht zuzumuten. Als die resolute Freundin neben ihr auf dem Beifahrersitz Platz genommen hatte und sich noch vor der Abfahrt über Tines Fahrstil beschwerte, verwarf sie den Gedanken jedoch schnell wieder.

Zum Glück gelang es Tine heute, den Wagen ohne neue Schrammen in die Garage zu fahren. Nur Hildes Gehwägelchen hätte sie dabei fast übersehen. Sie trat abrupt auf die Bremse und Wilma, die nicht mit dieser Vollbremsung gerechnet hatte, stieß sich den Kopf an der Sonnenblende. Auf der Rückbank kicherte Hilde leise, während Wilma ihren Kopf betastete und mit

186

den Fingern ihr Haar in Ordnung zu bringen versuchte.

Tine stieg erleichtert aus und streckte ihren Rücken. Vorläufig hatte sie wieder genug davon, sich selbst hinters Steuer zu setzen.

14.

Halloween rückte allmählich näher und Maike widmete sich der Dekoration des Hauses. Eigentlich mochte sie dieses importierte Fest nicht besonders, aber es war der Zeitpunkt, an dem der Sommer endgültig auszog und die Schiffchen und Seesterne herbstlicheren Dingen weichen mussten. Sie verzichtete auf gruselige Spinnweben und Gespenster. Ein paar Kürbisse auf der Terrasse mussten aber schon sein. Es war aber auch die Zeit, in der die ersten Lichterketten aus dem Keller geholt wurden. Abends freute sie sich wieder auf den Kerzenschein im Wohnzimmer, statt vor flackernden Windlichtern auf den Gartenmöbeln zu sitzen. Endlich musste man kein schlechtes Gewissen mehr haben, wenn man die Beine hochlegte, statt den Rasen zu mähen.

Regina wäre es niemals in den Sinn gekommen, einen Rasenmäher auch nur aus der Nähe zu betrachten. Sie wusste nicht einmal wie so ein Ding funktionierte. Arbeiten dieser Art überließ sie lieber Holger. Zwar beschwerte sie sich regelmäßig über den Zustand des Gartens, aber sie fühlte sich einfach zu schwach, um das Unkraut aus den Fugen zu kratzen oder die Büsche zu schneiden. Es musste reichen, wenn sie einmal täglich den Wasserhahn aufdrehte, damit der

Schlauch die Bambusse wässerte. Meist vergaß sie hinterher, das Wasser wieder abzustellen und die armen Gewächse wurden von Holger vor dem Ertrinken gerettet. Regina brauchte kein schlechtes Wetter um ihre Ruhepausen vor sich selbst rechtfertigen zu können. Der einzige Unterschied in ihrem Tagesablauf bestand darin, dass sie mittags nun nicht mehr im Liegestuhl, sondern auf ihrem Bett döste. Dabei konnte sie in aller Ruhe darüber nachdenken, wie bemitleidenswert sie eigentlich war. Diesen Überlegungen konnte Regina sich stundenlang hingeben und manchmal stellte sie überrascht fest, wie spät es schon war, wenn sie Holgers Schlüssel am frühen Abend in der Haustür hörte. Holger hatte es aufgegeben, seine Frau zu mehr als ein wenig Wäsche waschen motivieren zu wollen. Allerdings hörte er auch nur noch mit halbem Ohr hin, wenn Regina ihn bei seiner Heimkehr mit dem Ergebnis ihrer ausführlichen Überlegungen konfrontierte. Heute hatten sich ihre Gedanken fast ausschließlich um ihre Position in der Familie gedreht. Es war einfach nicht zu fassen, welche Rücksichtslosigkeiten sich ihre Brüder herausnahmen. Noch immer konnte sich Regina nicht mit dem Gedanken anfreunden, im Stammlokal ihrer verstorbenen Mutter zu speisen. Dabei ging es ihr weniger um den sentimentalen Hintergrund, als um die fremden Menschen, die ihr beim Essen zusehen würden. Noch weniger gefiel ihr allerdings der Gedanke, dass die Familie einfach ohne sie gehen

189

würde. Regina fühlte sich übergangen und Holger hörte ihr wie so oft nicht richtig zu. Sie ahnte nicht, dass ihre Schwägerin Monika seit Tagen über das gleiche Thema nachdachte. Im Gegensatz zu Regina wünschte sich Monika allerdings übergangen worden zu sein. Trotz allen Grübelns war ihr bislang keine passende Ausrede eingefallen und Klaus war ihre keine große Hilfe. Ihr Mann würde seiner Familie einfach die Wahrheit sagen, aber das wollte Monika um jeden Preis verhindern. Klaus war einfach zu naiv. Es gefiel Monika zwar sehr gut, dass er ihr jeden Wunsch von den Augen ablas, aber seiner Familie gegenüber könnte er diesbezüglich ruhig ein bisschen weniger ehrlich sein. Monika hatte einfach keine Lust auf dieses Treffen, aber ohne passende Ausrede würden die anderen sie für unhöflich und faul halten.

Theo verbrachte seinen Feierabend mit Einkäufen. Je schneller die Tage verstrichen und der einunddreißigste Oktober näher rückte, je häufiger musste er auch die Flasche im Barschrank durch eine Neue ersetzen. Leider konnte auch die dunkle Flüssigkeit nicht die Leere aus der Wohnung vertreiben. Das Ziehen in seinem unteren Rücken raubte ihm regelmäßig den Schlaf.

Wilma, die sich ähnlich einsam fühlte, suchte Trost in stillen Gesprächen mit Gudrun.

Tine verbrachte ihre Abende vor dem Computer. Die Kartenspiele fesselten sie so sehr, dass sie oft erst in den frühen Morgenstunden den Weg in ihr Bett fand.

Hilde genoss ihren Lebensabend in vollen Zügen. Sie hatte noch immer einen großen Freundeskreis und viele Verwandte. Manchmal wurden ihr die zahlreichen Einladungen fast zu viel, aber jeder hatte Verständnis, wenn eine Frau in ihrem Alter mal die Daten durcheinanderbrachte.

Trotzdem hatte sie ihr Vorhaben unverzüglich in die Tat umgesetzt und den Bestattungsunternehmer in seinem Büro aufgesucht. Jetzt konnte Hilde ihrem Ende mit Gelassenheit entgegensehen. Sogar den Stein und die Inschrift hatte sie ausgesucht. Nur das Datum hatte sie dem Mann natürlich nicht nennen können, das musste er dann wohl zu einem späteren Zeitpunkt ergänzen. Bis dahin, hatte Hilde sich fest vorgenommen, würde sie noch jede Menge Spaß haben.

Der einunddreißigste Oktober fiel in diesem Jahr auf einen Mittwoch. Für Wilma war es eine Selbstverständlichkeit, dass sie trotzdem an der Wassergymnastik teilnehmen wollte. Statt des opulenten Mittagessens würde es eben nur eine Kleinigkeit vom Bäcker an der Straßenecke geben und dann würde man gemeinsam auf den Friedhof gehen. Schließlich konnte sie schlecht zweimal an einem Tag im selben Restaurant auftauchen. Hilde hatte sich sofort mit diesem Plan einverstanden erklärt. Nur den Bäcker musste sie schweren Herzens auslassen. Man musste ja nicht gleich über die Stränge schlagen. Nicht, dass ihr Blutzucker ihr an diesem Tag noch einen Streich spielen würde. Tine war

191

nur mit Mühe davon zu überzeugen gewesen, dass sie im Hallenbad nicht einfach fehlen konnte. Ein ganzer Tag in der Gesellschaft ihrer Freundinnen und Gudruns Familie erschien ihr doch recht anstrengend. Da würde sie am Abend kaum noch Energie aufbringen, sich noch mit ihren Spielen zu beschäftigen. Aber Wilma hatte ihr ins Gewissen geredet. Es musste geschwommen werden. Nicht einmal Tines Anmerkung, dass ihre Frisur danach im Eimer sein würde, hatte Wilma gelten lassen.

Jetzt standen sie zu dritt am Beckenrand und warteten darauf, dass der Kurs beginnen würde. Wilma hatte ihre Haare wie immer unter die grüne Gummihaube gestopft. Es ließ sich nicht vermeiden, dass ihre Ohren teilweise von der Badekappe bedeckt wurden und so drangen die Geräusche in der Badeanstalt nur gedämpft zu ihr durch. Hilde erschrak, als Wilma mit noch lauterer Stimme als sonst direkt neben ihr die Anweisung gab, nun endlich ins Wasser zu gehen.

„Ich bin ja nicht schwerhörig", murmelte Hilde empört und stieg die Leiter am Beckenrand hinunter.

„Was murmelst Du da?", brüllte Wilma und machte ebenfalls Anstalten, den linken Fuß ins warme Wasser zu tauchen.

Tine schämte sich für Wilmas laute Stimme. Das ganze Schwimmbad sah schon hinüber und sie stand als einzige noch für alle sichtbar am Rand des Beckens. Plötzlich hatte sie es sehr eilig, den anderen zu folgen. Tine verpasste Wilma, die noch immer die Leiter blockierte, einen leichten Schubs und sprang mutig hinterher. Eigentlich hatte sie um jeden Preis vermeiden wollen, dass ihre Haare bei den leichten Übungen im Wasser nass werden würden, aber nun war es eben doch passiert. Immer noch besser, als mit einer grasgrünen Gummihaube auf dem Kopf gesehen zu werden. Wilma hatte durch ihr unvermutet schnelles Eintauchen ein wenig Wasser geschluckt und hustete. Hilde hatte die Szene aus ihrer Position genau beobachten können und schmunzelte amüsiert.

„Was ist los Wilma?", rief sie laut, damit die Freundin sie unter der Badekappe verstehen konnte.

„Ich muss ausgerutscht sein", antwortete Wilma, als sie endlich wieder zu Atem gekommen war. „Dieses Knie macht mich noch verrückt."

„Genau darum sind wir hier", spornte die Kursleitern, die Wilmas Worte gehört hatte, die drei Damen an.

Klaus hatte sich letztendlich durchgesetzt und seinen Geschwistern eine kurze Textnachricht geschickt, in der er ihnen mitteilte, dass Monika und er unbedingt einmal ausruhen mussten. Das entsprach zumindest teilweise der Wahrheit, denn nichts anderes hatten sie für diesen Tag geplant.

Regina hatte sich lieber in vornehmes Schweigen gehüllt. Ihre Brüder würden schon sehen, was sie davon hatten. Sie würden schon selbst bemerken, dass Regina nicht zur vereinbarten Zeit bei Theo eintreffen würde und ihre Gründe gingen schließlich niemand etwas an. Eine Textnachricht war schon allein deshalb nicht in Frage gekommen, weil Regina schlicht und einfach nicht mit einem Mobiltelefon umgehen konnte. Nun würde sie diesen Tag genau so verbringen, wie sie ihn vor einem Jahr verbracht hatte. Sie hatte auf dem Bett gelegen und sich ausgeruht, als Theos schrecklicher Anruf sie jäh aus ihren selbstmitleidigen Überlegungen gerissen hatte.

Das Wetter war deutlich schlechter geworden, als die kleine Gruppe sich um Gudruns Grab versammelte. Der Herbst zeigt sich von seiner ungemütlichen Seite. Wilma hatte die Kapuze ihrer dunkelroten Steppjacke über den Kopf und tief in die Stirn gezogen. Der Wind rauschte in den wenigen Blättern, die noch an den Zweigen hingen und bauschte Hildes Mantel um ihre zierlichen Beine. Tine strotzte dem prasselnden Regen unter ihrem Schirm, den der Wind ihr aus den Händen zu reißen drohte. Immerhin, dachte sie, muss sich niemand Sorgen um seine Frisur machen. Ihre eigenen Haare waren noch gar nicht richtig trocken gewesen, während Wilmas Frisur Druckstellen von der Badekappe aufwies. Der Himmel war grau und wolkenverhangen. Außer ihnen schien sich niemand auf dem weitläufigen Gelände des Waldfriedhofs aufzuhalten. Wilma war keine ängstliche Frau, aber in dieser Atmosphäre war sie froh, nicht allein zu sein. Immer wieder sah sie sich nach allen Seiten um und drückte sich so nah wie möglich an Theo heran. Dem gelang es kaum, eine frische Grabkerze anzuzünden und Wilma gab vor, die kleine Flamme schützen zu wollen. Maike hatte einen Blumenstrauß in die bereitstehende Vase gestellt und hielt nun Roberts Hand. Für mehr als ein paar Blumen war auf dem Grab kein Platz mehr geblieben, nachdem das Damenkränzchen sein ausladendes Gesteck vor ein paar Tagen niedergelegt hatte. Schaudernd erinnerte Maike sich an das Foto, dass sie vor fast genau einem Jahr aus dieser Perspektive aufgenommen hatte. Bis heute hatte niemand außer ihr und Robert dieses Bild gesehen. Der lehmige Boden unter ihren Füßen verwandelte sich allmählich in grauen Schlamm. Auch nach mehr als elf Monaten war die Grabreihe noch nicht vollständig. Immer mehr Menschen entschieden sich für eins der pflegeleichteren Urnengräber. Die Schleifen der Trauerkränze auf den noch frischen Gräbern lagen nun genauso im Matsch, wie die von Gudruns Trauerfeier im Vorjahr. Die wenigen Kerzen, die Wind und Regen trotzten, verbreiteten ein gespenstisches Licht. Die kleine Gruppe, die sich zum Jahrgedächtnis zusammengefunden hatte, hielt es nur ein paar Minuten an dem unheimlichen Ort. In stummem Einverständnis kehrten sie schließlich dem Grab den Rücken zu und machten sich auf den beschwerlichen Weg zum Parkplatz.

Nachdem die Schuhe und Stiefel mit Hilfe von Papiertaschentüchern einigermaßen sauber getupft waren, verteilten sie sich auf die bereitstehenden

Fahrzeuge. Da Theo und Wilma das Fahren vor langer Zeit aufgegeben hatten, war Tine nichts anderes übrig geblieben, als ihre Fahrkünste ein weiteres Mal unter Beweis zu stellen. Zu ihrer Erleichterung steuerte Wilma ohne zu zögern Roberts geräumigen Kombi an. Theo teilte Hildes Meinung, dass man für jede Mitfahrgelegenheit dankbar sein musste und nahm den Platz neben Tine ein.

Die Fahrt in das nahegelegene Restaurant dauerte nur wenige Minuten. Wilma blieb kaum genug Zeit, sich im Wagen ausführlich über die elegante Aufmachung ihrer Freundinnen zu wundern. Sie selbst hatte sich natürlich bei diesem Wetter für praktische Kleidung entschieden. Dass sie sich zwischen Hilde und Tine in ihren dunklen Mänteln und eleganten Schuhen unwohl fühlte, würde sie niemals zugeben. Von Maike, die mit ihrem Sohn zusammen auf der Rückbank saß, war allerdings keine Zustimmung zu erwarten. Sie fürchtete selbst, dass ihre guten Stiefel für immer ruiniert waren.

Auch der Tisch, der ihnen im Restaurant zugewiesen wurde, entsprach nicht Wilmas Erwartungen. Während die anderen sich erleichtert auf den Stühlen niederließen, blieb Wilma stehen und wartete darauf, dass ihre Freundinnen die unausgesprochene Frage in ihrem Blick zur Kenntnis nahmen. Als niemand Notiz von ihrer gespielten Ahnungslosigkeit nahm, setzte sie sich schließlich auf den letzten freien Platz und schaute mit betont verwirrtem Gesichtsausdruck in die Runde.

„Wilma, was ist denn?"

Es war Theo, der sich erbarmt hatte und Wilma endlich von ihrem selbstauferlegten Schweigen erlöste.

„Das ist doch nicht der Tisch, an dem wir mit Gudrun immer gesessen haben", bemerkte sie und betonte ihre rhetorische Frage noch dramatischer, als sie es sonst zu tun pflegte.

Hilde und Tine waren in ein angeregtes Gespräch vertieft und schienen Wilma überhaupt nicht zu bemerken.

„Wilma bitte", seufzte Theo ungeduldig, „wie hätten denn sieben Personen an dem kleinen Tisch essen sollen, an dem ihr zu viert schon kaum genug Platz hattet."

„Es ist tatsächlich nur für sieben Personen gedeckt", stellte Hilde fest, die ihre Ohren überall zu haben schien, „dann ist es ja ein glücklicher Zufall, dass mein Mann mal wieder durch Abwesenheit glänzt. Bestimmt sitzt er in der Kneipe und hat den Termin vergessen."

Maike schaute verwundert von Wilma zu Hilde. Sie überlegte einen Moment, wer von den Damen mehr zu bedauern war. Wilma, die ihre Ahnungslosigkeit nur spielte um die anderen aus der Reserve zu locken oder Hilde, die vergessen zu haben schien, dass ihr Mann vor vielen Jahren verstorben war.

Nachdem Tine sich vom ersten Schreck erholt hatte, erkannte sie ein übermütiges Funkeln in Hildes Augen. Vermutlich hatte Hilde nur Wilma eins auswischen wollen, die einmal mehr versucht hatte, mit ihrer Naivität die ungeteilte Aufmerksamkeit auf sich zu ziehen.

Theo stieß Maike unter dem Tisch unauffällig gegen das Schienbein. Genau das hat er ihnen im Safaripark zu erklären versucht.

Zum Glück brachte die Bedienung in diesem Moment die Speisekarten. Maike vertiefte sich sofort in die angebotenen Gerichte.

Nachdem alle gewählt hatten, verlief das Essen ohne weitere Zwischenfälle. Wilma hatte trotzig an ihrem Ritual festgehalten und sich für das Bauernschnitzel entschieden. Theo war zu abgelenkt von seinen Sorgen um Hilde und schloss sich Wilmas Wahl an, ohne überhaupt einen Blick in die Karte geworfen zu haben. Hilde hatte sich jeden Kommentar zu Wilmas Sentimentalitäten verkniffen. Sie wusste, dass Tine viel Wert auf Harmonie legte und wollte ihr nicht den Tag verderben.

Schließlich schoben alle die geleerten Teller mit einem Stöhnen von sich. Mit vollem Magen bekam auch Wilma gleich bessere Laune. Sie war froh, den Tag nicht alleine verbringen zu müssen. In Gudruns Kindern und ihren Freundinnen hatte sie eine Ersatzfamilie gefunden. Wenn ihre eigenen Kinder sich schon nicht für sie interessierten, durfte sie ihre neue Familie auf keinen Fall verlieren. Es war ja auch wirklich gemütlich, wenn alle beisammen saßen. Sie verabredeten, diese Zusammenkunft jedes Jahr am einunddreißigsten Oktober zu wiederholen. Egal, was sie in den nächsten zwölf Monaten erleben würden, dieser Termin stand bereits im Kalender.

Regina hatte den Tag mit düsteren Gedanken verbracht. Das Wetter passte zu ihrer Stimmung. Allein in ihrem Haus wurde ihr einmal mehr bewusst, dass niemand in der Familie sich ernsthaft für sie zu interessieren schien. Gudrun war schließlich auch ihre Mutter gewesen. Sie nahm sich vor, im nächsten Jahr rechtzeitig eine Alternative zu dem Restaurantbesuch vorzuschlagen.

Klaus bekam mit einem Mal ein furchtbar schlechtes Gewissen. Er hatte die Einladung zu diesem Treffen nicht mit dem Tod seiner Mutter in Verbindung gebracht. Erst nachdem Monika heute eine Bemerkung darüber gemacht hatte, dass die anderen nun über den matschigen Friedhof stapften, während sie hier gemütlich auf dem Sofa lagen, war ihm die Bedeutung des Datums bewusst geworden. Er errötete, obwohl seine Geschwister ihn nicht sehen konnten. Es wäre nicht mehr als anständig gewesen, heute das Grab seiner Mutter zu besuchen. Monika reagierte beleidigt auf seine Vorwürfe, schließlich hatte Klaus ebenso wenig Lust auf diese Familienzusammenkunft gehabt, wie sie selbst. Die Stimmung war dahin. Im nächsten Jahr würden sie einfach besser aufpassen müssen.

Tine hatte den Wagen in die Garage gefahren und wollte nun nur noch ins Bett. Für ein Computerspiel fehlte ihr wie erwartet die Energie. Sie würde vom Bett aus noch ein wenig Fernsehen und dann erst einmal gründlich ausschlafen. Im nächsten Jahr würde Halloween wenigstens nicht auf einen Mittwoch fallen. Sie würde den Tag ruhiger angehen können und vor dem Friedhofsbesuch nicht auch noch ins Schwimmbad müssen.

Theo hatte den Heimweg zu Fuß zurückgelegt. Nach dem opulenten Mahl erschien ihm das nur richtig. Als er an Tines Wohnung vorbeigekommen war, hatte er bereits Licht hinter ihrem Schlafzimmerfenster gesehen. Beruhigt, dass die mütterliche Freundin gut nach Hause gekommen war, hatte er den Weg zu seiner Wohnung fortgesetzt. Um Wilma und Hilde musste er sich keine Sorgen machen. Robert würde beide wohlbehalten nach Hause bringen. Im Hauseingang schüttelte Theo seinen Regenschirm aus und schaltete das Licht im Treppenhaus an. Der Tag war schöner gewesen, als er erwartet hatte. Er würde sich noch einen kleinen Schluck gönnen und dann zu Bett gehen. Während Theo die Flasche aus dem Schrank nahm, ging er in Gedanken noch einmal die Menschen durch, die ihm heute zur Seite gestanden hatten. Sie hatten ihm ein Gefühl von Wärme und Geborgenheit vermittelt. Auch wenn die alten Damen mit der Zeit ein bisschen merkwürdig wurden, hatten sie heute zusammen einen harmonischen Tag verbracht. Gut, dass sie den Termin für das nächste Jahr schon festgelegt hatten. Mehr brauchte er nicht.

Hilde streifte erleichtert die Pumps von den Füßen. Erst dann nahm sie sich Zeit, die nassen Badesachen aus der Tasche zu holen. Für einen Moment wusste sie nicht recht, was sie damit anfangen sollte. Unschlüssig stand sie in der Diele und betrachtete ihren schwarzen Badeanzug. Dann schüttelte sie den Kopf über sich selbst und hängte den klammen Stoff im Bad auf. Die Waschmaschine konnte bis morgen warten. Ich werde tatsächlich noch senil, dachte Hilde und musste über ihre kleine Showeinlage im Restaurant grinsen. Es war aber auch wirklich ein langer Tag gewesen. Sie musste dankbar sein, dass sie in ihrem Alter noch zu solchen Ausflügen fähig war. Dabei fiel ihr ein, dass sie schon einen Taschenkalender für das nächste Jahr besorgt hatte. Eilig holte Hilde ihre Handtasche aus der Diele und suchte darin nach dem Büchlein. Ihre Finger ertasteten einen kühlen, glatten Gegenstand. Erstaunt zog sie einen Dessertlöffel aus der Tasche. Wie war der denn da hineingekommen? Tine musste ihr einen Streich gespielt haben. Na warte, dachte Hilde und musste schon wieder grinsen. Den Löffel würde sie nächsten Mittwoch natürlich zurücklegen. Endlich fand sie den kleinen Kalender und trug den Termin für das nächste Jahr ein. Gleich darunter machte sie einen Vermerk, dass sie etwas in Tines Handtasche schmuggeln musste.

Wilma schälte sich aus ihrer dunkelroten Steppjacke. Die Tasche mit den Badesachen warf sie achtlos auf die Kommode im Flur. Nun waren die feuchten Sachen so lange darin gewesen, da kam es auf ein paar Stunden mehr oder weniger auch nicht mehr an. Wilma fühlte sich kein bisschen müde. Leider war es bereits zu spät, um jemand am Telefon von dem schönen Tag zu erzählen. Vielleicht würde sie am nächsten Morgen allen Mut zusammennehmen und ihre Tochter anrufen. In anderen Familien klappte das schließlich auch. Im Fernsehen gab es leider nichts, was Wilma interessierte. Gruselgeschichten und Krimis waren eher etwas für Tine. Sie beschloss, den Tag standesgemäß ausklingen zu lassen und griff nach einem alten Fotoalbum. Was waren das doch für schöne Bilder, die sie von Gudrun während ihrer letzten gemeinsamen Reise gemacht hatte. Schade, dass Wilma sie nun niemand zeigen konnte. Aber es könnte doch eine schöne Idee für das nächste Jahr sein. Da würde sie das Album einfach mitnehmen und am Tisch herumreichen. Wilma freute sich schon jetzt auf dieses Treffen.

Robert lenkte den Wagen durch die dunklen Straßen. Erst hatte er Regina und Klaus ihre Abwesenheit ein bisschen übel genommen, aber nun musste er zugeben, dass es vielleicht besser so gewesen war. Maike starrte durch die Windschutzscheibe und versuchte sich einen Reim auf Tante Hildes merkwürdige Bemerkung zu machen. Hilde machte auf sie eigentlich überhaupt keinen zerstreuten Eindruck. Andererseits musste man ihr mit ihren über neunzig Jahren mit Nachsicht begegnen. Da konnte man doch leicht mal etwas durcheinanderbringen. Wilmas übertriebene Trauermiene ging Maike zwar manchmal auf die Nerven, aber auch ihr gegenüber versuchte sie Rücksicht auf das Alter zu nehmen. Sie staunte bei jeder Begegnung darüber, dass die betagten Damen ihre Freundschaft seit der Schulzeit aufrecht erhalten hatten. Tine machte den Eindruck, als wäre sie in den letzten Jahren überhaupt nicht gealtert. Im Gegensatz zu Wilma war Tine immer fröhlich und schien kein bisschen einsam zu sein.

Ein paar maskierte Jugendliche auf der Straße erinnerten Maike an Halloween. Sie dachte zurück an die Minuten, die sie heute auf dem Friedhof verbracht hatten. Die Halbwüchsigen versuchten besonders gruselig auszusehen und Leute auf der Straße zu erschrecken. Ihr müsstet mal wissen wo wir heute waren, dachte Maike, das ist wirklich gruselig.

15

„Wie tot?", hörte Maike Robert sagen.

Schockiert versuchte sie herauszufinden, wer der Anrufer war, der sie an einem Feiertag bei ihrem späten Frühstück störte. Maike drückte ihr Ohr gegen die Rückseite des Telefonhörers, den Robert fest umklammert hielt. Sie erkannte Theos Stimme, konnte aber nicht verstehen, was er ihrem Mann gerade mitteilte. Endlich beendete Robert das Gespräch und sah seine Frau aus leeren Augen an.

„Tine ist tot", gab er das soeben Gehörte wieder.

„Wie tot?", fragte Maike nun ebenso ungläubig, wie Robert vor ein paar Minuten.

„Sie ist heute Morgen nicht wieder aufgewacht. Der Fernseher lief noch, als eine Nachbarin Tine gefunden hat", wiederholte Robert die wenigen Einzelheiten, die nach so kurzer Zeit bekannt waren.

„Das kann doch gar nicht sein", erwiderte Maike fassungslos, „sie war doch gestern Abend noch vollkommen in Ordnung."

„Ja", sagte Robert tonlos, „es ist schwer zu verstehen."

„Das Aneurysma?", hakte Maike nach, die zu dem kleinen Kreis der wenigen Eingeweihten gehört hatte.

„Theo vermutet eher einen Schlaganfall", leitete Robert die Überlegung seines Bruders weiter.

Maike erschrak. Erst jetzt war ihr der Grund für ihr

Treffen vom Vortag wieder bewusst geworden.

„Schnell, ruf Theo nochmal an", rief sie entsetzt und griff selbst nach dem Hörer, bevor Robert überhaupt reagieren konnte.

Ihr Mann sah erstaunt zu, wie Maike Theos Nummer wählte.

„Ist Tine vor oder nach Mitternacht gestorben?", überfiel Maike ihren Schwager ohne Einleitung.

„Oh Gott", entfuhr es Theo, der bisher nicht auf das Datum geachtet, aber Maikes Worte sofort richtig eingeordnet hatte. „Ich weiß es nicht", brachte er mühsam hervor, „aber ich versuche es herauszufinden."

Am Abend meldete sich Theo erneut bei Robert und Maike. Der von der Nachbarin herbeigerufene Notarzt hatte den Totenschein auf den Vorabend ausgestellt. Nach Begutachtung der Leiche war er zu dem Schluss gekommen, dass Tine zwischen zweiundzwanzig und dreiundzwanzig Uhr aus dem Leben geschieden sein musste.

Tine war ihrer Freundin gefolgt. Nur ein Jahr nach Gudruns Tod war sie am selben Tag verstorben. Der Schock über den plötzlichen Verlust saß tief und niemand konnte fassen, dass Tine nicht mehr unter ihnen war. Selbst Wilma hatte das nicht kommen sehen. Sie reagierte geradezu hysterisch auf die Nachricht. Der einunddreißigste Oktober schien eine Bedeutung zu haben, die die Freundinnen noch über den Tod hinaus verband und Wilma fürchtete, die Nächste zu sein.

Hilde, die tieftraurig über den Verlust war, brachte kein Verständnis für Wilmas Verhalten auf. Wie konnte man in einer solchen Situation an sich selbst denken. Natürlich war auch ihr das schicksalhafte Datum nicht entgangen, aber wer konnte schon vorhersagen, welche Konsequenzen das für sie selbst haben würde. Darüber hinaus gab es den einunddreißigsten Oktober nur einmal im Jahr und das würde immerhin bedeuten, dass Hilde ein weiteres Jahr auf der Erde verbringen konnte. Schließlich mussten sie alle einmal gehen. Viel wichtiger erschien Hilde im Moment die Tatsache, dass Theo nicht nur eine enge Vertraute, sondern auch eine weitere Aufgabe verloren hatte. Da musste sie sich in den nächsten Monaten in Acht nehmen, nicht selbst zum Ziel seiner übertriebenen Fürsorge zu werden. Tine würde ihr schrecklich fehlen, aber sie hatte wenigstens kein langes Leiden ertragen müssen. Für eine alte Frau ohne Familie war dies doch der beste Weg, von der Erde zu verschwinden. Wenn ich schon sterben muss, dachte Hilde, dann am liebsten so wie Tine.

Wilma bestand nun umso mehr darauf, dass sie an diesem Tag nie wieder allein gelassen werden konnte. Schicksal hin oder her, wenn jemand auf sie aufpassen würde, konnte sie im nächsten Jahr vielleicht noch einmal von der Schippe springen. Theo und seine Familie mussten sie einfach vor dem Sensenmann beschützen.

Ein paar Wochen lang fragten sich alle, was Tine in ihren Dokumenten verfügt hatte. Theo hüllte sich in vornehmes Schweigen. Er würde nichts verlauten lassen, bevor Tines Anwalt ihre Wünsche nicht in offizieller Form an ihn weitergeleitet hatte. Dass Tine die Unterlagen zur Verwahrung in die Hände eines Fachmanns gegeben hatte war ihm bekannt und auf sein Anraten geschehen. Allerdings, das musste Theo zugeben, hatte Tine das gerade noch rechtzeitig erledigt.

Während der langen Wartezeit hatten natürlich alle erraten, dass es keine Erdbestattung geben würde. Dafür war es inzwischen viel zu spät. Tine hatte sich von Hildes Wünschen inspirieren lassen und sich für eine Verbrennung entschieden. Darüber was mit ihrer Asche geschehen sollte, hatte sie lange nachgedacht. Selbst ein Urnengrab würde von irgendwem gepflegt werden müssen. Es hatte niemand in Tines Leben gegeben, dem sie das hatte zumuten wollen. Welche Umstände ein solches Grab machte, hatte Tine schon bei den verstorbenen Männern ihrer Freundinnen gesehen. Hilde hatte den Regierungsbeamten zwar regelmäßig besucht, Gudrun war der Weg auf den Waldfriedhof aber schnell zu umständlich geworden. Weshalb Theo für Gudrun noch einmal diese Entscheidung getroffen hatte, war Tine ein Rätsel gewesen. Sie hatte es immer auf den Schock zurückgeführt. Theo war nach dem Tod der Mutter einfach nicht in der

Lage gewesen, richtig nachzudenken. Nur Wochen nach der Beerdigung hatte er die Pflege der Gräber seiner Eltern in die Hände einer Friedhofsgärtnerei gegeben und soweit Tine das bei ihrem letzten Besuch hatte beurteilen können, waren seitdem weder Theo, noch eines seiner Geschwister auf dem Friedhof gewesen. Wie bald ihre kluge Planung in die Tat umgesetzt werden musste, hatte Tine nicht ahnen können, als sie mit Wilma und Hilde Gudruns Grab besucht hatte.

Tine hatte sich für einen schlichten Block aus weißem Carrara Marmor entschieden. Diese Urne sollte in einer Grabeskirche zwischen vielen anderen ihrer Art beigesetzt werden. Es war ihr als die sauberste Lösung erschienen. Ihr ganzes Leben lang war sie niemand zur Last gefallen, da würde sie nach ihrem Tod nicht damit anfangen. Der Stein war von der Selben schlichten und kühlen Eleganz, mit der sich Tine stets gekleidet hatte. Schon zu Lebzeiten hatte Tine sich in ihren eigenen vier Wänden am wohlsten gefühlt, die Grabeskirche sollte ihr neues Zuhause werden.

Es war nur eine kleine Gruppe treuer Wegbegleiter, die sich mehrere Wochen nach Tines Tod in der kalten Kirche versammelte, um sich von der Freundin zu verabschieden, die seit ihrem Eintritt in den Ruhestand doch recht zurückgezogen gelebt hatte. Regina hatte ihr Schneckenhaus verlassen, um an der Beisetzung ihrer Patentante teilzunehmen. Robert und Holger konnten sich unmöglich von der Arbeit frei nehmen. Beide fürchteten, dass die Todesfälle im näheren Umfeld sich langsam häuften. Keiner von ihnen traute sich es laut auszusprechen, aber insgeheim sparten sie sich ihre Urlaubstage für andere Anlässe auf. Tante Hilde war schließlich Verwandtschaft und in ihrem Alter konnte man nie wissen, wann die schwarzen Anzüge wieder hervorgeholt werden mussten. Regina war in Maikes Auto mitgefahren. Als sie nun gemeinsam das Parkhaus in der Innenstadt verließen, traf sie die Kälte des klaren Novembertages mit voller Wucht. Die letzten dreihundert Meter zur Kirche mussten sie zu Fuß zurücklegen. Dass sie sich hier nicht gerade in der besten Gegend befanden, war ihnen schon während der Fahrt aufgefallen und so beschleunigten sie nun ihre Schritte, um möglichst schnell das sichere Portal zu erreichen. Die Grabeskirche war an der nächsten Weggabelung bereits zu sehen und in dem schwarz gekleideten Mann vor dem Seiteneingang erkannten die beiden Frauen Theo. Es war ihm gar nichts anderes übrig geblieben, als einen weiteren Tag im Amt zu fehlen. Die Kälte hatte ihn dazu bewegt, den Bus zu nehmen. Der dünne schwarze Mantel, den er über seinem Anzug trug, wärmte ihn kaum. Auch Wilma hatte auf einen Fußmarsch verzichtet. Nach langen Überlegungen war sie zum dem Schluss gekommen, dass ihre geliebte dunkelrote Steppjacke heute zuhause bleiben musste. Tine wäre zu einem solchen Anlass in elegantem schwarz erschienen. Um ihr die letzte Ehre zu erweisen, hatte Wilma den guten Mantel aus dem Garderobenschrank geholt, den sie nur zu ganz besonderen Gelegenheiten trug. Tatsächlich hatte sich Wilma dabei die Frage gestellt, wie viele dieser Gelegenheiten ihr überhaupt noch bleiben würden. Vielleicht war es besser, nichts mehr auf die lange Bank zu schieben und ihre besten Sachen von nun an auch dann zu tragen, wenn sie eigentlich nur in den Supermarkt wollte.

Hilde hatte der Kälte getrotzt und war die wenigen Kilometer von ihrer Wohnung zur Kirche gelaufen. Auf den kecken Hut mit dem niedlichen schwarzen Schleier hatte sie schweren Herzens verzichtet. Derartige Trauerbekundungen waren Sterbefällen in der Familie vorbehalten und Tine war nun einmal keine Verwandte. Regina war froh, guten Gewissens in Gudruns Garderobe erscheinen zu können. Während sie sich mit dem Gedanken beschäftigte, dass ihre Mutter auf diese Weise vielleicht ein wenig an Tines Trauerfeier teilnehmen konnte, überlegte Maike, ob die beiden Frauen auf einer der wenigen Wolken am Himmel saßen und grinsend auf die Trauergemeinde hinabsahen.

Zu fünft schoben sie sich durch das Kirchenportal in das nur spärlich beleuchtete Innere des Gotteshauses. Nur ein kleiner Teil des Innenraums war noch für Gottesdienste eingerichtet. Vor einem kleinen Altar standen einige Holzbänke, auf denen vereinzelt schon dunkel gekleidete Menschen Platz genommen hatten.

Die Meisten von ihnen kannte Maike nicht. Während sie den anderen zu den Bänken folgte, sah sie sich in der kühlen Grabeskirche um. Zu ihrem Erstaunen war die Gestaltung liebevoller, als sie angenommen hatte. Eine Wasserrinne teilte die Kapelle in zwei Hälften. Die Rinne war mit kleinen Steinen gefüllt und erinnerte an einen Bachlauf. Soweit Maike das erkennen konnte, entsprang die Quelle vor dem ehemaligen Eingangsbereich des neugotischen Gebäudes. Der Wasserlauf endete bei einem alten Taufbecken. Auf beiden Seiten standen große Stelen, in denen die Urnen beigesetzt wurden. Über dem Ganzen hing ein stilisiertes Schiff von der Decke. Maike hatte es im ersten Moment für einen Fisch gehalten und sich gewundert, was der Architekt sich dabei gedacht haben mochte. Erst später entdeckte sie auf einer Tafel die Erklärung. Das Schiff sollte die Fahrt über den Fluss des Todes zum Leben bei Gott symbolisieren. Maike schauderte. Diesen Teil hätten die Gestalter ihretwegen gerne weglassen können. Der Rest des Umbaus gefiel ihr überraschend gut. Es schienen wohl doch immer weniger Katholiken regelmäßig in die Kirche zu gehen. Warum sollte man das alte Gebäude dann nicht anderweitig nutzen? Für Tine war das eine sehr gute Lösung.

Nach dem Gottesdienst hatten die Anwesenden die Möglichkeit, sich in aller Ruhe zu verabschieden. Der weiße Marmorwürfel wurde von Blumenschmuck umrahmt. Allerdings wurde er nicht, wie Maike angenommen hatte, an seinen endgültigen Bestimmungsort getragen. Dies würde wohl erst dann geschehen, wenn die Trauernden die Kirche verlassen hatten. In manchen der vielen Säule erkannte Maike hier und da freie Plätze. Welcher aber für Tine reserviert war, blieb vorerst ein Geheimnis.

Draußen vor der Kirche empfing sie die eisige Kälte, die den bevorstehenden Winter ankündigte. Hier trennten sich die Wege der Besucher. Hilde trat den Rückweg zu ihrer Wohnung an, während Regina mit Maike das Parkhaus ansteuerte. Theo und Wilma warteten an der Bushaltestelle auf ihre jeweiligen Linienbusse.

Einige Tage später kehrte Maike mit Robert in die Kirche zurück. Sie konnten immer noch nicht recht verstehen, dass Tine nicht mehr am Leben war und wollten sie an ihrer letzten Ruhestätte besuchen. Auch Robert konnte Tines Entscheidung für diese Art der Beisetzung gut nachvollziehen. Am Eingang entdeckten sie eine Übersicht der Menschen, die hier für die nächsten zwanzig Jahre ruhen würden. Unter den alphabetisch geordneten Namen wurde Maike schnell fündig. Die Säule und das dazugehörige Fach, in dem Tines Asche beigesetzt worden war, wurden in dem Register genau beschrieben.

„Fast wie ein Telefonbuch", schmunzelte Maike.

Hilde hatte den Heimweg durch die Stadt für ein paar Einkäufe genutzt. Schließlich stand Weihnachten schon wieder vor der Tür. Da konnte man gar nicht früh genug mit den Besorgungen anfangen. Zum Fest der Liebe bedachte sie ihre Freundinnen jedes Jahr mit einer sorgfältig ausgesuchten Kleinigkeit. Die Kälte hatte sie auf eine Idee gebracht. Ihre Hände waren schon ganz rot von den eisigen Griffen ihrer Gehhilfe. Warme Handschuhe konnte man immer brauchen. Sie selbst trug heute nur die dünnen aus Leder. Die wärmten zwar kein bisschen, waren aber wenigstens schwarz. Wilma hatte heute in ihrem guten Mantel richtig vornehm ausgesehen, nur die passenden Handschuhe fehlten ihr natürlich. In einem der großen Kaufhäuser wurde Hilde schließlich fündig. Die pelzgefütterten Fäustlinge gefielen ihr richtig gut. Sie waren nicht ganz preiswert, aber Hilde wollte nicht geizig sein. Außerdem gab es viele schöne, gedeckte Farben. Für Wilma wählte Hilde schwarz. Dann suchte sie gleich noch zwei Paar aus. Dunkelblau für Tine und Tannengrün für Gudrun.

16

Hildes gut gemeinte Weihnachtseinkäufe waren nicht ohne Folgen geblieben. Theo hatte erst gar nicht gewusst, wie er auf das liebevoll verpackte Geschenk für Gudrun reagieren sollte. Dabei hatte Hilde sich nun wirklich Mühe gegeben, etwas Passendes für ihre Schwägerin zu finden und dann hatte Gudrun nicht mal den Anstand besessen, persönlich bei Hildes kleiner Weihnachtsfeier zu erscheinen. Theo hatte seine Tante mit offenem Mund angestarrt und das Päckchen mit den festlichen Motiven unschlüssig in seinen Händen gedreht. Natürlich war es auch für Hilde nicht mehr ganz einfach für derartige Erledigungen mit dem Gehwägelchen durch die Stadt zu laufen, aber dass Theo ihr deswegen gleich eine Pflegekraft hatte aufschwatzen wollen, war der Tante dann doch zu weit gegangen. Ihr Neffe hatte sie ja fast behandelt, als hätte sie nicht mehr alle Tassen im Schrank. Hilde hielt die Handschuhe immer noch für eine gute Idee und bezweifelte, dass Theo Ahnung von Mode hatte. Wenigstens Wilma hatte sich über das Geschenk gefreut und Hilde wegen ihres guten Geschmacks gelobt. Deswegen sah Hilde großzügig über die Einfallslosigkeit hinweg, mit der Wilma ihr einen weiteren Teelichthalter überreicht hatte. Schließlich zählte nur die Geste und da Wilma sich so überschwänglich für die schwarzen Handschuhe bedankt hatte, hatte Hilde ihr auch noch die in Tannengrün mitgegeben, wegen der Theo sich so furchtbar aufgeregt hatte. Dass noch ein weiteres, ähnlich verpacktes Präsent mit dunkelblauem Inhalt im Schrank wartete, hatte Hilde lieber nicht verraten.

Seit diesem Nachmittag kurz vor Weihnachten war Theo leider nicht mehr zu beruhigen. Es verging kein Tag, an dem er nicht versuchte, seine Tante von ihrem schlechten Gesundheitszustand zu überzeugen. Wenn er nicht persönlich erschien, erklärte er Hilde am Telefon, wie einfach ihr Leben mit einer Hilfe im Haus sein könnte. Hilde musste an sich halten, ihrem Neffen gegenüber nicht die Contenance zu verlieren. Ihre guten Manieren verboten es ihr, ihrem Neffen ohne Umschweife zu sagen, dass er diese Hilfe viel nötiger zu haben schien, als sie selbst. Wer sich tagelang über ein Paar tannengrüne Handschuhe aufregen konnte, war ihrer Meinung nach ein Fall für den Psychiater. Aber steter Tropfen höhlte nun mal den Stein und so kam es, dass Hilde sich tatsächlich um eine Hilfskraft bemühte. Eigentlich hatte sie diese Entscheidung nur getroffen, um endlich wieder ihre Ruhe zu haben, aber damit wäre es wohl spätestens dann vorbei, wenn eine andere Frau in ihrem Haushalt herum pfuschte. Bis jetzt war Hilde ganz gut allein zu Recht gekommen und sie brauchte niemand, der ihre Ordnung auf den Kopf stellte. Dennoch hatten Theos lange Monologe Hilde mehr gestört, als eine fremde Frau, die einmal in

215

der Woche die Toilette putzte. Dass die Dame, die Hilde schließlich engagiert hatte, keine ausgebildete Pflegekraft war und nicht täglich nach dem Rechten sehen würde, hatte Hilde ihrem Neffen vorsichtshalber verschwiegen.

Nun musste sie jeden Montag zusehen, wie die Haushaltshilfe ihren sauberen Teppich saugte und die tadellose Badewanne schrubbte. Hin und wieder musste Hilde dabei an Theos Wanne denken, die eine solche Behandlung viel nötiger gehabt hätte. Dann wandte sie sich ab und ging Kaffee kochen. Die Reinigungskraft schien ein weitaus anstrengenderes Leben zu führen, als Hilde es je gekannt hatte. Da konnte sie sicher die ein oder andere zusätzliche Pause brauchen. Um den finanziellen Aspekt musste sich Hilde keine Gedanken machen. Der Regierungsbeamte hatte ihr genug hinterlassen, um eine Putzhilfe fürs Kaffeetrinken zu bezahlen.

Dass Tine die dunkelblauen Handschuhe nicht mehr würde tragen können, war Hilde inzwischen wieder eingefallen. Die gute Freundin war so plötzlich aus ihrem Leben verschwunden, dass selbst jüngere Menschen den tragischen Todesfall einmal vergessen konnten. Noch immer kämpfte Hilde darum, die Tragweite dieses schicksalhaften einunddreißigsten Oktobers erfassen zu können. Manchmal hatte sie den Telefonhörer schon in der Hand, wenn ihr einfiel, dass Tine nicht mehr abnehmen würde. Dennoch hielt Hilde Theos Sorge für völlig unbegründet. Selbst Maike hatte vor ein paar Tagen erwähnt, dass sie für einen kurzen Moment darüber nachgedacht hatte, Tine für den bevorstehenden Jahreswechsel einzuladen und Maike war nicht mal halb so alt wie Hilde. Mit über neunzig konnte man schon mal was vergessen. Deswegen musste ihr Neffe nicht gleich so ein Theater machen.

Wilma wäre es nur Recht gewesen, wenn jemand aus der Familie sich um sie gesorgt hätte. Leider gab es nicht mal einen Neffen, der sich telefonisch nach ihrem Befinden hätte erkundigen können. Sie musste weiter darauf hoffen, dass Gudruns Familie sich ihrer annahm. Das Weihnachtsfest hatte sie in diesem Jahr allein verbracht, aber was Silvester anging, hatte Wilma aus ihrem Fehler vom Vorjahr gelernt. Sie wartete nun sehnsüchtig auf Maikes Einladung und war bereit, dieser unter allen Umständen zu folgen.

Obwohl der Abschied von Tine noch viel frischer war, schmerzte er Wilma weit weniger, als der Verlust ihrer besten Freundin Gudrun. Das Schwimmen hatten Hilde und sie inzwischen aufgegeben. Die Leere, die die verstorbenen Mitstreiterinnen hinterlassen hatten, hatte deutlich gemacht, wie wenig Wilma und Hilde zueinander passten. Mit Tine war ein wichtiges Bindeglied zwischen den beiden Frauen verloren gegangen und sie schafften es nicht, sich einander anzunähern. Während Hilde einfach mit ihrem Leben weitermachte, brauchte Wilma die Erinnerung an die Verstorbenen wie die Luft zum Atmen. Hilde setzte alles daran, auch ihren letzten Lebensabschnitt in vollen Zügen zu genießen. Wilma hingegen wollte in aller Ruhe trauern und besonders Gudrun durch das Erzählen von alten Geschichten lebendig halten. Sie schien panische Angst vor dem Verblassen der Erinnerungen zu haben. Hilde hatte kaum mit ansehen können, wie Wilma bei ihrem letzten gemeinsamen Mittagessen im Stammlokal mit den Tränen gekämpft hatte und sie als Trauerkloß bezeichnet. So beschränkten die beiden ihren Kontakt auf ein paar freundliche Worte am Telefon und gelegentliche Besuche zu ihren Geburtstagen. Alles Weitere erfuhren sie sowieso von Theo.

Theo selbst füllte die neue Lücke in seinem Leben nicht nur indem er sich verstärkt um Tante Hilde sorgte, sondern hatte sein liebgewonnenes Abendritual um ein das ein oder andere zusätzliche Gläschen erweitert. Es war ein schleichender Prozess gewesen, dessen Theo sich erst bewusst wurde, als er die Flasche im Barschrank häufiger gegen eine Neue aus dem Supermarkt austauschen musste. Einkaufen gehörte nicht gerade zu seinen Lieblingsbeschäftigungen, aber er hatte keine Wahl. Ohne die dunkle Flüssigkeit, die ihm ein treuer Freund geworden war, fand er nicht die erholsame Nachtruhe, die er nach einem langen Tag im Amt brauchte. Allerdings füllte er auch an den Wochenenden sein Glas gerne ein weiteres Mal auf, um die langen Winterabende mit behaglicher Wärme zu füllen. Seine Geschwister ahnten ebenso wenig wie die Kollegen im Finanzamt, dass der stets korrekte Theo ein hochprozentiges Geheimnis hatte. Nur Robert hatte sich das ein oder andere Mal über die Nase seines Bruders gewundert, die auch ohne den Einfluss von starker Hitze oder eisiger Kälte, deutlich gerötet und von sichtbaren Adern durchzogen war. Als Robert den Gedanken in Gegenwart seiner Frau laut ausgesprochen hatte, hatte Maike ihn zunächst erstaunt angesehen. Sie hatte Theos rote Nase für ein genetisches Merkmal gehalten. Etwas anderes war ihr bis dahin gar nicht in den Sinn gekommen. Immerhin trank ihr Schwager in Gesellschaft äußerst selten und wenn, dann blieb es immer bei einem einzelnen Glas Sekt oder Wein. Außerdem teilte Theo Reginas Vorliebe für Schmerzmittel. Maike hatte immer angenommen, er reagiere deswegen meist ablehnend, wenn ihm jemand Alkohol anbot. Zusammen mit dem Medikamente, die er gegen seine Rückenschmerzen einnahm, bildete Alkohol eine gefährliche Mischung. Eine heimliche Vorliebe für Schnaps passte einfach nicht in das Bild, das Maike von ihrem korrekten Schwager hatte. Je länger sie aber über Roberts Äußerung nachdachte, desto mehr fiel ihr auf, wie sehr sich Theo seit Gudruns Tod verändert hatte. Phasen von extremer Trauer hatten sich mit Momenten abgewechselt, in denen Maike ihren Schwager kaum wiedererkannte. Manchmal schien der früher so zurückhaltende Theo geradezu übertrieben fröhlich.

Sie hatte angenommen, dass er ganz allmählich ins Leben zurückfand. Zu ihrer Überraschung hatte Theo sich vor einigen Wochen sogar zu einem Yoga-Kurs angemeldet und Maike musste schon bei dem Gedanken grinsen, ihr Schwager würde den Sonnengruß oder gar den herabschauenden Hund machen. Früher hatte Theo stets eine Haltung eingenommen, als habe er einen Stock verschluckt und Maike hätte ihn eher mit einer alten deutschen Eiche in Verbindung gebracht, als mit einem Baum, den die Yogalehrer Vrikshasana nannten.

Auch seinen Dienst im Amt schien Theo nun als notwendiges Übel anzusehen. Seine frühere Leidenschaft für die Beamtenlaufbahn musste er irgendwo zwischen Krankenhausbetten und Trauerfeiern eingebüßt haben.

Ja, Maike musste zugeben, dass ihr Schwager richtig locker geworden war. Sie nahm sich vor, Theos Nase in Zukunft besser im Auge zu halten.

Immerhin konnte man von einer erblichen Vorbelastung sprechen. Ihr Schwiegervater hatte seine ausgeprägte, rote Nase auch nicht ausschließlich bei Temperaturschwankungen gehabt. Vielleicht hatte sich Theo viele Jahre nach dem Tod des Vaters der Aufgabe gestellt, in den überfüllten Schränken aufzuräumen und sorgte nun auf eine ganz besondere Art und Weise für Ordnung.

Auch Regina kämpfte mit der erblichen Belastung. In

ihrem Fall waren es aber eher alte Gewohnheiten, die Gudrun ihrer Tochter vorgelebt und eingetrichtert hatte, seit Regina als junges Mädchen das erste Mal über Schmerzen geklagt hatte. Gudrun hatte stets für jedes Zipperlein die passende Pille zur Hand gehabt. Der Gedanke, die sich physisch äußernden Symptome könnten Anzeichen für psychische Probleme sein, war der vierfachen Mutter entweder nicht gekommen, oder sie hatte ihn erfolgreich verdrängt. Mit den bunten Präparaten aus der Apotheke ließen sich die Kinder viel schneller ruhig stellen, als mit mütterlicher Zuwendung. Nicht, dass es Regina an dieser Zuwendung gefehlt hätte. Sie hatte einfach keine Wirkung gezeigt. Als einziges Mädchen hatte Regina sich stets benachteiligt gefühlt, obwohl genau das Gegenteil der Fall gewesen war. Gudrun hatte sich schützend vor ihre Tochter gestellt, wenn ihr Mann oder einer der Brüder Regina verspotteten. Mit den Jahren hatte Gudrun resigniert. Ihre Tochter sah sich einfach gerne in der Rolle des Opfers und badete auch Jahrzehnte später ausgiebig in ihrem Selbstmitleid.

Ohne Tabletten glaubte Regina ihren Alltag nicht bewältigen zu können. Sie brauchte ihre tägliche Dosis Medikamente ebenso dringend, wie die Stunden, die sie grübelnd auf ihrem Bett verbrachte. Um ihren Bedarf decken zu können, musste sie notgedrungen mehrere verschiedene Apotheken aufsuchen. Ein einzelner Apotheker hätte ihr den Verkauf glatt verweigert. Holger war von Anfang an machtlos gegen die Schatten der Vergangenheit gewesen. Er war nur eine weitere Station auf Reginas langem Leidensweg und wurde regelmäßig Opfer ihrer Unzufriedenheit. Die wenigen Dienste, für die die Stationsschwester Regina noch einteilte, trat sie öfter nicht an als das sie tatsächlich zur Arbeit erschien. Seit sie selbst Mutter geworden war, hatte sie die Stundenzahl in ihrem Arbeitsvertrag auf ein Minimum reduziert. Trotzdem erschien ihr die Arbeit als zu hohe Belastung für ihren Körper. Darüber hinaus war die Oberschwester in ihren Augen ein Drachen, der ihr die schwersten Aufgaben zuteilte. Dass sie keine ausgebildete Krankenschwester war und als Helferin nur diese Arbeiten übernehmen konnte, verschwieg Regina in ihren Erzählungen gerne. Vielmehr betäubte sie dieses Wissen, dass sie mit ihrem eigenen Mangel an Durchhaltevermögen konfrontierte, mit weiteren Tabletten. Ihr Alltag richtete sich einzig und allein nach Dosierungsanleitungen und Mindestabständen, die sie meistens sowieso nicht einhielt. Es reichte in ihren Augen auch, wenn man die Wäschestücke einfach glattzog, statt sie aufwendig mit dem Bügeleisen zu bearbeiten. Auf diese Art und Weise schmuggelte Regina sich Tag für Tag durch den Haushalt und glaubte, dass dieser Umstand ihrer Familie verborgen bleiben würde. Leider hatten Holger und die Kinder sie längst durchschaut. Regina schuf Ordnung, indem sie das Chaos hinter Schranktüren oder im Keller verstaute. Erst vor wenigen Tagen war Holger bei der

Suche nach einer neuen Patrone für seinen Drucker im Wohnzimmerschrank eine Zeitung aus dem Jahr 1986 in die Hände gefallen. Kopfschüttelnd hatte er das vergilbte Exemplar in die Altpapiertonne geworfen und sich wieder einmal gefragt, wie solche Dinge den Umzug hatten überleben können. Seine Mahnung, nun endlich einmal richtig aufzuräumen, hatte Regina mit einem Achselzucken zur Kenntnis genommen.

Hilde hatte ihr ganzes Leben lang Ordnung gehalten. Sie neigte nicht dazu, Dinge aus sentimentalen Gründen aufzubewahren. Die alten Videokassetten des Regierungsbeamten hatte sie ebenso entsorgt, wie seine Zigarrenkisten und Krawatten. Es behagte Hilde überhaupt nicht, dass nun eine fremde Frau mit dem Staubsauger durch ihre Wohnung lärmte. Sie hatte nur gewollt, dass Theo endlich Ruhe gab und Frau Kruse auf Empfehlung ihrer Schwester eingestellt. Diese leistete sich seit Jahren eine Putzhilfe und hatte mit Frau Kruse gute Erfahrungen gemacht. Da Hildes jüngere Schwester die Dienste der Hilfskraft auch nur einmal pro Woche in Anspruch nahm, hatte Frau Krause nicht lange gezögert und Hildes überraschend gutes Angebot angenommen. Geizig war Hilde schließlich nicht und gute Arbeit musste ihrer Meinung nach auch gut bezahlt werden. Über den familiären Hintergrund der Frau hatte sie nichts hören wollen. Möglicherweise war Frau Kruse unverschuldet in Not geraten. Vielleicht langweilte sie sich aber auch nur und nutzte ihre Zeit, um sich die Rente ein wenig aufzubessern. Die Jüngste schien sie schließlich auch nicht mehr zu sein. Hilde hatte nur eine einzige Bedingung gestellt. Ihre Haushaltshilfe musste fließend deutsch sprechen. Das fehlte ihr gerade noch, dass sie sie sich nicht einmal vernünftig mit der Frau verständigen könnte. Darüber hinaus interessierte sich Hilde nicht dafür, wie Frau Kruse lebte. Beim Kaffee unterhielten sie sich über das Wetter oder die anstehenden Arbeiten. Neugierige Fragen stellte Hilde nicht. Allerdings erwartete sie umgekehrt von Frau Kruse die gleiche Diskretion und genau da lag das Problem. Nicht nur, dass die Hilfe in die Schränke schaute, sie erzählte Hildes Schwester auch noch was sie dort vorgefunden hatte. Das Ergebnis war, dass sich jetzt ihre Schwester und deren Tochter anstelle von Theo Sorgen machten.

Hilde selbst konnte wirklich nichts Dramatisches daran finden, dass Frau Kruse die Tageszeitung von Montag im Kühlschrank gefunden hatte. Sie hatte sich nach ihrem kleinen Frühstück eben einfach ein bisschen beeilt Ordnung zu machen. Wenn ihre Putzhilfe auftauchte musste ja nicht mehr unbedingt das Geschirr auf dem Tisch stehen. Vermutlich hatte sie dabei die Zeitung mit der Wurst in den Kühlschrank gelegt.

Heute waren es ein paar alte Filmrollen, die seit Jahren in einer Schublade der Dielenkommode herum kullerten, die Frau Kruses Aufmerksamkeit erregt hatten. Hilde hatte sie immer schon in den Müll werfen wollen, war aber jedes Mal abgelenkt worden. In die Schubladen der Kommode sah sie schließlich immer nur dann, wenn sie in ihre Wohnung zurückkehrte und auch das nur im Winter, wenn Schal und Handschuhe verstaut werden mussten. Mit schöner Regelmäßigkeit waren ihr die Rollen aufgefallen, die dort nicht hingehörten, aber wenn Hilde nach Hause kam, musste zuallererst der Blutzucker gemessen werden. Darüber waren die Filmrollen ein ums andere Mal in Vergessenheit geraten. Am Vorabend war Hilde von einem Spaziergang zurückgekehrt. Noch während sie vor der Wohnungstür nach dem Schlüssel in ihrer Manteltasche getastet hatte, hatte sie das Läuten des Telefons gehört. In ihrer Eile musste Hilde vergessen haben, die Handschuhe an ihren Platz zu räumen und nun sah Frau Kruse es als ihre Pflicht an, sie in die Schublade zu legen. Die kullernden Filmrollen hatten ihre Neugier geweckt. Seit einer geschlagenen Stunde wiederholte sie nun immer wieder ihr Angebot, die alten Filme für Hilde entwickeln zu lassen. Was konnte auf den Bildern schon Großartiges drauf sein? Hilde konnte sich beim besten Willen nicht erinnern, bei welchem Anlass der Regierungsbeamte zuletzt eine Kamera benutzt hatte. Aber eins wusste Hilde mit Sicherheit, es war bestimmt nichts, in das Frau Kruse ihre Nase stecken musste. Sie nahm sich vor, die Rollen bei nächster Gelegenheit zu entsorgen und lehnte Frau Kruses Angebot mit der Begründung ab, ihr Neffe würde sich schon darum kümmern.

Wie hätte Hilde auch ahnen sollen, dass Theo schon am nächsten Tag von ihrer Schwester über den Fund informiert wurde. Es sah ganz so aus, als wäre sie die Einzige, die sich nicht für die Bilder interessierte.

Zu Hildes Überraschung hatte Theo sie in Begleitung einer Frau besucht. Diese Frau war für Hilde allerdings keine Fremde. Therese war die Tochter ihrer Schwester und somit ebenfalls ihre Nichte. In früheren Jahren hatte Gudrun gehofft, Theo würde sich eines Tages in die ebenfalls alleinstehende Therese verlieben. Hilde war die Aussichtslosigkeit ihrer kleinen Verkupplungsversuche von Anfang an klar gewesen, aber sie hatte Gudrun nicht enttäuschen wollen. Therese war keine Frau die sich für Männer interessierte. Ob sie sich für andere Frauen interessierte, vermochte Hilde nicht zu sagen. Soweit sie wusste, hatte es in Thereses Leben bisher keine Beziehungen gegeben und ihre Nichte schien damit ebenso zufrieden zu sein, wie der in etwa gleichaltrige Theo. Als Gudrun ihren Wunsch zum ersten Mal laut geäußert hatte, war Hilde leicht zusammengezuckt. Schließlich waren beide mit ihr verwandt und Hilde hatte erst einmal darüber nachdenken müssen, ob zwischen Theo und Therese tatsächlich keine Blutsverwandtschaft bestand. Dem war ganz eindeutig nicht so aber eine gewisse Seelenverwandtschaft schien zwischen den beiden zu bestehen. Therese lebte ebenso allein wie Theo und hatte ein inniges Verhältnis zu ihrer Mutter. Sogar den

Beamtenstatus hatten sie gemeinsam. In letzter Zeit schien sich Theo allerdings von seiner allzu konservativen Kleidung getrennt zu haben, während Therese noch immer aussah, als trüge sie die abgelegten Sachen ihrer Mutter auf.

Der gemeinsame Besuch bei Hilde konnte nur zwei Dinge bedeuten: entweder wollten sie die Tante nun zu zweit von ihrer Unzurechnungsfähigkeit überzeugen, oder Gudruns Wunsch war nach vielen Jahren in Erfüllung gegangen.

Hilde war erstaunt, als sie den wahren Grund für den überraschenden Besuch erfuhr. Ihre Nichte und ihr Neffe bettelten geradezu um die schon wieder in Vergessenheit geratenen Filmrollen. Theo hoffte auf alte Schnappschüsse von Gudrun, während Therese der festen Überzeugung war, es müsse sich um Bilder aus ihrer Kindheit handeln. Hilde konnte die Aufregung nicht verstehen, holte aber dennoch die Rollen aus der Kommode und erklärte sich mit der Entwicklung der alten Filme einverstanden. Schließlich hatte sie nichts zu verbergen.

Als Theo sie nur wenige Tage später mit den fertigen Bildern konfrontierte, blieb Hilde für einen Moment die Spucke weg. Auf den Aufnahmen hielt sie ein Baby im Arm. Hilde konnte sich beim besten Willen nicht erinnern, jemals ein Kind gehabt zu haben und sah ihren Neffen ratlos an.

„Dein Patenkind", half Theo nach.

„Das ist doch gar nicht dunkel", antwortete Hilde

zögernd und hielt das Bild ins Licht.

Vor ihrem geistigen Auge war bei dem Wort Patenkind ein Spendenaufruf erschienen, den sie vor langer Zeit in ihrem Briefkasten gefunden hatte. In dem dazugehörigen Anschreiben war tatsächlich von Patenschaften die Rede gewesen, aber Hilde war sich nicht sicher, ob sie darauf reagiert hatte.

„Das ist Robert", versuchte Theo es erneut.

„Wer ist Robert?", fragte Hilde und sah Theo verständnislos an.

17.

Endlich war er da, der ersehnte Silvestertag. Wilma hatte die letzten Dezembertage in ihrem Kalender abgestrichen und wartete nun undgeduldig auf Robert. Ihr linkes Knie machte es ihr seit einiger Zeit unmöglich, die Wohnung ohne Begleitung zu verlassen. Jetzt aber würde sie endlich ein wenig Abwechslung zu ihrem tristen Alleinsein bekommen. Robert hatte versprochen, sie mit dem Auto abzuholen. Bei Theo konnten sie dann auch gleich vorbeifahren. Bestimmt hatte Maike viel Zeit in die Planung des Abends gesteckt und Wilma freute sich auf die kleine Gesellschaft. Regina und Holger würden ebenfalls da sein.

Für sich allein machte Wilma sich nicht viel Mühe mit dem Kochen, dabei aß sie für ihr Leben gerne. Nur machte es zusammen einfach viel mehr Spaß. Wilma meinte fast den Geruch von gebratenem Fleisch und geröstetem Brot riechen zu können.

Nachdem sie die Einladung ohne Zögern angenommen hatte, war Wilma voller Schreck klar geworden, dass sie bei Maike würde übernachten müssen. Zum Glück hatte sich das als Irrtum herausgestellt. Holger hatte sich erboten, Wilma und Theo nach der Feier nach Hause zu fahren. Vielleicht war ihre kleine Lüge vom Vorjahr doch nicht ganz nutzlos gewesen und Maike dachte nicht daran, Theo noch einmal für zwei Tage einzuladen. Wilma gratulierte sich im Stillen zu ihrer Geschichte vom undankbaren Theo. Nun konnte sie unbesorgt im Kreise von Gudruns Familie Silvester feiern.

Trotz ihrer Vorfreude ließ sie sich Zeit, als es an der Wohnungstür klingelte. Robert sollte gar nicht erst auf die Idee kommen, dass sie seit einer halben Ewigkeit in ihrer Jacke in der Diele auf ihn gewartet hatte. Dabei war Robert auf die Minute pünktlich. Nach einer angemessenen Wartezeit, in der sie sich auch mühsam hätte aus ihrem Sessel hochstemmen können, öffnete Wilma die Tür und gab sich erstaunt.

„Bist Du schon da?", fragte sie überflüssigerweise und griff nach ihrer Handtasche.

Robert half Wilma in den Wagen und setzte sich hinters Steuer. Vorsichtshalber drehte er gleich das Radio ein wenig lauter. Er würde Wilmas Redebedürf- nis noch den ganzen Abend lang ertragen müssen.

Wenigstens stand Theo schon an seiner Haustür bereit, als Robert den dunklen Wagen in die enge Straße lenkte. Während der restlichen Fahrt konnte Wilma sich mit Theo unterhalten.

Maike erwartete ihre Gäste bereits im Flur. In diesem Jahr machte der Winter zum Jahreswechsel eine Pause. Das Thermometer zeigte Werte im zweistelligen Bereich. Dafür regnete es schon den ganzen Tag in Strömen. Wilma schüttelte sich vor der Haustür den Regen aus den kurzen, dauergewellten Haaren und rettete sich ins Trockene. Mit ihrem Knie hatte sie es nicht in einen Blumenladen geschafft, aber Maike erwartete auch gar keine Mitbringsel. Trotzdem überreichte ihr Theo die obligatorische Pralinenschachtel, die Maike nicht ausstehen konnte. Eigentlich liebte sie Schokolade, aber Theo schaffte es immer wieder, die einzige Sorte ausfindig zu machen, die Maike nicht mochte. Die Schachteln türmten sich inzwischen im Schrank mit den Süßigkeiten und Maike überlegte für einen Moment Theo endlich die Wahrheit zu sagen.

„Hältst Du mich eigentlich für eine Schnapsdrossel?", fragte sie stattdessen. Daraus konnte Theo vielleicht ableiten, dass Maike nichts mit dem Mann gemeinsam hatte, der in der Fernsehwerbung verzückt vor dem Kamin saß und die Pralinen mit den Obstbränden naschte.

Theo lachte laut. Maike war sich nicht sicher, ob er die Anspielung verstanden hatte, oder sie für einen besonders guten Witz hielt. Plötzlich kam ihr der Gedanke, dass ihr Schwager vielleicht nur seine Verlegenheit überspielte. Sie riskierte einen Blick auf seine Nase. Wie immer leuchtete Theos Nase in einem Rotton, der sich deutlich von seiner übrigen Gesichtsfarbe abhob. Maike überlegte, ob Theo möglicherweise einfach nur zu viele Pralinen aß. Falls er eine Vorliebe für diese Art von Schokolade hatte, konnte sie ihm die Schachteln bei nächster Gelegenheit zurückschenken. Allerdings hatte die ein oder andere wahrscheinlich schon ein abgelaufenes Mindesthaltbarkeitsdatum. Theo würde das vermutlich nicht stören. Er hatte

Maike schließlich schon mitten im Hochsommer Cola aus einer Flasche eingeschenkt, auf deren Etikett ein freundlich winkender Weihnachtsmann abgebildet gewesen war. Als er Maikes irritierten Gesichtsausdruck bemerkt hatte, hatte er sie damit zu beruhigen versucht, dass er natürlich selbst probiert hatte, ob das Getränk noch in Ordnung war. Sein Urteil war positiv ausgefallen. Der Geschmack sei unverändert, hatte Theo gesagt, nur die Kohlensäure würde leider fehlen. Maike dirigierte ihre Gäste ins Wohnzimmer. Wilma musste ein ganz kleines bisschen den Kopf einziehen, als sie den Türrahmen passierte. Der Esstisch war bereits festlich dekoriert. Leider ließen die Gedecke keine Rückschlüsse darauf zu, was Maike ihnen vorsetzen würde. Für den Moment musste Wilma sich erst einmal mit einem Getränk begnügen. Regina und Holger waren noch nicht eingetroffen. Alles andere hätte die Gastgeber auch gewundert. Bis heute war es für Maike ein Rätsel, wie Holger und Regina es pünktlich zu ihrer eigenen Hochzeit geschafft hatten. Diesmal beschränkte sich die Verspätung auf eine knappe halbe Stunde, so dass Wilma ihren knurrenden Magen nicht allzu lange auf die Folter spannen musste. Zu ihrer Enttäuschung trug Maike Salate auf. Wilma hatte sich auf eine warme Mahlzeit gefreut. Frikadellen und Käse vervollständigten die kalten Platten. Immerhin kam das Brot frisch aus dem Ofen und war noch warm. Wilma wartete erst gar nicht, bis auch Maike und Robert am Tisch saßen, sondern füllte gleich ihren Teller. Es schmeckte ganz ausgezeichnet, aber irgendeine Gemeinheit würde ihr schon noch einfallen, um sich für das kalte Essen zu rächen. Zu ihrer Freude nahm Maike genau gegenüber Platz. Wilma schenkte ihr ein herzliches Lächeln und legte die Gabel beiseite.

„Kommt sonst niemand mehr?", fragte sie süffisant, „ich dachte hier steigt jedes Jahr eine riesige Party."

Maike stutzte für den Bruchteil einer Sekunde. Sie war sich sicher, dass Wilma sehr genau gewusst hatte, mit wem sie heute Silvester feiern würde und auch über die Gäste der letzten Jahre war die alte Freundin ihrer Schwiegermutter bestens informiert.

„Da muss ich Dich enttäuschen", grinste Maike und lehnte sich entspannt in ihrem Stuhl zurück. „Wir feiern den Jahreswechsel lieber ganz in Ruhe. Leider habe ich vergessen, für Dich mehr Gäste einzuladen. Mir hätte klar sein müssen, dass Du lieber eine wilde Party willst. Je oller, je doller, nicht wahr?"

Wilmas Lachen klang gekünstelt. Schnell wandte sie sich Regina zu. Maike eignete sich nicht als Opfer für ihre unterschwelligen Bemerkungen. Sie schien Wilma zu schnell zu durchschauen und war schlagfertiger als die naive Regina. Wenn Wilma ganz ehrlich war, hatte sie die einzige Tochter ihrer besten Freundin schon nicht ausstehen können, als diese noch ein Kind gewesen war. Maike hingegen hatte sie auf Anhieb gemocht und sie wusste, dass das auf Gegenseitigkeit beruhte. Sie trugen beide das Herz auf der Zunge. Da blieb es nicht aus, dass sie hin und wieder in ein Fettnäpfchen traten.

Theo widmete sich, genau wie Robert und Holger, ungerührt seinem Essen. Regina versuchte sich ein wenig zurückzuhalten. Sie hätte gerne mehr von den leckeren Sachen auf ihren Teller geladen, fühlte sich aber von den anderen am Tisch beobachtet. In Wahrheit interessierte sich niemand dafür, was Regina verspeiste. Nur Wilma sah ihre Chance für eine weitere Gemeinheit gekommen. Vielleicht konnte sie Maike damit wieder für sich gewinnen. Sie wollte auf keinen Fall riskieren, nicht mehr eingeladen zu werden. Schließlich waren es Robert und Maike, die sich immer am meisten um Theo gekümmert hatten und sie, Wilma, hatte oft genug davon profitiert.

„Schmeckt es Dir, Regina?", fragte Wilma zwischen zwei Gabeln voll Geflügelsalat.

Natürlich hatte sie damit gerechnet, dass sich nun alle Augen auf Regina richten würden. Maike, die das Essen zubereitet hatte, hielt inne und wartete auf die Antwort ihrer Schwägerin.

Regina lief knallrot an und senkte den Kopf.

„Doch, natürlich", murmelte sie leise und legte anschließend gleich das Besteck zur Seite.

„Sehr lecker", versuchte Theo die Situation zu retten.

„Ja, sicher", räumte Wilma ein, „ich mein ja nur. Früher mochtest Du das ja nicht so gerne."

Maike versuchte an Holger vorbei einen Blick auf Reginas Teller zu erhaschen.

„Was denn?", hakte sie nach. „Kartoffel- oder Geflügelsalat?"

„Nein." Wilma zog das Wort unnötig in die Länge und versuchte Maike damit zu verdeutlichen, dass sie keinesfalls das Essen meinte.

Sie genoss die Situation sichtlich. Regina griff unsicher nach ihrem Wasserglas und verschluckte sich prompt an der harmlosen Flüssigkeit. Holger klopfte ihr kräftig auf den Rücken und machte damit alles noch schlimmer. Seine Frau stand im Mittelpunkt der allgemeinen Aufmerksamkeit.

„Können wir jetzt bitte einfach weiteressen?", verlangte Theo und verpasste Wilma unter dem Tisch einen unsanften Tritt gegen das Schienbein.

Maike, der das Geschehen unter dem Tisch nicht entgangen war, versuchte verzweifelt sich das Grinsen zu verkneifen. Wilma zuckte zusammen und fasste sich mit schmerzverzerrtem Gesicht ans Bein.

„Dein Knie?", fragte Maike um einen harmlosen Gesichtsausdruck bemüht. „Ich muss meine Tabletten noch nehmen", erklärte Wilma schnell und sah sich suchend nach ihrer Handtasche um.

Regina hatte sich inzwischen soweit beruhigt, dass sie sich stark genug für ein Gespräch über ihr Lieblingsthema fühlte.

Während der nächsten paar Minuten drehte sich die Unterhaltung am Tisch um Schmerztabletten und Therapien.

Maike nutzte die Gelegenheit, das Geschirr in die

Küche zu tragen und den Geschirrspüler zu füllen.

Danach schien die Harmonie im Raum wiederherge-stellt zu sein. Regina fühlte sich seit langer Zeit endlich verstanden. Auch Wilma konnte die Wohnung nicht ohne ihren Pillenvorrat verlassen.

Die Zeit bis Mitternacht verging schneller, als Maike erwartet hatte und als die Zeiger der Uhr auf dem Kamin sich langsam der Zwölf näherten, entkorkte Robert die Sektflaschen.

Wilma schickte ein stilles Gebet zum Himmel, dass sie auch im nächsten Jahr noch dabei sein durfte. Für ihren Geschmack war heute Abend zwar viel zu wenig über Gudrun gesprochen worden, aber alles war besser als allein zu sein.

Nachdem die Uhr zwölf Mal geschlagen und alle mit Sekt angestoßen hatten, öffnete Maike die Haustür. Es regnete noch immer. Die Männer trotzten der Nässe und ließen die Raketen steigen. Maike hielt ihnen so gut es ging Schirme über die Köpfe, während Wilma und Regina vom schützenden Hauseingang aus zusahen.

Erst weit nach Mitternacht verabschiedeten sich die Gäste und versprachen im nächsten Jahr wiederzu-kommen. Während Robert und Maike erleichtert auf das Sofa plumpsten, stand Theo das Schlimmste noch bevor. Holger hatte Wilma zuerst zu ihrer Wohnung gefahren und steuerte nun Theos Domizil an. Als er Anstalten machte, den Wagen umständlich in eine enge Parklücke zu manövrieren, wurde Theo stutzig.

„Da guckst Du was?", rief seine Schwester fröhlich von ihrem Platz auf dem Rücksitz. „Wir bleiben hier. Du bist an Neujahr nicht alleine und Holger muss den Weg nicht heute Nacht wieder zurückfahren."

Theo versuchte sich sein Entsetzen nicht anmerken zu lassen.

„Wo wollt ihr denn schlafen?", fragte er entgeistert.

Auf Besuch war Theo so gar nicht vorbereitet.

„Ich in Mutters Bett und Holger auf dem Sofa", erklärte Regina ihren lang überlegten Plan.

Theo schaute zu Holger, der immer noch neben ihm auf dem Fahrersitz saß und die Erklärung mit einem resignierten Kopfnicken bestätigte.

Regina war glücklich. Sie hatte Maikes Erzählungen vom letzten Neujahrstag andächtig gelauscht und sich genau so einen Anfang für das neue Jahr gewünscht. Leider war Maike ihr zuvor gekommen und hatte deutlich gemacht, dass sie und Robert keine weiteren Übernachtungen wünschten. Zum Glück war Regina gleich eine Alternative eingefallen und sie hatte ein ganzes Jahr Zeit gehabt, Holger von ihrem Plan zu überzeugen. Natürlich hatte sie ihrem Mann gegenüber nur erwähnt, dass es das Beste für Wilma und Theo sei. Immerhin hatten die beiden so wenigstens eine Mitfahrgelegenheit. Wenn schon Maike Regina nicht an Neujahr das Frühstück machen wollte, dann eben Theo!

Monika und Klaus hatten den Feiertag in trauter

Zweisamkeit verbracht. Zusammenkünfte mit der Familie bedeuteten ihnen wesentlich weniger, als Klaus' Geschwistern. Außerdem hatte Klaus rechtzeitig Wind von Wilmas Anwesenheit bekommen. Wann immer es möglich war, vermied er es, sie zu treffen. Wilma machte ihm ein bisschen Angst. Schon als Kind hatte er die große, stattliche Frau furchteinflößend gefunden und ihrer spitzen Zunge fühlte er sich auch heute noch nicht gewachsen.

Hilde hatte den Jahreswechsel bei ihrer jüngeren Schwester verbracht. Bei der Gelegenheit hatte sie Therese gleich noch einmal auf den Zahn gefühlt. Vielleicht gab es ja doch ein süßes Geheimnis zwischen Theo und ihrer Nichte. Therese hatte mit Empörung reagiert und ihrer Tante verboten, das Thema jemals wieder anzuschneiden. Da kam es Hilde gar nicht mal so ungelegen, dass ihre Lieben sie für vergesslich hielten. Thereses beleidigte Reaktion konnte sie einfach aus ihrem Gedächtnis verbannen.

18.

Die Karnevalstage vertrieben den Winter diesmal tatsächlich und die ersten zarten Anzeichen des Frühlings waren an den Bäumen zu sehen. Noch schaffte die blasse Sonne es nicht, die Menschen mit ihren Strahlen zu wärmen, aber immerhin war es trocken. Den ersten Sonntag im März nutzten Maike und Robert für einen Spaziergang mit Theo. Nach langer Zeit wollten sie wieder einmal den Waldfriedhof besuchen und nach den Gräbern schauen. Während der Wintermonate hatte es keinen von ihnen zu den abgelegenen Ruhestätten gezogen. Als Maike an ihren letzten Besuch zurückdachte, fröstelte sie trotz ihrer warmen Jacke. Am einunddreißigsten Oktober des letzten Jahres hatte Tine noch mit ihnen zusammen an Gudruns Grab gestanden und wenige Stunden später war sie selbst plötzlich nicht mehr unter ihnen gewesen. Maike sprach ihren Gedanken laut aus und Theo nahm das zum Anlass, ihr und Robert von den neuesten Entwicklungen zu erzählen. Tatsächlich war Tines Wohnung auch nach mehr als fünf Monaten noch nicht geräumt worden. Noch immer suchten die Behörden nach ein paar entfernten Verwandten, die Tine mit den Jahren aus den Augen verloren hatte. Theo hatte lediglich den Computer abholen sollen, den Tine ihm großzügig hinterlassen hatte. Er hatte sich schon gezwungen gesehen, für den Transport in seine eigene Wohnung ein Taxi nehmen zu müssen, als er im Treppenhaus vor Tines Wohnung auf einen ihrer langjährigen Nachbarn getroffen war. Der ältere Mann hatte großes Interesse an dem schweren Gerät gezeigt, unter dessen Last Theo zusammenzubrechen drohte. Theos eigener Computer war um einiges moderner als der von Tine und so hatte er das Gerät kurzerhand dem Nachbarn geschenkt.

„Eine Sorge weniger", sagte er jetzt erleichtert und spielte damit auf Tante Hilde an.

Theo wusste, dass Therese und ihre Mutter sich um Hilde kümmerten, aber die bedrückenden Gedanken ließen ihn nicht los. In letzter Zeit sprach seine Tante immer öfter von ihrem Patenkind in Afrika und Theo bereute beinahe, Hilde mit dem Bild konfrontiert zu haben, auf dem sie Robert in den Armen hielt. Eigentlich mochte er Therese nicht besonders, aber auf Grund der Umstände sah Theo sich gezwungen, eng mit ihr zusammen zu arbeiten. Er rief sie nun regelmäßig an und tauschte sich mit Therese über die gemeinsame Tante aus. Allerdings musste Theo zugeben, dass Therese wesentlich entspannter mit der Situation umging, als er selbst. Maike horchte auf, als ihr Schwager von den häufigen Telefonaten berichtete. Sie stupste Robert mit ihrem Ellbogen in die Seite und grinste. Robert hob die Schultern und schüttelte langsam den Kopf. So richtig konnte er sich seinen Bruder nicht in Gesellschaft von Therese vorstellen. Es bestand natürlich die Möglichkeit, dass Theo das

Alleinsein leid war und Anschluss suchte. Theo hatte nichts von dem kleinen Austausch der beiden gemerkt. Vermutlich war Maikes Theorie für ihn so abwegig, dass er ihre Gedanken nicht erraten konnte. Der Weg über den Friedhof war an dieser Stelle so schmal, dass sie nicht nebeneinander gehen konnten. Theo bildete die Spitze der kleinen Gruppe und redete immer noch von Therese.

Die vielen Büsche und Sträucher versperrten den Blick auf das, was sich hinter der nächsten Wegbiegung verbarg. In wenigen Wochen würde dichtes Blattwerk die Wege zwischen den einzelnen Parzellen noch unübersichtlicher machen. Ohne das satte Grün an den Zweigen wirkte der Friedhof trotz des blauen Himmels ein wenig gespenstisch.

Fast wäre Theo mit Therese zusammengestoßen, als er um die Ecke bog, um auf den Hauptweg zurückzukehren.

Maike kannte die Nichte von Tante Hilde kaum, hielt das unerwartete Zusammentreffen aber für ein Zeichen des Himmels. Oder aber für ein Zeichen ihrer Schwiegermutter Gudrun. Immerhin war das hier nun so etwas wie ihr Revier.

Theo begrüßte seine Verbündete in Sachen Tante Hilde mit freundlicher Zurückhaltung, während Therese erfreut über das Wiedersehen zu sein schien. Sie hatte das Urnengrab ihres Vaters besucht und wollte den ersten schönen Sonntag des Jahres nun ebenfalls für einen Spaziergang nutzen. Leider schien es niemand zu geben, mit dem sie die Freude über den einkehrenden Frühling teilen konnte.

Maike fragte sich, ob sie in Zukunft öfter mit Therese zusammen sein würde und begegnete der potenziellen Schwägerin mit einer Herzlichkeit, die Theo überhaupt nicht gefiel.

Robert, Theo und Maike hatten geplant, nach dem Spaziergang in ein Restaurant einzukehren. Ein strenger Blick von Theo hielt Maike gerade noch davon ab, Therese einzuladen, sie während des Spaziergangs und in das Lokal zu begleiten. Es gefiel ihr überhaupt nicht, dass sie ihren Weg schließlich zu dritt fortsetzten und Theo der Unterhaltung ein abruptes Ende gesetzt hatte. Therese tat ihr ein bisschen leid und außerdem erschien es Maike nicht ungefährlich, hier ganz allein durch die Wälder zu streifen.

„Die kommt schon zurecht", erwiderte Theo barsch, als Maike ihre Bedenken laut aussprach.

Robert hielt sich mal wieder vornehm zurück und sagte gar nichts.

„Wir haben doch den gleichen Weg", bohrte Maike weiter, „da hätten wir auch gemeinsam gehen können. Dein übereilter Aufbruch ist mir fast ein bisschen peinlich. Höflich ist was anderes."

„Das hätte mir gerade noch gefehlt", gab Theo zurück. „Ich muss mich nun wirklich oft genug mit Therese auseinandersetzen und in ihrem Fall kann man gar nicht unhöflich genug sein."

Das Tempo, das er nun vorlegte, ließ keinen Zweifel

daran, dass das Thema für ihn beendet war.

Später im Restaurant platzte Theo mit einer anderen Neuigkeit heraus, die er über die unverhoffte Begegnung mit Therese völlig vergessen hatte.

„Regina ist im Krankenhaus", teilte er Maike und Robert mit, nachdem die Bedienung ihre Bestellung aufgenommen hatte.

„Ach", machte Maike und nahm einen Schluck von ihrer Cola.

Eigentlich überraschte sie das nicht. Regina nutzte jede Gelegenheit, sich in ein Krankenhausbett zu legen. Während andere Menschen auf eine ambulante Behandlung hofften und so schnell wie möglich zu Hause sein wollten, packte Regina bereits ein Tasche, wenn sie nur zu einer Untersuchung ging. Sie hatte Maike gegenüber sogar schon einmal erwähnt, dass es doch nichts Schöneres gäbe, als für einige Zeit rundum versorgt zu werden. Für Maike kam das nicht in Frage. Da kochte sie lieber selbst, als das Essen im Krankenhaus runter bringen zu müssen. Außerdem bekam sie schon beinahe Heimweh, wenn sie zu lange in der Schlange an der Supermarktkasse stehen musste. Wie das Haus aussehen würde, wenn Robert dort ein paar Tage mit seinem Sohn allein hausen würde, wollte sich Maike lieber gar nicht erst vorstellen.

Regina hingegen schien das alles nichts auszumachen. Selbst nach der Entbindung ihrer beiden Kinder war sie so lange wie möglich in der Obhut der Krankenschwestern geblieben.

„Was hat sie denn?", fragte Robert, da einer diese Frage nun endlich stellen musste.

„Sie hat sich selbst eingewiesen", erklärte Theo und faltete bedächtig die Hände auf der weißen Tischdecke.

„Einsicht ist der erste Weg zur Besserung", murmelte Robert und Maike nickte zustimmend.

Trotzdem wollte sie nun doch mehr über die Diagnose erfahren, die Regina sich selbst gestellt hatte. Auffordernd sah Maike ihren Schwager an.

Theo senkte den Blick auf seine Hände und wusste nicht so recht, wie er Reginas Zustand beschreiben sollte.

„Es ist so etwas wie ein Entzug", fasste er seine Überlegungen schließlich zusammen.

„Verstehe", sagte Maike, „die Tabletten."

„So kann es ja nicht weitergehen", seufzte Theo.

„Ich verstehe überhaupt nichts", mischte sich Robert ein.

„Sie schluckt seit Jahren Unmengen von Schmerzmitteln", erklärte Theo, „und nun werden die Ärzte ihren Konsum in geordnete Bahnen lenken. Sie macht im Krankenhaus eine Schmerztherapie."

„Wenn sie das selbst einsieht, könnte sie doch einfach damit aufhören", bemerkte Robert pragmatisch.

„Oder hat Holger das veranlasst?", hakte Maike nach.

Theo und Robert sahen sie an, als wäre das die dümmste Frage, die sie hatte stellen können. Eine

Antwort schien sich zu erübrigen.

Theo war deutlich anzusehen, dass er das Thema eigentlich nicht weiter vertiefen wollte. Er rutschte unruhig auf seinem Stuhl herum und hielt nervös nach der Bedienung Ausschau. Leider was das Essen noch nicht in Sicht.

„Also geben sie ihr dort einfach keine Schmerzmittel mehr und behandeln die Entzugserscheinungen", vermutete Robert.

„Sie tauschen die Medikamente, die Regina sich selbst verordnet hat und in viel zu großen Mengen einnimmt, durch eine gezielte Therapie mit anderen Tabletten aus", gab Theo das wieder, was ihm seine Schwester erklärt hatte. „Das könnte man doch auch sicher zu Hause umstellen", überlegte Maike laut.

„Die Ärzte empfehlen ihr seit Jahren das zu tun, aber Regina hat auf einen Platz für eine stationäre Behandlung gewartet", erwiderte Theo.

„Die werden ihr Placebos geben", vermutete Robert.

„Das weiß ich nicht", musste Theo zugeben. „Die Schmerzen wird sie ja tatsächlich haben. Nur hilft bei ihr eben nichts mehr."

Er wollte das unangenehme Thema nun endlich beenden.

Zum Glück erschien die Bedienung mit den bestellten Gerichten und wünschte allen einen guten Appetit.

„Also ich werde jedenfalls niemand besuchen, der freiwillig im Krankenhaus ist", beschloss Maike und spießte ein Stück Tomate mit der Gabel auf. „Ich habe nämlich keine Zeit im Bett zu liegen."

„Ich gebe Dir nachher die Nummer, dann kannst Du ja mal anrufen", beschwichtigte Theo, dem Unstimmigkeiten innerhalb der Familie ein unangenehmes Gefühl im Magen verursachten.

Allerdings hatte er gehofft, bei Robert und Maike mitfahren zu können. Regina hatte sich dummerweise für ein Krankenhaus entschieden, dass er mit dem Bus nur durch mehrmaliges Umsteigen erreichen konnte. Viel lieber wäre Theo gewesen, seine Schwester hätte die Klinik ausgesucht, in der er sich durch die vielen Stunden an Gudruns Bett heimisch fühlte. Bestimmt hätte er bei der Gelegenheit auch mal wieder ein paar Worte mit Schwester Helene wechseln können, die er nun schon mehr als ein Jahr nicht mehr gesehen hatte. Wenn sein Bruder und Maike nicht in das Krankenhaus fahren wollten, würde sein eigener Besuch bei Regina wahrscheinlich auch ins Wasser fallen. Naja, dachte Theo, es musste eben reichen, wenn Holger sich um seine Frau kümmerte. Er selbst hatte mit Tante Hilde schließlich auch alle Hände voll zu tun und dafür nahm er auch noch den engen Kontakt zu Therese auf sich.

„Trotzdem hätte Therese mit uns Essen gehen können", wechselte Maike plötzlich das Thema, als hätte sie Theos Gedanken erraten.

Regina blieb länger im Krankenhaus, als ihr Umfeld es erwartet hatte. Aus den geplanten sieben Tagen wurden vierzehn und Holger pendelte Tag für Tag zwischen seiner Arbeit, ihrem Haus und den Besuchen bei seiner Frau. Die mitleidigen Blicke der wenigen Kollegen, die von Reginas Krankenhausaufenthalt wussten, perlten an Holger ab. Im Stillen genoss er die häusliche Ruhe, die ihn empfing, wenn er am Abend in sein Wohnzimmer zurückkehrte und es sich gemütlich machte. An die Unordnung und die nicht gebügelten Hemden war er gewohnt. Das würde auch nicht anders aussehen, wenn Regina oben in ihrem gemeinsamen Schlafzimmer, statt in einem Krankenhausbett liegen würde. Die Abende verbrachte Holger seit vielen Jahren allein, denn seine Frau verschwand meist kurz nach dem Abendessen ins Bett. In dieser Situation konnte er zumindest selbst bestimmten, wie viele Stunden des Tages er sich die selbstmitleidigen Monologe von Regina anhören wollte. Dementsprechend kurz vielen seine Besuche an den meisten Tagen aus. Holger hatte gelernt, den Alltag alleine zu meistern. Manchmal beneidete er Theo sogar ein bisschen um seine Freiheit. Eigentlich würden sein Schwager und seine Frau eine perfekte Wohngemeinschaft bilden. Regina, die immer jemand suchte, der sich um sie kümmerte und Theo, der ständig jemand zu brauchen schien, um den er sich sorgen konnte.

Wilma hatte ihren Kindern, soweit sie sie denn ans Telefon bekommen hatte, natürlich ausführlich von der Silvesterparty erzählt. In ihren Augen konnte man das gemütliche Beisammensein eigentlich nicht Party nennen, aber ihrer Tochter gegenüber hatte sie den Abend und die Nacht in den schönsten Farben ausgemalt. Trotzdem hatte sich ihre Hoffnung, dass eine baldige Einladung ins Haus der Tochter folgen würde auch im Frühling noch nicht erfüllt. Auch dem einen ihrer Söhne, dessen Stimme sie zumindest sporadisch hörte, hatte sie eine Beschreibung ihres Jahreswechsels geliefert und gleich noch hinzugefügt, dass sie von ihrer Tochter nicht eingeladen worden sei. Zu Wilmas Unmut hatte er nicht wie erhofft reagiert und das bessere Kind sein wollen. Auch er hatte sich in den letzten Monaten nicht einmal blicken lassen.

Dass Theo inzwischen fast seine gesamte Freizeit seiner Tante widmete, war Wilma immer noch ein Dorn im Auge. Sie selbst hatte erst kürzlich einen Versuch unternommen und Hilde angerufen. Ihr war die ehemals so gute Freundin ganz normal erschienen. Theo machte mal wieder viel Wind um nichts. Darüber hinaus suchte er nun ständig Kontakt zu dieser blöden Therese. Nicht dass Wilma Theo keine Frau gegönnt hätte, das nun wirklich nicht, aber wenn, dann bitteschön eine, die Wilma als vollständiges Familien-mitglied akzeptieren würde. Immerhin hatten Theo und seine Geschwister sie eine ganze Kindheit lang mit Tante Wilma angesprochen und sie kannte ihn seit seiner Geburt. Plötzlich hatte er es abends am Telefon furchtbar eilig, weil er noch einmal mit Therese sprechen wollte und Wilma die Leitung belegte. Er fasste sich jetzt manchmal so kurz, dass sie ihm gar nicht erzählen konnte, wie schlecht es ihr eigentlich ging. Während der langen Wintermonate hatte sie sich oft gefragt, welchen Sinn es noch machte, dass sie hier allein in ihrer Wohnung herumsaß und selbst jetzt, als die Tage wieder länger wurden, schaffte es Wilma nicht, die trüben Gedanken zu verbannen. Der Arzt hatte von einer Depression gesprochen. Als ob sie, Wilma, plötzlich krank im Kopf wäre. Ihrer Meinung nach waren solche Krankheiten eine Erfindung dieser modernen Zeiten oder der Pharmaindustrie. Die Ärzte nahmen sich heutzutage einfach keine Zeit mehr für ihre Patienten. Wie so oft hatte der Doktor sie mit einer Schachtel Tabletten versorgt und nach Hause geschickt. Wenn er keine körperliche Ursache fand, dann war eben einfach die Psyche Schuld. Dabei war es ihr linkes Knie, das sie an die Wohnung fesselte und nicht ihr Kopf. Die Tabletten hatte Wilma bisher nicht eingenommen. Am Ende würde sie, wie Regina, im Entzug landen. Sie hatte natürlich von Theo gehört, dass Regina es mal wieder übertrieben hatte. Aber die hatte ja schon als Kind zu Übertreibungen geneigt. Wilma fragte sich, wie eine solche Pille ihr aus der Einsamkeit helfen sollte. Wenn sie eine der bunten Dinger schlucken würde, wäre sie hinterher doch immer noch allein. Es sei denn, sie hätte dann plötzlich Halluzinationen. Hatte der Arzt ihr etwa Drogen verschrieben? Zu solchen Dingen hatte sie schon vor vierzig Jahren nein gesagt, da würde sie ihre Meinung auf ihre alten Tage bestimmt nicht ändern.

Hilde plagten ganz andere Sorgen. Ein bisschen mehr Einsamkeit wäre ihr gerade recht gewesen. Theo und Therese wurden allmählich lästig mit ihren ständigen Anrufen. Damit allein wäre Hilde vielleicht noch fertig geworden, aber dann war da ja auch noch Frau Kruse. Nicht nur, dass die Hilfe in ihren Sachen herumwühlte, sie erzählte auch noch alles brühwarm weiter. Hätte Hilde nicht Angst gehabt, Theo würde ihr noch dichter auf die Pelle rücken, hätte sie die Haushaltshilfe glatt dahin geschickt wo der Pfeffer wuchs. Erst gestern hatte Frau Kruse ihr das Bügeleisen aus der Hand genommen, als ob sie ein kleines Kind wäre, das sich am heißen Eisen verbrennen konnte. Dabei hatte Hilde schon gebügelt, als Frau Kruse wahrscheinlich noch in die Windeln gemacht hatte. Hinterher hatte sie darauf bestanden, die Wäsche aus dem Korb auch selbst in die Schränke zu räumen und heute war Hildes gesamte Familie bestimmt schon über die Farbe ihrer Schlüpfer informiert. Wenn das so weiterging durfte sie sich bestimmt nächste Woche schon nicht mehr selbst waschen. Ihr musste dringend etwas einfallen, wie sie dieser Fürsorge entkommen konnte.

Regina hatte sich vorgenommen, sich nach ihrem Krankenhausaufenthalt noch ein paar Wochen zu schonen. So eine Medikamentenumstellung war schließlich kein Zuckerschlecken, da brauchte der

Körper Ruhe. Die Einkäufe und den Haushalt erledigte Holger inzwischen sowieso lieber selbst. Nach einigen Tagen Bettruhe wurde Regina allmählich langweilig. Im Krankenhaus hatte sie viel mehr Unterhaltung gehabt. Hier schien sich niemand wirklich für sie zu interessieren. Aus der Familie hatte niemand Zeit für endlose Telefonate und selbst Wilma hatte wenig Verständnis für ihre Situation aufbringen können. Die neuen Tabletten halfen auch nicht so, wie Regina sich das erhofft hatte und so füllte sie die Lücken zwischen den Einnahmen mit ihren eigenen Vorräten aus. An Schlaf war nach den vielen ruhigen Tagen nicht mehr zu denken und die ständige Grübelei verursachte ihr zusätzlich Kopfschmerzen. Ihre Gedanken drehten sich ständig im Kreis. Außer Holger hatte sie niemand im Krankenhaus besucht. Natürlich hatte Regina vorgegeben, dass ihr das nichts ausmachte und Verständnis für die vielbeschäftigten Menschen in ihrem Umfeld gezeigt. Trotzdem machte es ihr insgeheim zu schaffen. Selbst Theo war zu sehr mit Tante Hilde beschäftigt, um sich um seine eigene Schwester zu kümmern. Bei dem Gedanken an Tante Hilde kam ihr eine ihrer wahnsinnig guten Ideen. Regina warf die Bettdecke zurück und eilte ins Bad. Ihre Tante würde sich ganz sicher über einen Besuch freuen. Dass Hilde sich ihr Leben lang herzlich wenig für die Nichte interessiert hatte, verzieh Regina ihr großzügig. Schließlich war Tante Hilde jetzt genau so allein wie sie. Nach einem kurzen Zögern griff Regina nach den Autoschlüsseln. Eigentlich hatte sie Holger erzählt, dass sie der Medikamente wegen nicht fahren dürfte. Aber wahrscheinlich hatte ihr Mann ihr, wie so oft, überhaupt nicht zugehört. Es war eine reine Vorsichtsmaßnahme gewesen, um von vorneherein klar zu stellen, dass sie nicht Einkaufen gehen konnte. Allerdings hatte Holger überhaupt keine Anstalten gemacht sie loszuschicken.

Für den Weg zu Tante Hildes Wohnung reichten ihre Fahrkünste allemal und zwanzig Minuten später klingelte Regina erwartungsvoll an der Wohnungstür. Falls Hilde sich über den unerwarteten Besuch wunderte, ließ sie sich davon nichts anmerken. Sie hatte bereits durch den Spion in der Tür erkannt, wer da geklingelt hatte.

Schwungvoll öffnete die zarte Hilde die Tür und strahlte ihre Besucherin an.

„Gudrun! Wie schön! Wir haben uns ja ewig nicht gesehen."

19.

Aus dem Frühling war ein warmer Sommer geworden. Maike und Robert genossen den lauen Abend auf ihrer Terrasse, als plötzlich das Telefon klingelte. Robert warf nur einen gelangweilten Blick auf das Gerät, das durch den ausgelösten Vibrationsalarm über die gläserne Tischplatte hüpfte und überließ es Maike, das Gespräch entgegenzunehmen.

Schon an der aufgeregten Stimme, mit der Theo seine Schwägerin begrüßte, konnte Maike erkennen, dass etwas Ungewöhnliches passiert sein musste. Es bedurfte keiner Aufforderung ihrerseits, Theo konnte es gar nicht abwarten, mit der Neuigkeit herauszuplatzen.

„Tante Hilde zieht um", sagte er und Maike meinte etwas Triumphierendes aus seiner Stimme heraus hören zu können.

„In ihrem Alter?", wunderte sich Maike und sah die zarte Hilde im Geiste vor sich.

„Gerade eben deswegen", fuhr Theo fort, „ich habe ja schon eine ganze Weile kommen sehen, dass sie nicht mehr lange alleine in ihrer Wohnung bleiben kann."

„Gehört das nicht eher zu Wilmas Aufgaben?", unterbrach Maike ihren Schwager amüsiert.

Solche Ausdrücke war sie eben sonst nur von der alten Freundin ihrer Schwiegermutter gewohnt. Eigentlich war es Wilma, die im Nachhinein immer vorgab, jede mehr oder weniger unerwartete Wendung kommen gesehen zu haben.

Falls Theo von Maikes Einwurf irritiert war, ließ er sich das nicht anmerken. Er hatte es viel zu eilig, endlich mit seiner Erzählung fortfahren zu können. Mit wachsendem Erstaunen lauschte Maike seinen Ausführungen. Tante Hilde hatte ihre Haushaltshilfe in die Mangel genommen. Da konnte man mal wieder sehen, über welche Kräfte Hilde in ihrem hohen Alter noch verfügte. Die arme Frau Kruse hatte Hilde daran hindern wollen, auf einen Stuhl zu steigen. Schließlich war sie von Theo und Therese immer wieder gebeten worden, ein wachsames Auge auf die betagte Tante zu haben. Hilde sollte überhaupt keinen Anlass mehr finden, irgendeine Arbeit im Haushalt selbst verrichten zu wollen. Allerdings hatte niemand mit dem starken Willen gerechnet, den Hilde ihrer Hilfe entgegensetzte. Es war warm draußen und der Sonnenschein hatte die alte Dame daran erinnert, dass es mal wieder an der Zeit war, die Spitzengardinen zu waschen. Sie hatte einen Stuhl vor das Fenster geschoben und Anstalten gemacht, darauf zu steigen, als Frau Kruse gerade das Wohnzimmer betreten hatte. Natürlich hatte Hilde sich von ihrer Putzhilfe nicht aufhalten lassen und war, in ein Wortgefecht mit Frau Kruse verwickelt, entgegen aller Vorsicht auf das Sitzmöbel gestiegen. Eilig hatte sie die Spitzengardine von den Ringen gelöst und noch während sie versuchte Frau Kruse mit lautem Gezeter wissen zu lassen, dass sie durchaus in der Lage war,

254

ihre Gardinen zu waschen, prompt das Gleichgewicht verloren. Haltsuchend hatte Tante Hilde nach der Gardinenstange gegriffen, die für Klimmzüge nicht ausreichend befestigt war. Auch dann nicht, wenn es sich bei der Turnerin um ein Fliegengewicht handelte. Dieser Zwischenfall hatte die Wut auf ihre Haushaltshilfe noch verstärkt. Hilde hatte sich, so schnell es ihre alten Knochen erlaubten, aufgerichtet und Frau Kruse unter wüsten Beschimpfungen durch die Wohnung gejagt. Als sie die arme Frau endlich zu fassen bekommen hatte, war Hilde mit der Gardinenstange auf sie losgegangen, bis Frau Kruse sich schließlich durch die Wohnungstür hatte ins Treppenhaus retten können.

Maike konnte nicht länger an sich halten und prustete nun vor Lachen. Weder Theo noch Wilma hatten kommen sehen, dass Hilde es nicht so einfach zuließ, wenn sich jemand ungefragt in ihr Leben einmischte. Sie konnte sich die Empörung der Tante lebhaft vorstellen und es ließ sich nicht leugnen, dass sie ihr dadurch noch sympathischer wurde.

Robert, der durch den unerwarteten Gesprächsverlauf nun doch neugierig geworden war, versuchte von Maike eine Erklärung zu bekommen. Er hatte den wenigen Worten seiner Frau entnehmen können, dass es um Tante Hilde ging. Ihren Heiterkeitsausbruch wusste er aber nicht einzuordnen. Maike wedelte abwehrend mit der Hand, als ihr Mann sein Ohr dichter an den Telefonhörer zu bringen versuchte.

Theo war verstummt. Wahrscheinlich ärgerte er sich über die Reaktion seiner Schwägerin.

Erst nachdem Maike sich beruhigt hatte und ihn zum Weitersprechen aufforderte, vervollständigte Theo seinen Bericht.

Natürlich war Tante Hildes Angriff nicht ohne Folgen geblieben. Frau Kruse hatte sich nicht nur bei Hildes Schwester und Therese über diese Behandlung beschwert, sondern auch Theo unverzüglich informiert. Alle Versuche die Frau zu besänftigen waren gescheitert. Sie war nicht bereit, auch nur ein einziges Mal in Hildes Wohnung zurückzukehren.

Hilde hingegen hatte den Vorfall ohne Blessuren überstanden und reagierte zornig, als Theo sie damit konfrontierte. Er allein war in ihren Augen Schuld an der ganzen Misere. Schließlich hatte sie Frau Kruse nur seinetwegen eingestellt und nun hatte sie ihrem Neffen klargemacht, dass sie seine Einmischungen endgültig leid war. Sollte Theo sich doch ein anderes Opfer für seine Fürsorge suchen.

Therese war sogar so weit gegangen, ihrer Tante den Umzug in eine Seniorenresidenz nahe zu legen.

Erbost darüber, dass ihre Familie sie anscheinend für senil hielt, hatte Hilde sich daran gemacht, einen lang gehegten Plan in die Tat um zu setzen. Sie würde die Wohnung verlassen, in der sie mit dem Regierungsbeamten gute und schlechte Zeiten erlebt hatte und sich in ein von ihr gewähltes Altersdomizil zurückziehen. In wenigen Wochen würde Tante Hilde zum letzten

Mal ein Flugzeug besteigen und in den sonnigen Süden reisen. Ihren Lebensabend würde sie, fern von ihren Angehörigen, auf der Insel verbringen, die sie unzählige Male mit dem Regierungsbeamten bereist hatte. In ihrer Handtasche befand sich bereits das Ticket nach Mallorca.

Nun war sogar Maike platt. Sie hatte durchaus damit gerechnet, dass Hilde ihren Lebensabend sorgfältig geplant hatte, aber die spanische Insel war ihr bei diesen Überlegungen nie in den Sinn gekommen.

Theo brachte das Gespräch nun endlich auf den eigentlichen Grund seines Anrufs.

„Wir dürfen natürlich die Wohnung ausräumen. Hilde nimmt kaum etwas mit und da die Familie ja so gerne Entscheidungen für sie trifft, sollen wir nun entscheiden, was mit der Einrichtung geschehen soll. Besser ihr kommt in den nächsten Tagen mal vorbei", erklärte er niedergeschlagen.

Maike musste schon wieder kichern, tat aber als hätte ein plötzlicher Windstoß ihr einen Schauer über den Rücken gejagt.

„Ich muss jetzt Schluss machen", sagte sie entschieden, „es ist kühl geworden und ich brauche ein Jäckchen."

„Ich auch", stimmte Theo zu, „ein Cognäckchen."

Liebe macht blind. Das ist schon lange kein Geheimnis mehr. Wenn Menschen sich verlieben, neigen sie dazu, schlechte Eigenschaften zu übersehen oder sie sogar für eine gewisse Zeit reizend zu finden. Andererseits

257

vertuschen Verliebte ihre schlechten Angewohnheiten und zeigen sich so lange von ihrer Schokoladenseite, bis die erste Verliebtheit nachgelassen hat. Oft ist es dann zu spät für einen Rückzieher. So ähnlich war es Holger gegangen und auch Maike fühlte sich manchmal ertappt, wenn Holger ihr im Laufe eines Gesprächs, das die Familie am Tisch führte, verschwörerisch zuzwinkerte. Maike und Holger verbanden nicht viele Gemeinsamkeiten, aber sie hatten den gleichen Fehler gemacht. In ihrer Begeisterung für den jeweiligen Partner hatten sie den Schwiegereltern zu wenig Bedeutung beigemessen. Wären sie nicht so blind gewesen, hätten sie in Gudrun einen Teil ihrer Zukunft erkennen können. Manche Dinge liegen eben doch in den Genen oder sie werden mit der Muttermilch aufgesogen. Schließlich hatte Gudrun alle vier Kinder an ihrem Busen genährt. Das, was durch die rosarote Brille betrachtet Geduld und Zurückhaltung gewesen waren, entpuppte sich in späteren Jahren als nichts anderes als Faulheit. Gudrun hatte es nicht etwa jedem Recht machen wollen, sie hatte einfach die Auseinandersetzung gescheut. Sie hatte es nicht gut mit ihren Kindern gemeint, sondern ihnen einfach nicht widersprochen. Holger und Maike hatten es putzig gefunden, wie Gudrun auf dem Sofa gesessen und sich von jedem ihrer Kinder zur Begrüßung einen Kuss auf die rosa Wange hatte drücken lassen. Nun war es Regina, die wie festgeklebt auf dem Sofa saß und darauf wartete, dass die Dinge sich von allein erledigten. Maike erkannte darin eine Gemeinsamkeit mit ihren Geschwistern. Auch wenn Klaus, Theo und Robert einen weitaus geringeren Teil des Tages auf ihren jeweiligen Sofas verbrachten, reagierten sie doch mit der gleichen beleidigten Miene, wenn sich niemand bereit erklärte, die Dinge für sie in die Hand zu nehmen. Natürlich unterschieden sie sich in ihren Vorlieben. Während Regina Telefonate liebte, bekam Robert einen beleidigten Zug um den Mund bis Maike sich bereit erklärte, die Kommunikation zu übernehmen. Regina bekam genau diesen Gesichtsausdruck, wenn es um häusliche Aktivitäten ging und Klaus zog sich lieber ganz zurück, wenn sich nicht alle seiner Meinung anschlossen. Auch Theo duldete keine andere Meinung, konnte sich aber besser durchsetzen. Seine Rhetorik erlaubte es ihm, sein Gegenüber mit Argumenten zu überzeugen, während Klaus sich zu Hause bei Monika beschwerte, wenn er sich ungerecht behandelt fühlte. Theo hatte in den letzten Jahren lernen müssen, seine Angelegenheiten selbst zu regeln. Seinen Geschwistern war es mehr oder weniger gelungen, ihre Partner wie Hunde auf ihre Bedürfnisse abzurichten. Für diese Erziehung hatten sie Jahre gebraucht, denn weder Holger noch Maike waren schwache Persönlichkeiten. Sie hatten nur mit den Jahren gelernt, ihr Leben so einfach wie möglich zu gestalten und dazu gehörte es eben auch, die beleidigten Mienen nach Möglichkeit gar nicht erst entstehen zu lassen. Kurz gesagt, sie hatten resigniert. Gudrun war es gelungen, vier Einzelkinder großzuziehen, die die hohe Kunst der emotionalen Erpressung bei ihr von der Pike auf gelernt hatten.

Tante Hilde hatte diesen Charakterzug schon an ihrer Schwägerin durchschaut und so lange versucht, Gudrun noch auf ihrem Krankenlager von ihrem Selbstmitleid zu heilen, bis Theo sie durch das Besuchsverbot zum Schweigen gebracht hatte.

Nun aber rächte sie sich für all die Gelegenheiten, bei denen sie hatte nachgeben müssen. Theos Vorliebe für Cognac war ihr ebenso wenig verborgen geblieben, wie Reginas Medikamentensucht und in beidem hatte sie die Eltern der vier Geschwister wiedererkannt. Ausgerechnet Theo, dessen Beziehungsunfähigkeit nur ein weiteres Indiz für seinen Egoismus war, hatte ihr Vorschreiben wollen, wie sie ihr Leben zu gestalten hatte. Mit seiner übertriebenen Fürsorge befriedigte ihr Neffe in ihren Augen nur sein Bedürfnis nach menschlicher Nähe. Vermutlich hatte er in seinem ganzen Leben nur die Hand seiner Mutter gehalten. Manchmal, dachte Hilde nun, waren Gudrun und Theo ihr wie ein altes Ehepaar erschienen, dass sich Halt suchend aneinander klammerte, um ihrem Leben einen Sinn zu geben.

Bevor ihre Wohnung nun unter der Leitung von Theo und Therese ausgeräumt würde, wollte Hilde sich aber noch ein letztes Mal an ihrer eigenen List freuen. Sie griff nach dem Telefonhörer und wählte Wilmas Nummer aus dem Gedächtnis.

Wilma, die mal wieder allein in ihrer Wohnung saß und in der Fernsehzeitschrift nach etwas suchte, was sie zumindest für eine Weile ablenken könnte, freute sich über Hildes Anruf.

„Wie ich höre verlässt Du uns?"

Wilma war einerseits neugierig, wollte Hilde aber andererseits unbedingt wissen lassen, dass Theo sie längst informiert hatte.

„Ich muss ja, ich muss ja", seufzte Hilde theatralisch.

„Sei nicht albern", gab Wilma barsch zurück. „Du musst ja nicht gleich das Land verlassen, weil Du auf Deine Putzfrau losgegangen bist. Vielleicht hätte eine einfache Entschuldigung gereicht und es wird wohl auch noch andere Hilfen geben."

„Wo denkst Du hin", entrüstete sich Hilde, „als ob ich vor irgendjemand die Flucht ergreifen würde. Ich bin in meinem ganzen langen Leben noch vor nichts und niemand davongelaufen."

„Warum fängst Du dann jetzt damit an?", wollte Wilma wissen.

„Man hat mir im Ausland eine Hauptrolle in einem Film angeboten", ließ Hilde die Katze aus dem Sack.

Das verschlug sogar Wilma für einen Moment die Sprache.

„Du willst mich auf den Arm nehmen", beschwerte sie sich, nachdem sie sich von ihrer Überraschung erholt hatte.

„Keineswegs", gab Hilde mit unverhohlener Freude zurück. „Auch Frauen in meinem Alter sind noch gefragt, wenn sie die richtige Figur haben."

Diesen Seitenhieb auf Wilmas Statur konnte sie sich nicht verkneifen. Ihre zierlichen Gliedmaßen verdankte sie nicht zuletzt dem Blutzucker, aber selbst Wilma war nicht schlagfertig genug, Hilde in diesem Moment darauf hinzuweisen und Hilde genoss ihren Auftritt in vollen Zügen. Immerhin erntete sie jetzt die Früchte des ständigen Verzichts.

„Was für ein Film soll das denn sein?", fragte Wilma, die ihre Neugier nicht länger bezwingen konnte.

Vor ihrem geistigen Auge erschienen gealterte Filmdiven, die nun bestenfalls noch die Großmutter in einer Seifenoper spielen durften. Soweit Wilma wusste, blickte Hilde nicht auf eine erfolgreiche Schauspielkarriere zurück. Woher sollte nun plötzlich dieses Angebot kommen? Bestimmt war Hilde hoffnungslos unterzuckert und es wurde höchste Zeit den Notarzt zu rufen. Trotzdem musste Wilma zugeben, dass Hilde eigentlich ganz munter klang und sie hatten in der letzten Zeit auch wenig voneinander gehört. Vielleicht war ihr, Wilma, etwas Wichtiges entgangen und es wäre besser gewesen, die Freundschaft mit Hilde zu pflegen, statt von Theo Informationen aus zweiter Hand zu bekommen. Je länger Wilma darüber nachdachte, desto besser konnte sie sich Hilde auf der Leinwand vorstellen. Bestimmt war es einer dieser Filme, in denen rüstige Rentnerinnen eine Wohngemeinschaft bildeten, um dem Leben noch einmal die Stirn zu bieten.

„Ich darf natürlich noch nicht zu viel verraten", antwortete Hilde zögernd, „aber so viel sei gesagt: ich werde in einem schicken roten Cabrio in die Abendsonne fahren, gegen die ich eine dunkle Sonnenbrille trage. Die Enden des Schals, der mein Haar vor dem Wind schützt, wehen in der lauen Brise, während der Himmel sich am Horizont allmählich rot färbt."

Obwohl oder gerade weil Hilde Wilma zum Schweigen verdonnert hatte, verspürte Wilma den heftigen Drang, diese erstaunlichen Neuigkeiten mit jemand zu teilen. Nachdem sie bei ihrer Tochter mal wieder nur den Anrufbeantworter erreichte, sparte sie sich den Versuch, einen ihrer Söhne ans Telefon zu bekommen und rief lieber gleich Theo an. Leider reagierte Theo nicht mit Begeisterung auf diese Störung. Er hatte mehr als genug mit Therese und der bevorstehenden Wohnungsauflösung zu tun. Da fehlte ihm die Geduld, Wilmas ausführlichen Erzählungen zu lauschen. Wilma hatte sich aber nun einmal vorgenommen, Theo in das Geheimnis seiner Tante einzuweihen und ließ sich von seiner unhöflichen Begrüßung nicht beirren. So einfach wurde Theo sie nicht los. Trotzdem beeilte sie sich, den Grund ihres Anrufs so schnell wie möglich preiszugeben. Bestimmt würde der Junge noch dankbar sein, dass Wilma ihn gleich ins Vertrauen zog.

Theo fragte sich, ob er nun auch an Wilmas Geisteszustand zweifeln musste. Entweder hatte Hilde ihr einen

Bären aufgebunden oder Wilma selbst litt unter den heftigen Nebenwirkungen irgendeines Medikamentes. Selbst wenn dieses Telefonat zwischen seiner Tante und Wilma tatsächlich stattgefunden hatte, war es mehr als beängstigend, dass Wilma Hilde diese Geschichte tatsächlich abkaufte. Für Theo war es nur ein weiterer Beweis dafür, dass Tante Hilde dringend in die Hände guter Pflegekräfte gehörte. Wilma wurde unsicher, als er ihr nahelegte, diese absurde Geschichte bloß nicht weiter zu erzählen, wenn sie nicht selbst bald in eine Anstalt eingewiesen werden wollte.

Therese hatte schon einen ausgefeilten Plan, wie sie die Auflösung der Wohnung angehen wollte. Bestimmt würden sich im Internet zahlreiche Interessenten für die teuren Teppiche und das alte Porzellan ihrer Tante finden. Auch die Möbel waren aus hochwertigem Holz und sollten sich gewinnbringend veräußern lassen. Den Erlös wollte Therese natürlich nicht für sich selbst. Sie würde jeden Cent auf Hildes Konto überweisen und ihr damit noch einige würdige Jahre in Spanien ermöglichen. Für die Umsetzung ihres Plans war sie allerdings auf Theos Unterstützung angewiesen. Es war ihr zwar gelungen, mit ihrer Kamera repräsentative Aufnahmen der schönen Stücke zu machen, aber für die Einstellung der Bilder ins Netz brauchte sie seine Hilfe. Außerdem wollte Therese unter keinen Umständen mit den potentiellen Käufern allein in Hildes Wohnung sein. Sie hatte angenommen, Theo würde sich mit der gleichen Begeisterung in dieses Vorhaben stürzen, aber leider konnte er dieser Aktion wenig abgewinnen. Er hatte von altem Krempel gesprochen, den sowieso niemand haben wollte und den man auf schnellstem Weg entsorgen sollte. Trotzdem hatte sich Theo nach einigem hin und her bereit erklärt, mit ihr zusammenzuarbeiten. Nun standen sie zu zweit in der Wohnung, die ihre gemeinsame Tante vor ein paar Tagen für immer verlassen hatte und versuchten sich über den Wert verschiedener Gegenstände zu einigen. Ihre Vorstellungen gingen weit auseinander. Während Theo sich eher für die Dinge interessierte, die seiner Meinung nach einen ideellen Wert darstellten, suchte Therese nach den Antiquitäten, die den höchsten Gewinn bringen würden. In der Diele stapelten sich die Kartons, die Theo zu Hause noch einmal in Ruhe durchsehen wollte. In dem ein oder anderen hatte er alte Dokumente und Bilder entdeckt, die sein Interesse geweckt hatten. Therese plädierte dafür, diese vergilbten Papiere in den nächsten Container zu werfen, während Theo den geschichtlichen Hintergrund herausfinden wollte. Das feine Porzellan wartete sorgfältig eingewickelt und in Kisten verstaut auf einen Käufer. Therese rollte Teppiche auf und sortierte alltägliche Dinge, die ihr noch verwendbar erschienen. Die vielen Kerzen und Servietten, die sie in der ausladenden Schrankwand aus Kirschbaum gefunden hatte, würde sie mit in ihre eigene Wohnung nehmen.

Für die zahlreichen Bücher war ihr jedoch noch kein passender Verwendungszweck eingefallen. Therese erkannte, wie wenig sie eigentlich über ihre Tante gewusst hatte. Hilde schien ein sehr belesener Mensch zu sein. Leider hatte sie jeden noch so kleinen, bedruckten Zettel aufbewahrt. Zwischen den Büchern hatte Therese nun schon mehrfach den Beipackzettel für dasselbe Medikament gefunden. Auch Theo wunderte sich über so manchen Fund. Dass Hilde in ihrem langen Leben viel angesammelt hatte, konnte er gut nachvollziehen, aber warum jemand leere Verpackungen von Lebensmitteln sorgfältig zusammenfaltete und aufbewahrte, konnte er beim besten Willen nicht begreifen. Schon gar nicht ein so wenig sentimentaler Mensch wie Tante Hilde, die sich zügig von vielen Erinnerungen an den Regierungsbeamten getrennt hatte. Den Unmengen leerer Papprollen nach zu urteilen, hatte sie stattdessen in den letzten Jahren lieber die Überbleibsel des Toilettenpapiers aufgehoben. Die Folie, in der die Rollen beim Kauf einst eingeschweißt gewesen sein mussten, fand Theo gleich daneben im Schrank unter dem Waschbecken. Irgendwie ließ sich nicht leugnen, dass auch Tante Hilde einen Krieg erlebt hatte. Therese und Theo mussten einsehen, dass sie dringend Verstärkung brauchten.

Während die Räumung der Wohnung, die für Hilde nun der Vergangenheit angehörte, ihren Angehörigen

Kopfzerbrechen bereitete, schwenkte Hilde ihr fast leeres Glas in Richtung eines vorbeieilenden Kellners. Diese Cocktails waren wirklich herrlich und hier am Pool unter einem Sonnenschirm konnte man es wunderbar aushalten.

Regina tat sich selbst leid, weil Tante Hilde ihr nichts hinterlassen hatte. Natürlich war eigentlich Robert Hildes Patenkind, aber sie war ja schon von Tine nicht bedacht worden. Maike musste ihre Schwägerin erst daran erinnern, dass Tante Hilde nicht verstorben, sondern in Spanien war. Für einen Moment wirkte Regina aufgemuntert, aber dann sagte sie sich, dass ihre Tante auf der Insel wahrscheinlich sämtliche Ersparnisse des Regierungsbeamten verprassen würde und das Ergebnis somit das gleiche blieb. Maike konnte ihre Empörung kaum verbergen und beendete das Gespräch zügig, woraufhin Regina in ihre Lethargie zurückfiel und wartete, dass der Tag sich seinem Ende zuneigte. Vielleicht würde Holger bei seiner Heimkehr mehr Verständnis für ihre Verstimmung aufbringen. Maike hingegen freute sich für Hilde, die ihrem langen Leben mit dem Aufenthalt in Spanien wahrscheinlich die Krone aufsetzte. Als Theo seine Geschwister schließlich um Hilfe bei der Entrümpelung bat, musste Regina aus gesundheitlichen Gründen absagen. Sie fühlte sich einfach zu schwach um mit anzupacken. Die Interessenten waren nicht ganz so zahlreich erschienen, wie Therese sich das gewünscht hatte und nur Wenige konnten sich zu einem Kauf durchringen. Trotzdem war sie weit davon entfernt, ihren Plan aufzugeben. Zu ihrer aller Überraschung hatte Hilde keine genaue Adresse auf der spanischen Insel angegeben. Für sie bestimmte Briefe wurden an ein Postfach gesandt, das kaum Rückschlüsse auf ihren Aufenthaltsort zuließ. Theo hatte sie in dem Glauben gelassen, dass sie sich die Anschrift der Seniorenresidenz nicht merken konnte und ihr Neffe fand diese Lösung äußerst umsichtig von der Heimleitung. Immerhin war auf diese Weise sichergestellt, dass die für die Bewohner bestimmte Post durch einen Verantwortlichen abgeholt und verteilt wurde. Da konnte so schnell nichts verlorengehen. Dennoch musste die Miete für Hildes neues Domizil natürlich gezahlt werden und so wurde es Zeit, ihre alte Wohnung zum nächstmöglichen Termin zu kündigen.

Der Vermieter war bereit, Hilde von ihren Pflichten zu entbinden, sobald es einen Nachmieter geben würde. Der Zustand der Wohnung erlaubte aber noch keine Besichtigungen.

Therese, die weiterhin versuchen wollte, Hildes Hausstand zu Geld zu machen, wollte die Besitztümer in ihrem Keller lagern, bis sie einen Liebhaber finden würden. Für den Transport benötigte sie helfende Hände, die wirklich zupacken konnten. Theo, der diesen Plan ohnehin albern fand, weigerte sich, den Möbelpacker zu spielen. Seit Tante Hildes Abreise war das Ziehen in seinem unteren Rücken wieder deutlich zu spüren. Da wollte er sich dieser körperlichen Belastung, von der er sich sowieso wenig versprach, nicht aussetzen. Wilmas Anruf und die Geschichte mit Hildes Filmrolle hatte er sowohl Therese, als auch seinen Geschwistern verschwiegen. Reginas Absage wunderte Theo nicht weiter. Sie wäre sicher keine große Hilfe gewesen. Therese war es gelungen, einige Arbeitskollegen und Freunde für den Umzug zu gewinnen. Theo freute sich, dass er mit Robert und Maike wenigstens zwei Hilfskräfte vorweisen konnte. Maike sah sich erstaunt in der Wohnung um. Den Stücken, die tatsächlich eine Erinnerung an Tante Hilde sein würden, hatten Theo und Therese bisher scheinbar keine Bedeutung beigemessen. Überhaupt sah es noch reichlich chaotisch aus. Vieles, was Hilde über die Jahre gehegt und gepflegt hatte, war noch nicht einmal verpackt. Die Porzellanvasen und Gefäße waren sicher einmal sehr teuer gewesen und Maike brachte es nicht übers Herz, sie in fremde Hände zu geben. Später beäugte Regina die guten Stücke dann auch ein klein wenig neidisch in Maikes Küche.

Bis dahin war es allerdings noch ein weiter Weg. Therese und ihre Helfer schleppten und keuchten unter den schweren Lasten, während Theo vom Balkon aus zusah, wie sich die Ladeflächen der Fahrzeuge langsam füllten. Seine Anzugjacke hatte keine einzelne Staubfluse abbekommen und er wirkte auch nach Stunden noch wie frisch gewaschen.

Als Maike im Treppenhaus eine leise Bemerkung über Theos Untätigkeit murmelte, zwinkerte Therese ihr zu und signalisierte mit einem Kopfnicken ihre Zustimmung.

Gudruns Hoffnungen und Hildes Befürchtungen, zwischen Therese und Theo hätte sich doch noch etwas entwickeln können, waren vollkommen grundlos gewesen. Die beiden waren trotz aller Gemeinsamkeiten grundverschieden. Maike erkannte, dass Therese sich an Theos Seite furchtbar langweilen würde. Dennoch wollte sie ihre auf dem Friedhof erwachte Zuversicht noch nicht ganz aufgeben. Sie wäre durchaus dankbar, für etwas mehr weibliche Unterstützung in der Familie. Monika sah sie nur selten und zwischen diesen Treffen gab es keinerlei telefonischen Kontakt. Regina telefonierte dafür umso mehr. Der Inhalt dieser Gespräche strengte Maike aber meistens mehr an, als es innerhalb einer Familie normalerweise der Fall war. Sie nahm sich vor, Therese bei der nächsten Gelegenheit einfach zu einem ihrer Grillfeste einzuladen. Schließlich war auch Wilma regelmäßig unter den Gästen, da kam es auf ein einsames Herz mehr nun wirklich nicht an.

Als der letzte Wagen abgefahren war und Theo so lange gewunken hatte, bis die Rücklichter aus seinem Blickfeld verschwunden waren, schritt er noch einmal durch die leere Wohnung. Das war es also. Erst war seine Mutter aus seinem Leben verschwunden, dann Tine und nun Tante Hilde. Von dem einst so munteren

Damenkränzchen war nur noch Wilma übrig. Trotz der hitzigen Diskussionen, die es zwischen ihm und seiner Tante immer wieder gegeben hatte, vermisste er Hilde schon jetzt. Sein Blick wanderte zu dem nackten Fenster im Wohnzimmer. Die Gardinen waren nach der letzten Wäsche nicht wieder aufgehängt worden. Die Stange, mit der Hilde Frau Kruse in die Flucht geschlagen hatte, lehnte vergessen in einer Ecke des Raumes. Theo musste trotz des trostlosen Anblicks lachen. Es war einfach typisch für Tante Hilde. Sie war ihr ganzes Leben lang keiner Auseinandersetzung aus dem Weg gegangen und hatte sich jeder Herausforderung gestellt. Nun hatte sie mit über neunzig Jahren einen neuen Platz auf der Welt gefunden, während er selbst es nicht schaffte, die Fesseln der Vergangenheit abzustreifen. Schon bald würden fremde Menschen in diese Wohnung einziehen, die Theo jetzt sorgfältig abschloss.

Hilde lächelte glücklich vor sich hin. Die spanische Sonne wärmte ihre Knochen. Das Gehwägelchen hatte sie in Aachen gelassen. Hier auf der Insel brauchte sie diese Hilfe nicht. Bestimmt würde Theo anderweitig Verwendung für ihren alten Flitzer finden.

20.

Ein weiterer Sommer neigte sich seinem Ende zu. Das Laub an den Bäumen färbte sich bunt und die Abende wurden deutlich kühler. Auch auf der Terrasse hinter Maikes und Roberts Haus ging es nicht mehr so lebhaft zu. Die Grillfeste dieser Saison gehörten der Vergangenheit an. Robert hatte den Grill bereits für den Winter verpackt und im Schuppen verstaut. Trotz Maikes gutem Zureden hatte Theo sich nicht einziges Mal davon überzeugen lassen, Therese in ihrer Mitte aufzunehmen. Schlimmer noch, er hatte Maike strikt verboten, die Nichte von Tante Hilde einzuladen. Seine Drohungen, er würde dem Fest sonst fernbleiben, hatten Maike davon abgehalten, ihr Vorhaben gegen seinen Willen in die Tat umzusetzen. Theo war vielleicht ein alter Dickkopf, aber er gehörte nun mal zur Familie. Wenn er sich dafür entschieden hatte, den Rest seines Lebens allein zu verbringen, dann war es wohl ihre Aufgabe, ihn darin zu unterstützen.

Wilma hatte das Kalenderblatt abgerissen und mit Schrecken festgestellt, dass der Oktober erste Schatten über das unbeschwerte Dasein der letzten Wochen warf. Sie war Maike und Robert für jede Einladung dankbar gewesen und hatte sich jede unpassende Bemerkung verkniffen. Jedes Mal, wenn die Versuchung zu groß geworden war und Wilma ein Kommentar zu alten Schauspielerinnen auf der Zunge gelegen hatte, hatte sie die Lippen fest zusammengepresst und geschwiegen. Maikes wachen Augen waren diese Momente natürlich nicht entgangen, aber ihr hartnäckiges Nachfragen hatte Wilma nur mit einem Lächeln quittiert. Während der warmen Sommertage war es ihr leicht gefallen, jedem mit Freundlichkeit zu begegnen und sie hatte sich bei Gudruns Kindern wohlgefühlt. Natürlich hatte sie weiterhin jede sich bietende Gelegenheit genutzt, das Gespräch auf die alte Freundin und die kostbaren Erinnerungen zu lenken, aber im hellen Sonnenlicht waren viele davon verblasst wie alte Fotographien. Selbst die Tragödie um Tines plötzlichen Tod hatte für eine Weile ihren Schrecken verloren. Jedes Mal, wenn die Dämmerung über sie hereingebrochen war, hatte Maike die Kerzen in den Windlichtern angezündet und die dunklen Gedanken vertrieben. Robert hatte an manchen Abenden ein Feuer angezündet, das die Familie um den Tisch bis in die Nacht hinein warmgehalten hatte. In Wilmas Innerem hatte der Wein für wohlige Wärme gesorgt. Jetzt aber spürte sie, wie eisige Finger nach ihr griffen. Den Sommer über hatte sie geglaubt, ihre Dämonen besiegt zu haben, aber nun traf sie ihre Rückkehr mit voller Wucht. Wilma fröstelte und trat in die Diele, um eine Strickjacke von der Garderobe zu holen. Die Tage wurden schon wieder kürzer. Es war früher Abend, aber schon jetzt lag der kleine Raum im

Halbdunkel. Wilma erschrak, als sie kurz in den Spiegel neben der Garderobe sah. War da nicht ein Schatten gewesen? Hielt der Sensenmann sich bereits in ihrer Wohnung versteckt und wartete nur darauf, im richtigen Moment zuschlagen zu können? Wilma spürte, wie sich die feinen Härchen in ihrem Nacken aufrichteten. Ein kalter Luftzug strich um ihre Beine. Ihre Hände zitterten, als sie nach der Jacke griff. Sie spürte Übelkeit in sich aufsteigen und ihr Herz raste. Nur eine Panikattacke, versuchte Wilma sich selbst zu beruhigen. Sie fasste sich mit der rechten Hand an die Brust und tastete mit der Linken nach dem Lichtschalter. Endlich erwachte die alte Neonröhre an der Wand mit einem Summen zum Leben. Wilma sah sich in der Diele um. Sie war allein. Sicherheitshalber schaute sie hinter den Mänteln nach, die seit ein paar Monaten unbenutzt an der Garderobe hingen. Außer ein paar Staubflocken war nichts zu sehen. Auch der Blick in den Spiegel zeigte ihr nur ihr eigenes erschrockenes Gesicht. Wilma schüttelte über sich selbst den Kopf. Jetzt sah sie schon Gespenster. Sie wollte gerade ins Wohnzimmer zurückkehren, als sie den Luftzug wieder spürte. Ein leises Knarren ließ Wilma zusammenzucken. Entschlossen zog sie ihren Stockschirm aus dem Ständer und richtete ihn auf die Ecke, aus der das Geräusch gekommen war. Die Tür zum Schlafzimmer war einen Spalt breit geöffnet. Entschlossen versetzte Wilma der Tür einen Stoß mit dem Regenschirm und trat in ihr Schlafzimmer. Die Gardine bauschte sich vor dem geöffneten Fenster im Wind. Wilma atmete auf. Sie hatte mal wieder vergessen, das Fenster zu schließen. Das erklärte den Windhauch, den sie an ihren Beinen gefühlt hatte. Mit schnellen Schritten umrundete Wilma ihr ordentlich gemachtes Bett und verriegelte anschließend das Fenster. Plötzlich kam sie sich albern vor. Wann war aus der großen, stattlichen Wilma dieses zitternde Häufchen Elend geworden? Trotzdem schaltete sie in jedem Raum der Wohnung das Licht an, bevor sie sich wieder in ihren Sessel setzte und nach der Fernbedienung griff. Den Regenschirm legte sie sich für alle Fälle über die Knie. Den leichten Schmerz, den sein Gewicht hinter ihrer Kniescheibe auslöste, nahm sie mit einem Seufzen hin.

Regina hatte sich ihrer Meinung nach immer noch nicht von der Medikamentenumstellung erholt. Die Schmerzen in ihren Füßen und ihrem Rücken beschrieb sie den Ärzten als nach wie vor unerträglich. Die Mediziner, die mit ihrer Geduld am Ende waren, überwiesen sie kurzerhand an einen Kollegen, bis es keinen Facharzt mehr gab, den man noch zu Rate ziehen konnte. Regina wurde nicht müde, ihre Krankheitsgeschichte zu wiederholen und trieb nicht nur ihre Familie mit immer neuen Symptomen in den Wahnsinn. Schließlich musste sich einer der Ärzte geschlagen geben und verordnete ihr die Rehabilitationsmaßnahme, die sie sich sehnlichst wünschte. Da sie in einer Stadt mit ausreichend Kurbädern lebte, billigte die Versicherung ihr keine Reise in einen entfernten Kurort zu. Natürlich entsprach eine Behandlung in der Kaiserstadt nicht Reginas Erwartungen. Sie hatte den häuslichen Pflichten für eine Weile entkommen wollen und gehofft, in einer Kurklinik auf Gleichgesinnte zu treffen, die mehr Anteil an ihrem Schicksal nehmen würden, als ihr Mann zu Hause. Fieberhaft versuchte sie der Dame von der Versicherung klarzumachen, warum eine Therapie in Aachen wenig Aussicht auf Erfolg hatte. Schließlich würde sich Regina zwischen den Anwendungen nicht ausreichend schonen können. Leider durchschaute die Versicherungsangestellte ihr Vorhaben und ließ sich nicht umstimmen. Regina lag missmutig auf ihrem Bett und grübelte, bis ihr endlich die rettende Idee kam. Sie würde einfach vorübergehend zu Theo ziehen. Die Wohnung ihres Bruders lag in der Nähe der Kurklinik und das Bett ihrer Mutter war frei. Theo würde sich bestimmt über ein bisschen Gesellschaft freuen und seine Schwester besser versorgen, als Holger es jemals zu tun bereit wäre.

Theo ließ sich seine Überraschung über den zweiwöchigen Besuch seiner Schwester nicht anmerken. Er war es gewohnt, im Amt den korrekten Mitarbeiter zu mimen und setzte seine Vorstellung nun eben auch zu Hause fort. Seine gute Freundin, die Cognacflasche, musste im Schrank bleiben, bis Regina sich abends zur Ruhe begeben hatte. Obwohl sie ihre eigene Sucht hemmungslos befriedigte, fiel es ihr schwer die Laster ihrer Mitmenschen zu akzeptieren. Theo verspürte überhaupt keine Lust, sich in eine endlose Diskussion über sein Verhältnis zu edlen Weinbränden verstricken zu lassen. Seine Schwester hätte ihm nicht nur die gesundheitlichen Aspekte, sondern auch die Kosten vorgehalten. Über ihre gefürchteten Vorträge vergaß sie meist völlig, wie viel Geld sie dem Apotheker jeden Monat in den Rachen warf. Theo hingegen glaubte seinen Konsum unter Kontrolle zu haben. Auch wenn es lange nicht mehr bei einem einzigen Glas am Abend blieb, betrachtete er den Alkohol als Genuss und nicht als Sucht. Er schaffte es immer noch, die Flasche bis zum Abend im Schrank zu lassen und trank ausschließlich wenn er allein war. Regina hingegen stellte vor dem Zubettgehen gleich mehrere Wecker, um in den frühen Morgenstunden keine Einnahme zu verpassen. Da sie die Pillen, die ihr eigentlich helfen sollten, sogar um die Nachtruhe brachten, zog sie sich in der Regel noch vor der Tagesschau zurück. Zu Theos Erleichterung blieb ihm dann noch genug Zeit, seinen eigenen Feierabendritualen zu frönen.

Maike hatte ebenso wie Wilma beim Blick auf den Kalender festgestellt, dass der einunddreißigste Oktober schon wieder nahte. Kaum zu glauben, dass der Tag an dem Gudrun verstorben war schon fast zwei Jahre zurücklag. In diesem Jahr würde sich nicht nur dieser, sondern auch Tines Todestag jähren. Bei dem Gedanken konnte sich Maike gut vorstellen, wie

Wilma zumute sein musste. Es wurde höchste Zeit, dass die Familie sich einen Plan für Halloween zurechtlegte. Sie konnten Wilma unmöglich allein lassen. Ein gemeinsames Abendessen würde diesmal kaum ausreichen, um die alte Dame von ihren Befürchtungen abzulenken. Maike beschloss Theo um Rat zu fragen. Es musste einen Weg geben, Wilma vierundzwanzig Stunden lang unter ihre Fittiche zu nehmen.

Ein paar Tage später war es beschlossene Sache. Wilma war ganz aus dem Häuschen, in ihrem Alter noch einmal zu einem Kurztrip eingeladen worden zu sein. Außerdem kannte sie Hamburg noch nicht und konnte es kaum abwarten, sich die Stadt anzusehen. Die Schmerzen im Knie waren vergessen und selbst die Schatten in der Diele konnten ihre keinen Schrecken mehr einjagen. Schon immer hatte Wilma davon geträumt, einmal eines dieser großen Musicals besuchen zu können, aber jedes Mal wenn sie ihren Kindern gegenüber eine Andeutung in diese Richtung gemacht hatte, hatten sie sie geflissentlich überhört. Stattdessen hatten sie ihr Handtaschen oder Schirme zu Weihnachten oder ihren Geburtstagen geschenkt, die sie nun wirklich schon in Hülle und Fülle besaß. Eine Frau in ihrem Alter brauchte nicht mehr viel. Nun aber sollte es so weit sein. Robert und Maike gegenüber hatte sie nicht mal eine Andeutung machen müssen und es war schließlich auch nicht Wilmas

Geburtstag. Bis Weihnachten war es auch noch ein bisschen hin. Trotzdem hatten sie ihr dieses großzügige Geschenk gemacht. Theo würde natürlich mit von der Partie sein. Klaus und Regina hatten sich mit ihren jeweiligen Partnern natürlich wieder aus der Sache herausgehalten, aber das kümmerte Wilma nicht.

Fast fühlte sie sich ein bisschen verrucht, als sie ihre Reisetasche aus dem Schrank holte und damit begann, ihre besten Kleidungsstücke auf der Tagesdecke auszubreiten. Ein wenig erinnerte sie das an Hilde. Wilma musste über sich selbst lachen. Sie hatte nun wirklich nicht vor, in einem Film mitzuspielen, noch nicht einmal in dem Musical. Sie würde nur im Zuschauerraum sitzen und sich an der Darbietung erfreuen. Außerdem hatte Theo ihr ja glaubhaft versichert, dass Hilde sich in einer Seniorenresidenz aufhielt und ihre große Karriere nur ihrer Fantasie entsprungen war. Trotzdem hatte Wilma an so manchem Abend in ihrem Sessel gesessen und voller Neid an die spanische Insel gedacht. Immerhin erlebte Hilde noch was, während sie in ihrem Sessel auf den Tod wartete. Das würde sich nun ändern. Wilma konnte sich gar nicht erinnern, wann sie das letzte Mal verreist war. Es musste eine Ewigkeit her sein. Vorsichtig wickelte sie ihre beste Unterwäsche aus dem feinen Seidenpapier und legte sie auf dem Bett bereit. Natürlich würde niemand ihre Wäsche zu sehen bekommen, aber zu einem so besonderen Anlass wollte Wilma perfekt gekleidet sein. Man fühlte sich eben doch anders, wenn alles zusammenpasste. Sie hatte ihre besten Schuhe auf Hochglanz poliert und ganz unten in die Reisetasche gepackt. Leider waren es flache, bequeme Schuhe. Etwas mit hohen Absätzen besaß Wilma nicht. Mit ihrer Größe fiel sie auch ohne Pumps schon überall auf. Das Kostüm hatte sie zuletzt bei der Hochzeit ihrer Tochter getragen, aber es passte noch wie angegossen. Vielleicht entsprach es nicht ganz der neuesten Mode, aber Wilma konnte sich durchaus darin sehen lassen. Schwungvoll zog sie den Reißverschluss der Tasche zu und gönnte sich zur Feier des Tages ein nicht ganz kleines Glas Rotwein.

Einen Tag später gerieten sie vor dem Elbtunnel in einen Stau.

„Das hab ich kommen sehen", seufzte Wilma und schaute interessiert aus dem Fenster.

Sie thronte neben Robert auf dem Beifahrersitz und hatte während der letzten dreieinhalb Stunden die Stimme aus dem Navigationsgerät erfolgreich übertönt. Nun ruhte ihr Blick auf einer Brücke, die steil über das Wasser hinausragte.

„Hätten wir nicht auch da lang gekonnt?", fragte sie scheinbar unbeteiligt.

„Nun sei mal nicht so ungeduldig", rügte Theo sie vom Rücksitz aus, den er sich mit Maike teilen musste.

Tatsächlich bewegte sich die Blechlawine vor ihnen seit einigen Minuten gar nicht mehr und Wilma rutschte unruhig auf ihrem Sitz herum. Es war nicht nur die

Neugierde auf die große Stadt, die sie ungeduldig machte, ihre langen Beine schliefen allmählich ein. Obwohl der Beifahrersitz so weit wie möglich nach hinten gestellt war und Maike sich auf ein Minimum an Platz beschränkte, konnte Wilma sich nicht ausstrecken. Das Knie machte sich stechend bemerkbar und auch Wilmas Blase stieß an die Grenzen ihrer Kapazität. Selbst wenn sie Robert um einen weiteren Zwischenstopp gebeten hätte, hätten sie nicht einfach aus der Reihe der wartenden Autos ausscheren können. Endlich erloschen die Bremslichter vor ihnen und der Wagen setzte sich langsam in Bewegung.

Das Hotel, in dem sie die nächste Nacht verbringen würden lag direkt am Wasser und Wilma hatte die Anstrengungen der Fahrt bereits vergessen. Sie hatte lange überlegt, wie Maike sich diesen Aufenthalt vorgestellt haben mochte. Irgendwann würden sie schlafen müssen und die Stunden zwischen Mitternacht und dem Frühstücksbuffet machten Wilma Angst. Was, wenn der Sensenmann sie schon vor dem Morgengrauen aufsuchen würde? Der wusste ja bestimmt, dass sie nun in Hamburg war. Zu ihrer Erleichterung würden sie alle zusammen eine Suite bewohnen und Maike versprach, dass alle Schlafzimmertüren in der Nacht offen bleiben würden. Robert, Theo und Maike würden sie nicht aus den Augen lassen. Einigermaßen beruhigt konnte Wilma sich den Sehenswürdigkeiten der Stadt zuwenden.

Zuerst stand eine Hafenrundfahrt auf dem Programm. Wilma war nicht ganz sicher, ob sie für diese Art der Seefahrt taugte, wollte aber kein Spielverderber sein. Wenn der übervorsichtige Theo sich das traute, würde sie schon irgendwie damit fertig werden. Die Boote schaukelten schon beim Einsteigen ganz schön und Wilma stützte sich sicherheitshalber auf Robert und Theo, die sie auf den schmalen Planken in die Mitte nahmen. Theo wurde blass um die Nase, als der Ausflugsdampfer sich in Bewegung setzte und auf den Wellen zu tanzen begann. Wilma hingegen amüsierte sich köstlich. Es gab so viel zu sehen, dass sie ihre Bedenken im wahrsten Sinne des Wortes über Bord geworfen hatte und den Wind in ihren Haaren genoss. Ganz besonders gut gefielen ihr die großen Kreuzfahrtschiffe, die an den verschiedenen Anlegern lagen und in der Herbstsonne glänzten. Wilma hatte mit Gudrun ein paar Tage auf einem ganz ähnlichen Schiff verbracht. Wehmütig dachte sie nun an diese Reise zurück.

„So ähnlich hat unseres damals auch ausgesehen", rief sie Theo über den Fahrtwind hinweg zu.

Theo hatte leider keinen Blick für die Schönheit der Schiffe.

„Mir reicht schon dieses hier", brachte er mühsam hervor.

„Auf einem großen Schiff spürt man den Seegang doch nicht so deutlich", belehrte Wilma ihn und wandte ihre

Aufmerksamkeit den Landungsbrücken zu.

Theo war heilfroh, als das Schiff den sicheren Hafen erreicht hatte und er von Bord gehen durfte. Er vergaß völlig, Wilma einen Arm anzubieten. Der alten Dame spielte ihr Gleichgewichtssinn beim Aufstehen von der Sitzbank einen Streich und es war nur Roberts beherztem Eingreifen zu verdanken, dass Wilma nicht über die Steuerbordseite in das Hafenbecken fiel.

„Du machst es uns aber auch nicht einfach", kicherte Maike. „Oder wolltest Du eine Abkürzung nehmen?" Wilma verstand den doppelten Sinn von Maikes Bemerkung und brachte ein schiefes Grinsen zustande. „Ich wollte nur mal sehen, ob ihr aufpasst."

Nach der Bootsfahrt machten sie einen Spaziergang, der Theos Magen soweit beruhigte, dass er sich stark genug für das Abendessen fühlte.

Das Restaurant war bis auf den letzten Platz gefüllt. Wilma hatte sich damit abgefunden, dass es am nächsten Morgen ein Frühstücksbüffet geben würde, aber dass ihr auch am Abend kein Kellner das Essen am Platz servierte, gefiel ihr gar nicht. Nach dem langen Tag hatte es sie Mühe gekostet, das gute Kostüm anzuziehen und sich für den Abend frisch zu machen. Sie hatte sich aufatmend auf ihren Stuhl fallen gelassen und gehofft, hier für die nächste Stunde bleiben zu können. Ein bisschen sehnte sie sich nach ihrem gemütlichen Sessel zu Hause. Wilma musste zugeben, dass die Gerichte auf den Tellern der anderen

Gäste sehr verlockend aussahen. Maikes Angebot, für sie zum Buffet zu gehen, lehnte Wilma trotz ihrer Müdigkeit ab. Schließlich wollte sie selbst zwischen den vielen Speisen wählen, um ihren Kindern später von der Vielfalt des Angebots berichten zu können.

Theo, Maike und Robert saßen längst wieder am Tisch und widmeten sich ihren Tellern. Nur Wilma blieb ihrer Meinung nach viel zu lange verschwunden. Nachdem Theo mit der Vorspeise fertig war, machte er sich auf die Suche nach der alten Dame. Bestimmt hatte Wilma sich in dem unübersichtlichen Restaurant verlaufen und konnte ihren Tisch nicht mehr finden. Am Buffet wurde Theo nicht fündig. Wilma hätte mit ihrer stattlichen Größe eigentlich über die Köpfe der meisten Gäste hinausragen müssen, aber Theo konnte sie trotzdem nicht unter den vielen fremden Gesichtern ausmachen. Er kehrte zum Tisch zurück und forderte Maike auf, auf der Damentoilette nachzusehen, ob Wilma sich dorthin zurückgezogen hatte. Auf dem Weg zu den abseits gelegenen Sanitärräumen entdeckte Maike Wilma an einem großen runden Tisch, wo sie sich angeregt mit einer fremden Familie unterhielt. Sie hatte tatsächlich nicht zu ihrer Reisegruppe zurückgefunden. Als der vollbeladene Teller ihr allmählich zu schwer geworden war, hatte sie sich kurzerhand auf den nächst erreichbaren freien Platz gesetzt und zu Essen begonnen, bevor der Tafelspitz endgültig kalt werden konnte.

Endlich wurde es Zeit, die Plätze in dem großen Saal einzunehmen. In Kürze sollte die Vorstellung beginnen. Wilma hatte kaum Zeit gehabt, sich in Ruhe in dem großen Foyer umzusehen und alle Eindrücke in sich aufzunehmen. Nun versuchte sie sich auf ihrem gepolsterten Logensessel gemütlich einzurichten. Um sie herum herrschte ein solcher Lärm, dass es schon jetzt in ihren Ohren rauschte. Es schien ewig zu dauern, bis endlich alle Zuschauer ihre Plätze eingenommen hatten und allmählich Ruhe einkehrte. Von den vier reservierten Plätzen hatte Wilma den Äußeren gewählt, um ihre langen Beine bei Bedarf zur Seite ausstrecken zu können. Es wurde stockdunkel, als die Lichter im Saal erloschen. Wilma fröstelte. Vielleicht hätte sie sich doch zwischen Theo und Robert setzen sollen. Wenn sich alle auf die Darbietung auf der Bühne konzentrierten, würde sicher niemand auf sie achten. Was, wenn während des Musicals eine eiskalte Hand nach ihr greifen würde, um mit ihr ebenso kurzen Prozess zu machen, wie mit Tine? Die hatte sich schließlich auch nicht wehren können. Wilma räusperte sich und versuchte den Gedanken abzuschütteln. Diese Grübelei würde am Ende nur eine weitere Panikattacke auslösen. Es wäre ihr furchtbar peinlich, Gudruns Kindern den Abend zu verderben. Allerdings würden sie nicht weniger schockiert sein, wenn sie Wilma nach der Vorstellung tot auf ihrem Platz vorfinden würden. Vielleicht war es doch nicht so dumm gewesen, die gute Unterwäsche anzuziehen.

Wilma erschrak, als das Orchester einsetzte und die Bühne plötzlich in gleißendes Licht getaucht war. Sie beschloss, sich nun völlig auf die Darsteller zu konzentrieren und ihren Stimmen zu lauschen. Es waren noch genau vier Stunden bis Mitternacht und der Sensenmann hatte noch nie an einem dreißigsten Oktober zugeschlagen. Zumindest nicht in ihrem näheren Umfeld. Er würde sich also gedulden müssen, bis die Vorstellung vorbei war. Trotzdem beäugte Wilma die Gestalten hinter den zum Teil angsteinflößenden Masken mit einiger Skepsis. Ob der Sensenmann singen konnte? Vorsichtshalber griff sie nach Theos Hand, der ihr im Halbdunkel einen erstaunten Blick zuwarf. Er würde doch hoffentlich keine falschen Schlüsse ziehen? Immerhin kannte sie ihn seit seiner Geburt. Theos kühle Finger gaben ihr so viel Sicherheit, dass sie die Zeit bis zur Pause endlich genießen konnte. Als die Lichter im Saal angingen und ein Gong ertönte, löste Theo peinlich berührt seine Hand aus der ihren, bevor Robert und Maike auf die vertrauliche Geste aufmerksam werden konnten. Trotzdem hatte Maike die Bewegung aus dem Augenwinkel wahrgenommen.

„God bless you, please, Mrs. Robinson", sang sie leise in Roberts Ohr.

Während der kurzen Pause warf Wilma einen verstohlenen Blick auf ihre Armbanduhr. Noch drei Stunden bis Mitternacht. Bis dahin wären sie bestimmt zurück im Hotel. Sie hätte sich weitaus besser gefühlt, wenn sie vierundzwanzig Stunden weiter gewesen wären und der unheilvolle Tag sich bereits seinem Ende zu neigen würde. Dennoch war sie froh, nicht alleine in ihrer Wohnung zu sitzen und auf den Tod zu warten.

Die zweite Hälfte der Vorstellung ging ohne Zwischenfälle vorbei. Sie ließen sich Zeit mit dem Verlassen des Theaters und warteten, bis der größte Teil des Publikums sich durch die Glastüren ins Freie gedrängt hatte. Draußen spiegelten sich die Lichter im Wasser der Norderelbe. Das Gebiet um den Hafen schien auch um diese Uhrzeit voller Leben zu sein. Die Kreuzfahrtschiffe hatten ihre Liegeplätze verlassen. In der Ferne waren noch die Lichter zu sehen, die sich über die Elbe in Richtung Nordsee bewegten. Die kurze Strecke zum Hotel legte Wilma mit Theo, Robert und Maike zu Fuß zurück. Nach dem langen Sitzen waren alle froh, sich ein wenig Bewegung verschaffen zu können. Der kühle Wind wehte das Laub über die Seewartenstraße. Wilma atmete tief die Nachtluft ein und unterdrückte damit ein Gähnen. Es war höchste Zeit fürs Bett.

Wilma schreckte aus dem ersten Schlaf hoch, als die Uhr am nahegelegenen Kirchturm zwölf Mal schlug. Plötzlich war er da, der Tag, der wenn sie nicht aufpasste, für immer in ihren Grabstein eingemeißelt sein würde. Sie setzte sich im Bett auf und beobachtete die Schatten an der Wand. Die Tür stand, wie versprochen, sperrangelweit offen und sie konnte Robert leise schnarchen hören. Wilma stand auf und tapste barfuß ins Bad. Dort warf sie einen Blick in den Spiegel über dem Waschbecken. Ihr Haar war vom Schlaf ein wenig in Unordnung geraten, aber ansonsten sah sie aus wie immer. Kein weißes Dreieck um Nase und Mund. Leise schlich sie zurück in ihr Schlafzimmer. Hoffentlich konnte sie noch ein paar Stunden Ruhe finden, bevor der neue Tag anbrach. Vorsichtshalber ließ Wilma sich auf den weichen Teppich sinken, um unter dem Bett nachzusehen.

Maike, die wach in ihrem Bett gelegen und Wilma beobachtet hatte, beschloss der alten Dame zu folgen. Vielleicht hatte Wilma das Essen nicht vertragen oder das Datum war ihr auf den Magen geschlagen. Roberts Schnarchen hatte Maike wachgehalten, aber vielleicht war es gut, dass sie nicht schlief. Der Teppich verschluckte jedes Geräusch, als sie sich langsam Wilmas Zimmer näherte. Der Anblick, der sich ihr beim Betreten des Raums bot, war zu komisch. Wilmas ausladendes Hinterteil ragte vor dem Bett auf, während ihr Kopf halb darunter verschwunden war. Maike konnte nur mit Mühe das Lachen unterdrücken, aber sie wollte Theo und Robert nicht aufwecken. Bestimmt wäre das Wilma furchtbar peinlich.

Am Morgen brachen alle gesund und munter zum Frühstück auf. Wilma, die inzwischen mit den

288

Räumlichkeiten vertraut war, fand sich im Restaurant wesentlich besser Zurecht als am Vorabend. Den Rest des Tages verbrachten sie mit einem Bummel durch Hamburg. Erst am Abend lenkte Robert den Wagen auf die Autobahn. Während der mehrstündigen Heimreise fühlte Wilma sich sicher. Trotzdem verkniff sie sich die Frage nach einer Pause. Es war dunkel draußen und es hätte sie nicht gewundert, wenn ihr Schicksal auf einer abgelegenen Raststätte auf sie wartete. In Gedanken war sie schon zu Hause. Leider würde sie erst morgen einen Versuch unternehmen können, eines ihrer Kinder zu erreichen. Wenn sie sich nicht für die Einzelheiten der Kurzreise interessieren würden, musste sie ihnen zumindest mitteilen, dass sie noch lebte. Vielleicht war ihnen das aber auch egal. Wilma warf einen verstohlenen Blick auf die Uhr am Armaturenbrett, als Robert den Blinker für die Ausfahrt setzte. Dreiundzwanzig Uhr sechzehn. Noch vierundvierzig Minuten. So lange würde die Fahrt nicht mehr dauern. Gudruns Kinder konnten sie doch nun nicht ihrem Schicksal überlassen. Nicht, dass ihr in der letzten halben Stunde doch noch etwas zustoßen würde. Wilma überlegte fieberhaft, wie sie den Abschied um ein paar Minuten hinauszögen konnte. Für einen Besuch an Gudruns Grab war es zu spät. Wahrscheinlich würden sie alle für verrückt erklären, wenn sie mitten in der Nacht auf den Friedhof wollte. Bestimmt war das nun auch kein sicherer Ort. Schließlich waren sie dem Sensenmann extra bis

Hamburg davongelaufen. In dieser Sekunde wurde ihr schmerzlich bewusst, dass sie während der letzten zwei Tage kaum an Gudrun gedacht hatte. Sie hatten weder Gudrun noch Tine besucht. Das mussten sie an einem der nächten Tage unbedingt nachholen. Zu Wilmas Erleichterung steuerte Robert zunächst Theos Wohnung an. Das verschaffte ihr eine Gnadenfrist.

„Das machen wir im nächsten Jahr wieder", hoffte Theo beim Abschied. „Die Stadt hat mir wirklich gut gefallen und auch das Musical war schön. Bestimmt werde ich noch lange an diese Reise denken", freute sich Wilma.

Sie hoffte, das Gespräch würde sich noch ein paar Minuten hinziehen, aber Theo klopfte nur mit den Fingerknöcheln aufs Wagendach und das Auto setzte sich wieder in Bewegung. Bald hatten sie die letzte Ampel erreicht. Wilma betete für eine lange Rotphase und schaute aus dem Seitenfenster. Hatte sie da nicht eine schwarze Gestalt erkannt? Wegen der Kapuze hatte sie kein Gesicht erkennen können. Wilma lief ein eiskalter Schauer über den Rücken.

Der Wagen war kaum vor Wilmas Wohnung zum Stehen gekommen, als Maike hinaussprang. Sie hatte die Uhr nicht aus den Augen gelassen und Wilmas wachsende Unruhe bemerkt.

„Wir bringen Dich hinein", rief sie Wilma über das Wagendach hinweg zu und gab Robert ein Zeichen, den Motor abzustellen.

Robert verstand und grinste. Noch sechs Minuten.

Wilma atmete erleichtert auf. Man konnte ja nicht wissen, was sie in ihrer Wohnung erwartete. Sie schloss die Tür auf und betätigte den Lichtschalter in der Diele. Die Reisetasche stellte Wilma neben der Schlafzimmertür ab, bevor sie einen Blick in das Wohnzimmer warf. Alles in Ordnung. Sie hatte gerade ihren Mantel an die Garderobe gehängt, als die Uhr zwölf schlug.

Geschafft! Wilma hatte den einunddreißigsten Oktober überlebt.

Robert und Maike machten sich auf den Heimweg.

Hilde saß unter einem samtigen, sternenklaren Himmel und streichelte liebevoll den Lack ihres neuen Gefährts. Das war der perfekte Ersatz für ihre Gehilfe, die sie in Aachen zurückgelassen hatte.

21.

Das Weihnachtsfest und der Jahreswechsel unterschieden sich nicht wesentlich von den Feiern im letzten Jahr. Theo dachte noch einmal an die Handschuhe, die Hilde für Gudrun gekauft hatte. Nachdem sich der Tod seiner Mutter zum zweiten Mal gejährt hatte, verbrachte er nun schon zum dritten Mal Weihnachten im Kreise seiner Geschwister. Tine war schon im Vorjahr nicht mehr unter ihnen gewesen, und nun fehlte auch Hilde. Allerdings schien sie sich in Spanien wirklich wohl zu fühlen. Viele Nachrichten bekam er nicht, aber Therese war der festen Überzeugung, dass sie es schon erfahren würden, wenn Hilde etwas zustoßen sollte.

Dennoch spürte Theo keine Wehmut. Wilma schien es nach ihrer Kurzreise zunehmend besser zu gehen und er war erleichtert, dass das Jahr ohne weitere Katastrophen zu Ende ging. Natürlich verbrachte Wilma die Silvesternacht mit ihnen, obwohl sie wusste, dass es keine große Party gab. So langsam schienen sich alle mit der neuen Situation abgefunden zu haben. Selbst Regina gab sich mehr Mühe, ihre Gefühle unter Kontrolle zu halten. Sie hatte begriffen, dass sie sich selbst keinen Gefallen tat, wenn sie die Beleidigte spielte und zu Hause blieb. Ihr Selbstmitleid hatte sie um die Reise nach Hamburg gebracht. Beim nächsten Mal wollte sie gerne dabei sein.

Wilma war besonders glücklich, Theo nun uneinge-
schränkt für sich beanspruchen zu können. Sie fragte
sich zwar immer noch, was genau Hilde in Spanien
trieb, aber diese Gedanken behielt sie lieber für sich.
Ihre heimliche Rivalin um Theos Zeit war aus dem
Weg und das allein zählte. Wilmas eigene Kinder
hatten kein Interesse an ihren ausführlichen Reisebe-
richten gezeigt und als sie ihrer Tochter von ihren
Ängsten vor dem einunddreißigsten Oktober erzählt
hatte, hatte die nur laut gelacht. Für Wilma war es ein
Grund mehr, sich lieber auf Theo zu verlassen. Von
ihrem jüngsten Sohn hatte sie seit einiger Ewigkeit gar
nichts gehört und der Älteste tauchte immer dann auf,
wenn er in einer ausweglosen Lage war, aus der ihm
seine Mutter helfen sollte. Vor einigen Wochen hatte er
nach der Trennung von seiner Freundin sogar bei ihr
einziehen wollen. Diese Bitte hatte Wilma nach einer
Nacht Bedenkzeit abgelehnt. Manchmal vergaß Wilma,
dass sie auch Enkel hatte, aber dann klingelten sie
plötzlich an der Wohnungstür und warteten, bis
Wilma ihr Portemonnaie geholt hatte. Dann blieben sie
wieder für den Zeitraum verschwunden, für den ihre
finanziellen Mittel reichten. Ihre Tochter war die
Einzige, mit der Wilma wenigstens regelmäßig
telefonierte.

Klaus hielt sich, wann immer es möglich war, von
Familienfesten fern. Er fürchtete, Wilma könnte
Monika mit ihren spitzen Bemerkungen verärgern. So

293

einen Streit musste er um jeden Preis vermeiden. Am Ende würde Monika ihn verlassen und dann wäre er genauso allein wie Theo. Lieber nutzte er die Zeit, seiner Frau jeden Wunsch von den Augen abzulesen.

Holger hatte sich ein neues Hobby gesucht und sich ein Motorrad gekauft. Regina war viel zu ängstlich, um ihn auf seinen Fahrten zu begleiten und selbst wenn sie jemals auf diese Idee kommen würde, konnte er sich unter dem schützenden Helm taubstellen.

Maike freute sich auf einen neuen Frühling und schuf die Gartenmöbel ins Freie. Schon im April war es warm genug, die Abende auf der Terrasse zu verbringen. Es dauerte nicht lange, da gesellte sich der Rest der Familie wieder dazu.

Es war ein warmer Sonntag im Mai, fast schon zu warm für die Jahreszeit, als Theo Maike und Robert mit einem Anruf aus ihrer sonntäglichen Lethargie riss. „Wilma ist im Krankenhaus", brachte er mühsam hervor.
Bitte keine neuen Katastrophen, dachte Maike und atmete erst einmal tief durch.
Es stellte sich heraus, dass Wilma schon eine ganze Woche in ihrem Krankenhausbett lag und alle möglichen Untersuchungen über sich ergehen lassen musste. Ausgerechnet Wilma, die auf keinen Fall in eine Klinik gewollt hatte.

„Was hat sie denn nun genau?", forschte Maike.

Theo erzählte, dass Wilma am letzten Sonntagabend in ihrer Wohnung gestürzt sei. Glücklicherweise hatte sie es geschafft, den Notruf selbst zu wählen. Schwer verletzt war sie nicht, aber die Ursache für den Sturz hatte bisher niemand herausfinden können. Maike fragte sich im Stillen, was so erstaunlich daran war, wenn eine alte Dame einmal das Gleichgewicht verlor oder über etwas stolperte. Solange sie sich dabei nichts getan hatte, war doch eigentlich alles gut. Theo war anderer Meinung. Er hielt es durchaus für gerechtfertigt, dass Wilma im Krankenhaus bleiben musste. Schwester Helene arbeitete noch immer auf derselben Station und Theo hatte bereits eine Woche lang Äpfel geschält, bevor er auf die Idee kam, seine Geschwister zu informieren.

Helene hatte ihn natürlich gleich wiedererkannt und sich dann auch an Wilma erinnert. Irgendwie rührte es sie, dass der Mann nun genauso ausdauernd am Bett der alten Freundin saß, wie er es vor Jahren bei seiner Mutter getan hatte. Die strahlende Sonne vor dem Fenster schien Theo nicht zu reizen. Er kümmerte sich mit Hingabe um die alte Frau und verließ das Zimmer nur, wenn er dringend ins Amt musste.

Maike hatte sich während des Telefonats alle notwendigen Daten notiert und versprach, in den nächsten Tagen selbst nach Wilma zu sehen.

Als sie schließlich mit Robert das Krankenzimmer betrat, fielen auch ihr die Parallelen sofort auf. Wilma lag sogar im gleichen Zimmer, in dem sich einst Gudrun von ihrem Schlaganfall hatte erholen sollen. Maike erschrak, als ihr Blick auf die Gestalt im Bett traf. Wilma schien geschrumpft zu sein. Obwohl sie äußerlich beinahe unversehrt war, reagierte sie kaum auf ihre Besucher. Von Wilmas einst so kräftiger Stimme war nur ein klägliches Jammern geblieben. Allerdings meinte Maike aus diesem Jammern einen gewissen Unterton heraushören zu können. Sie gab sich Mühe, nicht an Regina zu denken. Trotzdem wurde sie das Gefühl nicht los, dass hier etwas ganz und gar nicht stimmte.

Von nun an erkundigten sich sowohl Robert und Maike, als auch Holger und Regina täglich bei Theo nach Wilmas Fortschritten, wie sie es auch damals bei Gudrun getan hatten. Noch immer deutete nichts darauf hin, dass es eine organische Ursache für ihren Zustand gab. Wilma fühlte sich nicht in der Lage, das Bett zu verlassen, in das sie niemals gewollt hatte und wartete täglich stundenlang auf den Moment, in dem sich endlich die Tür öffnete und Theo das Zimmer betrat. Helene hatte bereits mehrfach versucht, Wilma zu ein paar Schritten an ihrem Arm zu überreden, aber die Patientin blieb stur. Theo war es nicht möglich, dem Dienst für eine Frau, mit der er nicht einmal verwandt war, für längere Zeit fernzubleiben und Regina begann sich Sorgen um ihren Bruder zu machen, der nun einer doppelten Belastung ausgesetzt war. Sie schlug ihrer Schwägerin vor, Theo zu entlasten und an seiner Stelle gemeinsam in die Klinik zu fahren. Wilmas ältester Sohn war bisher ein einziges Mal an ihrem Bett erschienen. Ihre Tochter ging nicht einmal ans Telefon und niemand konnte genau sagen, ob das jüngste der drei Kinder überhaupt über die Veränderung im Leben der Mutter informiert war. Maike willigte ein. Sie war gerne bereit, Regina in das Krankenhaus zu begleiten, wenn Theo sich dafür an diesen Tagen einen gemütlichen Feierabend gönnen würde. Noch bevor Regina und Maike ihr Vorhaben in die Tat umsetzen konnten, überraschte Theo sie mit erschreckenden Nachrichten.

„Wilma hat nichts Anzuziehen", erklärte er seiner Schwägerin am Telefon.

„Willst Du damit andeuten, dass sie seit mehr als einer Woche dieselbe Unterhose trägt?", fragte Maike entsetzt.

„Die bekommt sie von den Schwestern. Wegwerfartikel", beschwichtigte Theo.

Maike erinnerte sich, dass Wilma bei ihrem letzten Besuch ein Kliniknachthemd getragen hatte.

„Aber sie muss doch in ihrer Wohnung genug Nachtwäsche haben", überlegte Maike laut.

„Sie rückt aber den Schlüssel nicht raus", seufzte Theo.

Darüber musste Maike einen Moment nachdenken. Schließlich kam sie zu einer Entscheidung.

„Irgendwie kann ich das sogar verstehen", gab sie zu.

„Sie will nicht, dass wir in ihre Schränke gucken."

Theo brachte weniger Verständnis auf.

„Dann hat sie wohl Pech gehabt", fasste er die Situation zusammen.

„Trägt sie immer noch ein Kliniknachthemd?", wollte Maike wissen, „in so einem Ding würde ich auch nicht über die Flure laufen."

„Nein. Seit gestern trägt sie einen Schlafanzug mit lauter Löchern", erwiderte Theo resigniert.

Maike kam wieder einmal zu dem Schluss, dass irgendetwas nicht stimmen konnte. In Hamburg hatte Wilma einen sehr edlen Schlafanzug getragen.

Trotzdem fasste sie einen Entschluss und ging am nächsten Tag zusammen mit Regina einkaufen.

In weniger als zwei Stunden hatten sie eine komplette Ausstattung für Wilma ausgesucht und im Auto verstaut. Bestimmt würde sich die alte Dame am nächsten Morgen über die Geschenke freuen.

Maike bereitete sich gerade auf die Fahrt zum Krankenhaus vor, als sie wieder einmal vom Klingeln ihres Mobiltelefons gestört wurde. Zu ihrer Überraschung hörte sie Wilmas schwache Stimme. Sie bat Maike, ein Duschgel zu kaufen und gab zu, keine eigenen Sachen im Krankhaus zu haben. Maike war froh die richtige Entscheidung getroffen zu haben. Sie hatte zwar fast nicht glauben können, was Theo da erzählt hatte, aber es schien die Wahrheit zu sein. Nun konnte sie Wilma damit beruhigen, dass sie bereits alles im Kofferraum hatte und bereit war, sich auf den

Weg zu machen. Zu ihrem Erstaunen fand Wilma für einen Moment ihre alte feste Stimme wieder, bevor sie das Gespräch beendete.

Leider blieb Regina und Maike nur wenig Zeit für ein Gespräch mit Wilma. Sie hatten gar keine Gelegenheit, der alten Dame die schönen Sachen zu zeigen. Kurz nachdem sie das Krankenzimmer betreten hatten, wurde Wilma von Schwester Helene zu einer Untersuchung abgeholt. Die beiden Frauen einigten sich darauf, Nachtwäsche und Kosmetikartikel auf die Schränke und das Bad zu verteilen, damit Wilma bei ihrer Rückkehr alles zur Verfügung haben würde. Als Maike den Kleiderschrank, der zum linken Bett des Patientenzimmers gehörte öffnete, blieb ihr vor Staunen der Mund offen stehen. Der Schrank war randvoll mit Wilmas Kleidungsstücken. Irgendjemand musste hier irgendetwas gründlich durcheinandergebracht haben. Regina und Maike waren sich einig, dass ihre Einkäufe trotzdem gut zu Wilma passen würden und ergänzten die vorhandene Ausstattung um neue Schlafanzüge, Nachthemden, Unterwäsche und Handtücher. Als alles eingeräumt war, sahen sie sich zufrieden um. Im Moment konnten sie nichts mehr für Wilma tun. Sie verließen das Krankenhaus mit der Absicht, an einem der nächsten Tage wiederzukommen.

Leider ließ sich Theo nicht davon abhalten, auch

weiterhin jeden Tag an Wilmas Bett zu erscheinen. Obwohl er den Weg in die Klinik zu Fuß zurücklegen musste, nahm er sich nach dem Dienst ein paar Stunden Zeit für die betagte Freundin. Schließlich hatte Wilma sich auch bis zum Schluss um Gudrun gekümmert. Da konnte er die alte Frau jetzt nicht im Stich lassen. Maike und Regina ärgerten sich ein bisschen über seine Sturheit. Am Ende würde Theo für Wilma den Weg wählen, der schon für Gudrun zur Sackgasse geworden war.

Da Maike bereits am frühen Morgen einen Anruf von Wilma bekommen hatte, bat sie ihre Schwägerin später am Tag noch einmal telefonisch Kontakt zu der Patientin aufzunehmen. Ihr Besuch war durch die Untersuchung jäh beendet worden und Wilma würde sich sicher über einen Anruf freuen. Bestimmt hätte Theo ihr dann auch schon die neuen Sachen gezeigt.

Erst am frühen Abend, als Maike schon entspannt mit Robert auf der Terrasse saß, wurde sie von einer völlig aufgelösten Regina über die neuesten Entwicklungen im Krankenhaus informiert. Die vielen Untersuchungen waren ergebnislos geblieben und die ersehnte Diagnose ließ weiterhin auf sich warten. Organisch schien Wilma sich bester Gesundheit zu erfreuen. Für ihr Alter verfügte sie sogar über eine ganz erstaunliche Konstitution. Eine medizinische Ursache für den Sturz schien beinahe ausgeschlossen. Wenn das linke Knie nicht solche Schmerzen bereiten würde, hätten die Ärzte Wilma wahrscheinlich bescheinigt, dass sie gesund wie ein Pferd war. Nur Wilma selbst schien nicht Recht an diese Prognose glauben zu wollen. Ausgerechnet die kräftige, resolute Wilma mit ihrer Krankenhausphobie wollte nichts von einer baldigen Entlassung hören. Theo reagierte erwartungsgemäß verständnisvoll und bestärkte die alte Freundin in ihrem Wunsch nach Bettruhe. Das alles wussten aber weder Regina noch Maike, als die beiden Frauen sich am Abend unterhielten. Regina hatte, wie verabredet, einen weiteren Versuch unternommen, mit Wilma ins Gespräch zu kommen. Erwartungsvoll hatte sie die Durchwahl des grauen Apparats auf Wilmas Nacht-tisch gewählt und mit ein paar freudigen Worten der alten Dame gerechnet. Dankesbezeugungen waren nicht gerade Wilmas Stärke und weder Regina, noch Maike wollten für ihren Einkaufsbummel mit Lob überschüttet werden. Trotzdem hatten beide das Gefühl genossen, etwas für Wilma tun zu können und ihr zu zeigen, dass sie nicht allein auf der Welt war. Dass deren eigene Kinder sich so rar machten, konnte und wollte niemand verstehen. Wilma hatte Reginas Euphorie allerdings einen gehörigen Dämpfer verpasst und Maike hatte große Mühe, ihre Schwägerin zu beruhigen.

„Ich würde ihr nicht guttun und ich soll nicht mehr anrufen, hat sie zu mir gesagt", ereiferte sich Regina am Telefon.

„Das ist unter den gegebenen Umständen schlicht eine Unverschämtheit", bestätigte Maike.

„Dass ich sie nur runterziehen würde und dass das immer schon so war", fuhr Regina aufgeregt fort.

Maike war für einen Moment sprachlos. So ganz unberechtigt war diese Kritik von Wilma vielleicht nicht, aber gerade jetzt, wo Regina sich endlich einmal nicht nur um sich selbst kümmerte, bedauerte Maike, dass Wilma sich zu diesen Worten hatte hinreißen lassen.

„Wie war denn die Untersuchung?", versuchte sie die Unterhaltung auf ein anderes Thema zu lenken.

„Welche Untersuchung?", fragte Regina überrascht. Die Frage hatte sie völlig aus dem Konzept gebracht. Eigentlich hatte sie Maike gerade noch einmal detailreich schildern wollen, wie schlecht sie sich von Wilma behandelt fühlte.

„Die Untersuchung, zu der Wilma heute Vormittag musste", half Maike geduldig nach.

„Da hatte ich gar nicht die Zeit nach zu fragen", gab Regina etwas kleinlaut zu.

Eigentlich konnte Maike sich kaum vorstellen, dass Regina nicht zu Wort gekommen sein sollte, aber wenn es jemand schaffte, ihren Redefluss zu stoppen, dann natürlich Wilma.

Regina verabschiedete sich mit dem Versprechen, sich in der nächsten Zeit ganz sicher nicht mehr um Wilma zu kümmern und zog sich beleidigt in ihr Schnecken-haus zurück.

Maike wandte sich in ihrer Ratlosigkeit an Theo. Aber auch hier erfuhr sie nichts über Wilmas physischen

Zustand. Es sah ganz danach aus, als könne sich Wilma nicht einmal mehr an die Untersuchung, die nur ein paar Stunden zurücklag, erinnern. Theo, der erfahrene Krankenpfleger, hatte aus Mangel an medizinischen Fakten selbst eine Diagnose gestellt. Seiner Meinung nach litt Wilma an einer schweren Depression. Maike war völlig überrascht. Ausgerechnet Wilma! Theo wollte die Symptome schon seit Jahren an der alten Freundin beobachtet haben und hatte diese Entwicklung seit langem kommen sehen. Seine Schwägerin fragte sich im Stillen, wann genau dieser Rollentausch stattgefunden haben konnte und beendete bald darauf das Gespräch.

„Niemand stürzt, kommt ins Krankenhaus und hat dann plötzlich eine schwere Depression", sagte Maike an Robert gewandt und leerte anschließend mit einem großen Schluck ihr Weinglas.

Robert schüttelte nachdenklich den Kopf.

Im Gegensatz zu Regina wollte Maike einen weiteren Vorstoß wagen. Am darauffolgenden Wochenende fuhr sie mit Robert in die Klinik, um sich selbst von Wilmas angeblicher Depression zu überzeugen. Bei dieser Gelegenheit wollte sie die alte Dame in aller Deutlichkeit darauf hinweisen, wie sehr sie Regina verletzt hatte. Allerdings erntete sie dafür von Theo, der natürlich an Wilmas Bett wachte, einen strafenden Blick. Wilma selbst zuckte nicht einmal mit den Wimpern. Sie reagierte überhaupt nicht auf Maikes dezente Rüge und hielt ihren Blick stattdessen auf die Wand gerichtet.

„Daran erinnert sie sich doch gar nicht mehr", flüsterte Theo Maike in einem unbeobachteten Moment zu.

„Oder sie tut so, als ob sie sich nicht daran erinnert", gab Maike in normaler Lautstärke zurück und ließ Wilma dabei nicht aus den Augen.

„Ich muss zur Toilette", forderte die Patientin plötzlich.

Theo deutete auf den Knopf, mit dem Wilma das Pflegepersonal herbeirufen konnte, während Maike nur ein verwundertes „dann geh doch" hervorbrachte.

Wilma ignorierte beides.

Minuten später sah Maike es in Wilmas Augen. Sie sah, wie die alte Dame alle Konzentration aufbrachte, um mit voller Absicht ins Bett zu machen.

Wilma zog alle Register, um nicht nur Theos Zuwendung, sondern endlich auch die Aufmerksamkeit ihrer eigenen Kinder zu bekommen. Während Maike und Regina sich von nun an zurückhielten, unternahm Theo alles in seiner Macht Stehende, um Wilmas Tochter wenigsten ans

Telefon zu bekommen. Die Ärzte bescheinigten der alten Dame tatsächlich eine schwere Depression, die es ihr unmöglich machte, ihren Alltag zu bewältigen. Wilma selbst schwankte zwischen dem Wunsch, in ihre Wohnung zurückzukehren und der Angst vor dem ständigen Alleinsein. Ihre Beine hätten ihr trotz der Beschwerden im linken Knie gut gehorcht, wenn nur ihr Kopf die richtigen Signale ausgesendet hätte. So lange Wilma nicht einmal den Weg zur Toilette allein bewerkstelligen konnte, war die Heimkehr unmöglich. Schaffte sie es ausnahmsweise einmal ohne Hilfe aufzustehen, bereitete ihr schon die kleinste Entscheidung Probleme. Während einer seiner zahlreichen Besuche fand Theo Wilma ratlos vor den geöffneten Türen des Kleiderschranks, wo sie seit mehr als einer Stunde mit der Entscheidung für einen der bereitliegenden Schlafanzüge kämpfte. Die Geduld des Pflegepersonals wurde auf eine harte Probe gestellte, wenn Wilma sich am Abend nicht für einen Brotaufstrich entscheiden konnte. Selbst Theo wünschte sich nichts sehnlicher, als eine spontane Genesung, aber während er Verständnis für die psychische Erkrankung aufbrachte, musste Maike sich immer wieder ermahnen, Wilma keine List zu unterstellen.

Wilmas Erinnerungen an Gudruns ersten Krankenhausaufenthalt waren verblasst und so reagierte sie überrascht, als die Ärzte ihr zu Verstehen gaben, dass eine Verlegung in ein anderes Haus unausweichlich war. Sie duldeten keinen weiteren Aufschub. Schwester Helene musste hilflos mit ansehen, wie ein weiteres Mitglied des Damenkränzchens die Station im Rollstuhl verließ.

„Das hat sie nun davon", stieß Maike resigniert hervor, als Theo die Botschaft überbrachte.

Wilma war in die Psychiatrie verlegt worden und niemand hatte es kommen sehen.

22.

Der Sommer war der heißeste seit mehr als dreißig Jahren. Nachts summten die Klimaanlagen in den Schlafzimmern, um den Bewohnern wenigstens ein paar Stunden Nachtruhe zu verschaffen. Maike konnte sich nicht vorstellen, dass sie jemals wieder frieren würde und selbst Regina ließ sich zum Plantschen im Pool hinter Roberts und Maikes Haus hinreißen. Die Menschen waren träge und dösten wann immer es möglich war unter ihren Sonnenschirmen vor sich hin. Manchmal dachte Maike an Hilde und an Spanien. Die Hitze hätte Hilde auch in Aachen haben können, nur war sie auf Mallorca wahrscheinlich erträglicher. Wilmas Aufenthalt in der psychiatrischen Klinik zog sich bereits über mehrere Wochen und inzwischen hatte auch Theo kapituliert. Nach einem anstrengenden Tag in der flirrenden Hitze seines Büros war er durchgeschwitzt und scheute den Weg durch die Innenstadt. Die Räume des Finanzamts waren nicht klimatisiert und die Jalousien vor den Fenstern boten kaum Schutz vor den heißen Sonnenstrahlen. Es hatte seit Wochen nicht geregnet und Theo konnte das heiße Kopfsteinpflaster auf seinem Heimweg beinahe durch die Schuhsohlen spüren. Wilma musste sich geschlagen geben, als er ihr mitteilte, dass sich seine Besuche von nun an auf die Wochenenden beschränken würden. Wenigstens war es ihm gelungen, Wilmas

Kinder zu einer Überraschung für die Mutter zu überreden. Sie hatten sich nach langen Überlegungen bereit erklärt, sich zu einer Art Familienzusammenführung in der Klink zu treffen. Maike hatte nicht mehr mit dieser Entwicklung gerechnet und freute sich für Wilma. Selbst Regina, die der alten Dame immer noch nicht verziehen hatte, fand ein paar anerkennende Worte. In Theos Phantasie spielten sich bereits tränenreiche Szenen ab und er konnte den Tag kaum erwarten, an dem Wilma ihm voller Freude am Telefon von ihren Besuchern erzählen würde. Maike und Regina waren sich inzwischen einig, dass Wilmas Kinder die Konsequenzen aus jahrelangen Intrigen gezogen und sich deshalb aus dem Leben der Mutter verabschiedet hatten. Sie hatten Wilmas Angriffe und hinter einem freundlichen Lächeln versteckte Boshaftigkeiten am eigenen Leib erfahren müssen. Vieles, was Maike zunächst als harmloses Geplänkel erschienen war, erschien nun in einem anderen Licht und entpuppte sich als Hinterlist. Dennoch begrüßten alle die Entscheidung der drei Kinder, der Mutter zu vergeben. Es wurde höchste Zeit, ihr im Alter zur Seite zu stehen.

Leider wartete Theo vergeblich auf den erlösenden Anruf von Wilma. Während seiner Besuche am Wochenende konnte er nur winzige Fortschritte an ihrem Verhalten erkennen und die Unzufriedenheit über ihre Situation war Wilma deutlich anzumerken.

Die anderen Patienten, die sie bei den gemeinsamen Mahlzeiten kennenlernte, waren ihr allesamt unsympathisch und auch das Personal konnte der alten Dame nichts Recht machen. Die starken Medikamente vertrieben allmählich Wilmas düstere Gedanken, aber gegen ihre kritische Einstellung waren sie machtlos. Erst als Theo die Ungewissheit nicht länger ertragen konnte, brachte er das Gespräch von sich aus auf den erwarteten Besuch und erfuhr, dass alle drei Kinder tatsächlich gemeinsam in der Klinik erschienen waren. Die Freudentränen hatte Wilma sich allerdings gespart. Ihren ältesten Sohn hatte sie während der vergangenen Monate von Zeit zu Zeit zu Gesicht bekommen und so hatte sein Besuch sie nicht weiter überrascht. Dass er diesmal in Begleitung seiner Schwester gekommen war, hatte ihr allerdings gar nicht gefallen. Natürlich war sie froh, die erwachsene Tochter wiederzusehen, aber einzeln wären ihr die Besucher weitaus lieber gewesen. Schließlich hatten sich auch die Geschwister lange nicht gesehen und viel zu erzählen gehabt. Wilma hatte für ihren Geschmack viel zu wenig im Mittelpunkt gestanden. Es lag ihr einfach nicht, sich mit mütterlicher Freude zurückzuhalten und dem Gespräch zwischen ihren Kindern zu lauschen. Sie war nicht froh darüber, dass die Geschwister wieder miteinander sprachen, sondern enttäuscht, dass ihr nicht die ungeteilte Aufmerksamkeit galt, die ihr ihrer Meinung nach zustand. Außerdem hatten Bruder und Schwester einen völlig fremden Mann mitgebracht, der sich ebenfalls an dem Gespräch beteiligt hatte. Hinter der dunklen Sonnenbrille hatte sie ihren jüngsten Sohn einfach nicht erkannt. Als er die Brille schließlich abgenommen hatte, hatte Wilmas Freude nur ein paar Sekunden lang gewährt. Schließlich hatte sie ihren Irrtum kaum zugeben können und so war das Glücksgefühl der Verärgerung darüber gewichen, dass sie sich aufs Glatteis hatte führen lassen.

Wilmas Gedanken kreisten längst nicht mehr um die Vergangenheit. Sie schwelgte nicht mehr in Erinnerungen an die schönen Stunden mit Gudrun. Sie grübelte nicht mehr über Hildes Abenteuergeschichte und selbst wenn ihr im Park der Klinik Zigarettenrauch in die Nase stieg, dachte Wilma nicht mehr an Tine. Das Damenkränzchen schien einem anderen Leben anzugehören. Es war vorbei. Die Vergangenheit half Wilma nicht weiter. Als der Herbst kam, musste sie eine Entscheidung treffen. Würde sie dem Drängen von ihren Kindern nachgeben und in ein Seniorenheim umsiedeln oder würde sie in ihre Wohnung zurück- kehren? Theo konnte und wollte sie bei dieser Wahl nicht unterstützen. Sie war auf sich allein gestellt. Eigentlich war sie das seit Jahrzehnten, aber diese einsame Entscheidung hatte sie nicht kommen sehen. Erst gegen Ende September ließ die Hitze endlich nach und die Menschen atmeten auf. Selbst die überzeugtes- ten Sonnenanbeter freuten sich auf den Herbst. Noch war die Zeit für Stiefel und Schals aber nicht gekommen, denn auch der Oktober zeigte sich von seiner schönsten Seite. Nur Wilma wurde schmerzlich bewusst, dass die Tage allmählich kürzer wurden. Noch einmal fühlte sie sich der dunklen Jahreszeit nicht allein in ihrer Wohnung gewachsen. Sie hatte keine Alternative und stimmte der Übersiedlung in ein Altenheim zögernd zu. Theo hatte ihr das tägliche Unterhaltungsprogramm für die Senioren in den schönsten Farben ausgemalt, aber Wilma konnte sich nur schwer an den Gedanken gewöhnen, nicht mehr in ihre vertraute Umgebung zurückzukehren.

Maike hatte Wilma seit den ersten heißen Tagen im Frühling nicht gesehen und lauschte zusammen mit Robert Theos Erzählungen. Ihr pragmatischer Schwager, der einen Umzug für sich selbst niemals in Erwägung gezogen hatte, brachte nur wenig Verständnis für Wilmas Bedenken auf, während Maike Wilmas Schmerz trotz der Umstände nachvollziehen konnte. Das eigene Heim zu verlassen, um sich ganz bewusst dem letzten Lebensabschnitt zuzuwenden, musste ihrer Meinung nach ein schwerer Schritt sein. Regina sah das völlig anders. Immerhin konnte Wilma von nun an die Hände in den Schoß legen, während andere Leute ihre Wäsche waschen und ihr Zimmer putzen würden. Bis vor ein paar Monaten hatte Wilma das alles noch allein gemeistert. Diese Entwicklung erschien Regina geradezu verlockend. Selbst das Essen würde Wilma vorgesetzt bekommen.

Wilma konnte sich nur mit Mühe an ihre neue Umgebung gewöhnen. Obwohl sie tatsächlich zwischen Gesangsstunden, Bastelnachmittagen und Gymnastikgruppe pendelte, lauerte in jeder Ecke Einsamkeit. Ihre Mitbewohner fand sie schlichtweg blöd. Schließlich hielten sich diese Menschen nicht grundlos in einer Senioreneinrichtung auf. Jede Unterhaltung erschien ihr sinnlos. Vermutlich litten die Bewohner allesamt an Demenz und man konnte ihren Erzählungen sowieso nicht trauen.

Die Einrichtung ihres Zimmers war eher bescheiden als gemütlich und Wilma wünschte sich nichts mehr, als ein paar persönliche Gegenstände aus ihrer geliebten Wohnung. Leider hatte ihre Tochter es zu gut gemeint und einen nagelneuen Sessel herbeigeschafft, der sie auf Knopfdruck in eine liegende Position brachte. Natürlich hatte sie früher immer von Gudruns Sessel geschwärmt, aber Gudrun war mindestens vierzig Zentimeter kleiner gewesen als Wilma. Nun musste sie damit leben, dass ihre Füße abends beim Fernsehen über den Rand des Polsters hinausragten und die Position alles andere als bequem war. Mit ihren ständigen Beschwerden brachte sie den armen Theo an den Rand der Verzweiflung, aber Wilma wusste sich einfach nicht anders zu helfen. Solange sie noch Nörgeln konnte war sie noch am Leben. Das Abendessen wurde, wie alle anderen Mahlzeiten, im Speiseraum eingenommen. Der Weg dorthin führte Wilma über lange einsame Flure, die ihr besonders am

Abend Angst machten. Hinter den vielen Fenstern lauerte die Dunkelheit, die nun schon am frühen Abend hereinbrach. Zu Hause, da war sich Wilma sicher, war es ganz bestimmt nicht so dunkel. Theo versuchte ihr einzureden, dass das Unsinn war, aber was wusste Theo schon. Zuhause war das etwas ganz anderes.

Maike war die frühe Dämmerung auch aufgefallen, aber im Gegensatz zu Wilma freute sie sich auf die gemütlichen Abende. Die ersten Lichterketten hatte sie schon aus dem Keller geholt, als Theo sich telefonisch nach den Plänen für Halloween erkundigte. Maike erschrak. Sie hatte noch gar nicht an den nahenden Todestag gedacht, den ihre Schwiegermutter nun schon zum zweiten Mal mit Tine teilen musste. Theo erklärte ohne Umschweife, dass Wilma in ihrer Seniorenresidenz besser aufgehoben war. Sie jetzt für einen Tag aus der neuen Routine zu holen würde sicher nur einen weiteren Rückschlag bei der Einge- wöhnung bedeuten. Maike bezweifelte das und tauschte einen verwirrten Blick mit Robert, der den Gedankengängen seines Bruders ebenfalls nicht ganz folgen konnte. Dennoch blieb es dabei.

Am einunddreißigsten Oktober fanden sich neben Robert, Maike und Theo nur Regina und Holger im Restaurant ein. Den Friedhofsbesuch hatten sie kurzerhand auf den nächsten Tag verschoben. Es regnete endlich und der Waldboden machte einen wenig einladenden Eindruck.

„Wilma tut mir trotzdem irgendwie leid", sagte Maike leise.

„Wilma interessiert mich im Moment nicht", erwiderte Regina stur und hielt die Speisekarte mit ausgestreckten Armen von sich. Sie hatte mal wieder ihre Lesebrille vergessen.

Robert schüttelte leicht empört den Kopf.

„Wilma soll ruhig mal merken, was sie angerichtet hat", warf Theo ein.

„Dies hier war eigentlich immer der Tag, den wir uns für Wilma freigehalten haben", bemerkte Maike spitz. Bevor jemand antworten konnte, erschien eine Bedienung, um ihre Bestellung aufzunehmen.

Während des Essens drehte sich das Gespräch am Tisch um erfreulichere Themen. Schließlich gab es auch in diesem Jahr wieder ein Weihnachtsfest zu planen.

Holger und Maike konnten nicht widerstehen und gönnten sich eines der süßen Desserts, während die anderen kapitulierten.

Es war bereits nach zweiundzwanzig Uhr, als sie schließlich alle gemeinsam das Restaurant verließen.

Trotz der alles verschlingenden Dunkelheit bestand Theo darauf, den kurzen Heimweg zu Fuß zurückzulegen. Ein bisschen Bewegung würde ihm guttun.

„Du hattest doch nicht einmal einen Nachtisch", kicherte Maike.

„Es hat auch so gereicht", gab Theo grinsend zurück und rieb sich den Bauch.

In seiner Wohnung angekommen, tastete Theo nach dem Lichtschalter und hängte seinen Mantel ordentlich auf einen Bügel an der Garderobe, bevor er ins Wohnzimmer ging. Die Fernbedienung für den Flachbildfernseher lag auf dem niedrigen Couchtisch bereit. Theo schaltete das Gerät ein ohne hinzusehen und öffnete die Tür, hinter der die vertraute Flasche auf ihn wartete. Das erste Glas kippte er in einem Zug hinunter. Nach diesem opulenten Mahl konnte er sich zur Verdauung ruhig gleich ein zweites Glas gönnen. Er hatte es gerade ausgetrunken, als das Telefon auf dem Beistelltisch klingelte. Theo griff noch einmal nach der Fernbedienung und drosselte die Lautstärke des Motorengeräuschs, das aus den versteckten Lautsprechern dröhnte. Er griff nach dem Hörer und meldete sich. Wer mochte um diese Zeit noch anrufen?

Während Theo der Stimme am anderen Ende der Leitung lauschte, fiel sein Blick auf den Fernsehbildschirm. Er erstarrte.

Wilma war tot und Tante Hilde fuhr in einem knallroten Cabrio der Abendsonne entgegen.

-Ende-

Quellenverzeichnis

Seite 223:   „Good bless you please Mrs.
Robinson"

                                    Simon & Garfunkel „Mrs.
Robinson" 1968